CONSEIL MUNICIPAL DE PARIS

1903

RAPPORT

Au nom de la 4e *Commission* (1), *sur la* réorganisation du service
des Beaux-arts et des musées de la ville de Paris

PRÉSENTÉ PAR

M. QUENTIN-BAUCHART

CONSEILLER MUNICIPAL

MESSIEURS,

Par une délibération en date du 26 décembre dernier, sur la proposition de notre collègue M. Maurice Quentin, vous avez invité M. le Préfet de la Seine à présenter, dès la prochaine session du Conseil municipal, un projet de réorganisation et de réglementation du service des Beaux-arts et des musées de la ville de Paris.

Conformément à votre délibération, M. le Préfet de la Seine vient d'introduire un mémoire devant votre 4e Commission, mémoire dans lequel il vous soumet un règlement que nous aurons à étudier tout à l'heure.

M. le Préfet dit en substance que, pour l'élaboration de ce règlement, il s'est inspiré surtout de l'organisation des établissements similaires de l'État, les musées nationaux, qui fonctionnent depuis nombre d'années d'une manière satisfaisante,

(1) La 4e Commission (*Enseignement — Beaux-arts*) est composée de MM. Dausset, *président*; Deville, Quentin-Bauchart, *vice-présidents*; Bussat, *secrétaire*; Bellan, César Caire, Chausse, Chautard, Fortin, Henri Galli, Gay, Roger Lambelin, Marsoulan, Piperaud, Pugliesi-Conti, Camille Roussel.

N° 40.

paraissant tout naturellement désignés pour fournir dans une réorganisation des musées municipaux d'utiles indications.

C'est aux règlements des musées nationaux que, dans l'esprit du Préfet, doivent être empruntés notamment la plupart des prescriptions concernant l'accès du public, de police intérieure, les autorisations de dessiner, peindre, photographier, etc. En outre, des dispositions spéciales doivent viser la reproduction des objets exposés à l'effet de sauvegarder les droits de la Ville.

C'est aussi sur le modèle de ce qui existe à l'État que serait établi le cadre du personnel, — cadre idéal qui ne serait rempli qu'à l'époque où les musées municipaux, encore pour la plupart dans la période de formation, seront arrivés à leur complet épanouissement.

« Dans la situation actuelle, ajoute le mémoire, deux conservateurs et deux conservateurs-adjoints me paraissent suffire pour assurer le service de tous nos musées ; je ne vous demande, quant à présent, aucune augmentation de crédit.

« Il est bien entendu, d'ailleurs, que cette réorganisation n'aura aucun effet rétroactif et que les situations acquises seront respectées.

« Enfin, l'unité du service étant une condition de son bon fonctionnement, il m'a semblé utile de détacher le musée Carnavalet du Secrétariat général dont il dépend actuellement et de réunir tous les musées consacrés aux collections artistiques ou historiques sous l'autorité du chef du service des Beaux-arts. C'est entre les mains de ce chef de service que devront être centralisées toutes les affaires relatives à ces établissements, avec le contrôle de leur gestion et la liquidation de leurs dépenses.

« L'examen du fonctionnement du service administratif des Beaux-arts, auquel vont être rattachés tous les musées de la Ville, m'a conduit à vous proposer également une légère modification de ce service.

« Il comprend actuellement :

« 1 inspecteur, chef de service ;
« 1 chef de bureau ;
« 1 rédacteur principal ;
« 2 expéditionnaires.

« Le chef de service des Beaux-arts doit, en dehors des affaires administratives proprement dites, se rendre compte sur place du fonctionnement des musées, et suivre chez les artistes l'exécution des commandes de la Ville. Mais il ne saurait suffire à ces inspections multiples, et il est fréquemment obligé de se faire suppléer dans cette partie importante de son service, soit par le chef de bureau, soit par le rédacteur principal. Il me paraît dès lors utile que ces deux agents aient un titre qui corresponde mieux à la nature de leurs fonctions; et je vous propose, sans changer ni leurs grades ni leurs traitements, de leur attribuer respectivement les titres d'*inspecteur* et d'*inspecteur adjoint*. Le chef de service, pour conserver l'échelle hiérarchique, reprendrait le titre d'*inspecteur en chef*, qu'il avait autrefois. Ces titres, conformes à la réalité des faits, donneront à ces agents, sans qu'il en résulte, je le répète, aucune charge pour le budget, l'autorité nécessaire à la bonne exécution des missions qu'ils sont appelés à remplir. »

Votre Commission, Messieurs, se trouve sur ces différents points, sauf de légères questions de détail, en parfait accord avec M. le Préfet de la Seine.

Le service des Beaux-arts de la ville de Paris a pris en effet depuis quelques années, principalement en raison de l'ouverture des différents musées qui en dépendent, une très grande extension. Il appartient donc de régler dès à présent d'une façon définitive ses attributions futures.

Dans ces conditions il nous a paru que les propositions de M. le Préfet tendant à créer un directeur avec le titre d'inspecteur en chef pour le service des Beaux-arts n'avaient rien d'exagéré.

Toutefois il a semblé préférable à votre Commission de donner au rédacteur principal actuel le titre de *sous-inspecteur* au lieu d'*inspecteur-adjoint*.

Il nous a semblé également indispensable de réunir au service des Beaux-arts le musée Carnavalet, qui, aujourd'hui encore, se trouve sous la direction du Secrétariat général. Son maintien dans un service différent que celui des Beaux-arts n'eût pas manqué d'avoir de graves inconvénients.

Il importe, pour l'unité comme pour le bon fonctionnement du service, que tous les musées soient réunis sous la même main.

Nous aurons de la sorte, sous la responsabilité d'une seule autorité, aussi bien les musées de collections historiques, comme Carnavalet, la maison Victor-Hugo, et demain l'hôtel Lauzun aménagé, aussi bien ceux consacrés à l'art industriel, comme Galliera et Cernuschi, que le Petit-Palais, plus exclusivement réservé aux beaux-arts proprement dits, sans oublier le dépôt artistique d'Auteuil.

Nous sommes également d'accord avec M. le Préfet en ce qui concerne le personnel proprement dit, pour les différents traitements des conservateurs, des conservateurs-adjoints, des attachés payés, de l'agent comptable et des commis.

Mais il nous a paru en outre intéressant d'introduire dans le règlement, comme cela existe d'ailleurs pour l'État, des postes d'attachés libres sans traitement et même de conservateurs-adjoints libres également sans traitement.

Ces attachés libres peuvent rendre de réels services; et nous croyons en ce sens entrer plus étroitement encore dans les vues de M. le Préfet, puisque, lors de l'ouverture du Petit-Palais, il a déjà fait de sa propre autorité des créations similaires, dont nous n'avons eu d'ailleurs qu'à nous louer.

Ainsi, à notre avis, le personnel chargé de la conservation des musées municipaux comporterait (en outre de l'inspecteur en chef, de l'inspecteur et du sous-inspecteur) des conservateurs, des conservateurs-adjoints, des attachés payés, des attachés libres, des conservateurs-adjoints sans traitement, des commis expéditionnaires.

Cependant, nous inspirant une fois de plus de ce qui a été fait par l'État, nous pensons que le nombre des attachés libres ou conservateurs-adjoints sans traitement ne doit point excéder celui des musées (1).

Il serait également très utile de prévoir pour l'avenir un ou deux emplois de rédacteur, en raison de l'accroissement matériel du service.

Telles sont ces très légères modifications de détail que nous avons cru devoir apporter aux conclusions du mémoire préfectoral.

Avant d'aborder l'étude du règlement proposé par M. le Préfet, il nous a paru utile de rechercher dans un travail aussi documenté que possible l'historique, tant du service des Beaux-arts lui-même, que des différents musées de la Ville. Un tel travail a pour but, en groupant dans un même rapport un grand nombre de documents importants, de faciliter pour l'avenir les recherches et d'offrir une étude aussi complète que possible au moment où les Beaux-arts de la ville de Paris, rénovés, vont prendre une importance plus considérable.

---

(1) Décret du 5 septembre 1888 modifié par décret du 23 juin 1893 et 6 janvier 1899.

Division de l'art à Paris.

J'ai déjà donné, dans un travail récent (rapport sur l'aménagement du Petit-Palais, *imp. n° 25 de 1901*), mes idées personnelles sur l'art à Paris.

Il est évident qu'en dehors des musées nationaux (1) et de ceux qui sont du ressort de l'État, la ville de Paris possède des trésors artistiques inestimables.

Si, d'une part, une ville comme Paris, — je l'ai dit alors, — avec son prodigieux développement, ses jardins, ses places publiques, ses monuments, ses habitations privées même, ne peut se concevoir sans une direction très artistique, qui doit se manifester non seulement dans le plan d'ensemble, mais aussi dans les moindres détails, qu'il s'agisse de la construction d'un monument public, d'un jardin à créer, de l'éclairage d'une voie fréquentée, ou même d'une impulsion à donner aux constructions privées par le choix de types nouveaux ou l'émulation à entretenir entre architectes et propriétaires : si, entrant dans cette voie, le Conseil municipal, d'accord avec l'Administration, a créé à la fois la *Commission du Vieux Paris*, qui veille avec un soin jaloux à la conservation des vestiges d'autrefois, aussi bien que le *Concours de façades*, qui prépare, en stimulant l'ardeur des propriétaires, le Paris de demain, il n'en est pas moins vrai qu'en dehors de ces créations très intéressantes, trois autres éléments essentiels constituent le patrimoine artistique de la capitale; ce sont les Collections historiques, l'Art industriel et décoratif et les Beaux-arts proprement dits.

Aux Collections historiques doivent se rattacher le musée Carnavalet, l'hôtel Lauzun et la maison Victor-Hugo ; à l'Art industriel et décoratif les musées Galliera et Cernuschi ; aux Beaux-arts proprement dits le Palais des Beaux-arts de la ville de Paris et le dépôt d'Auteuil.

Nous allons étudier chacun de ces musées séparément, en rechercher le passé, en prévoir en quelque sorte l'avenir; puis nous ferons la même étude pour le service des Beaux-arts, dans ses différents rouages administratifs.

---

(1) Les musées nationaux sont au nombre de quatre : le musée du Louvre, le musée du Luxembourg, le musée de Versailles, le musée des antiquités nationales de Saint-Germain-en-Laye. Deux seulement de ces musées, le Louvre et le Luxembourg, sont à Paris. Il existe également à Paris un certain nombre de musées, que l'on pourrait qualifier de « musées d'État », pour les distinguer des musées nationaux : par exemple le musée de Cluny, le musée de la sculpture comparée du Trocadéro, la musée de la manufacture des Gobelins, le musée Guimet (oriental), le musée du Conservatoire des arts et métiers, celui de l'Observatoire, le musée des Invalides, etc., etc., sans oublier le musée des Arts décoratifs, qui a son existence propre.

Tel est le plan que nous nous sommes tracé afin de mettre sous vos yeux, Messieurs, les différentes phases de la vie artistique de Paris ; vous pourrez de la sorte mieux vous faire une opinion, et apprécier comme nous l'espérons les réformes que nous aurons l'honneur de vous proposer, réformes qui nous semblent nécessitées autant par le développement considérable pris par les Beaux-arts que par la progression constante de ce développement.

PREMIÈRE PARTIE

LES MUSÉES DE LA VILLE DE PARIS

MUSÉES DES COLLECTIONS HISTORIQUES

I

Le musée Carnavalet.

Dans une lettre adressée à son ami Montaiglon et datée du 25 décembre 1881, Jules Cousin, fondateur et conservateur de la Bibliothèque des collections artistiques de la ville de Paris et du musée Carnavalet, s'exprimait en ces termes (1) :

« *Noël! Noël! Je viens de découvrir toute la filière des propriétaires de Carnavalet : une profusion de parchemins apportés — dans le tas — par un chiffonnier providentiel !*

. . . .

« *Noël! Noël! Ce cadeau à mettre dans nos petits souliers m'était bien dû en récompense de ma sagesse... »*

Et c'est ainsi qu'authentiquement on apprit que l'hôtel Carnavalet fut construit en 1544 sur l'emplacement d'un ancien marais cultivé, *la culture Sainte-Catherine,* par Jacques de Ligneris, lequel fut président au Parlement de Paris et représentant de la France au concile de Trente. Cette construction avait été confiée aux deux plus grands artistes du temps : Pierre Lescot pour l'architecture et Jean Goujon pour la sculpture.

Après la mort de Jacques de Ligneris, l'hôtel fut vendu à Françoise de la Beaune, comtesse de Montrevel et dame de Kernevenoy, veuve d'un grand seigneur breton, premier écuyer du roi Henri II et gouverneur du duc d'Anjou (plus tard le

---

(1) Jules Cousin. *Souvenirs d'un ami,* par Paul Lacombe, parisien. Paris, librairie Henri Leclerc, 1900.

roi Henri III). Kernevenoy était connu à la cour sous le sobriquet de Carnavalet, sobriquet qui resta à sa veuve : de là le nom donné au logis qu'elle avait acheté et que ce dernier conserva jusqu'à nos jours.

Mme de Carnavalet le vendit en 1602, moyennant 32,000 livres, à Florent d'Argouges, trésorier de la reine Marie de Médicis.

Florent d'Argouges mourut en 1632; sa veuve Élisabeth de Creil et leurs enfants mineurs conservèrent l'hôtel jusqu'en 1654, où ils le cédèrent pour 100,000 livres à Claude Boislève, intendant des Finances.

Ce fut ce Claude Boislève qui en confia la restauration à François Mansart, lequel le transforma complètement et luxueusement.

La disgrâce de Fouquet entraînant la ruine de Claude Boislève, l'hôtel Carnavalet, saisi en 1662, fut adjugé cinq ans plus tard à Gaspard de Gillies, conseiller au Parlement, qui ne l'habita pas et en abandonna la jouissance effective à son beau-frère, M. d'Agaurry. Ce fut M. d'Agaurry qui eut Mme de Sévigné comme locataire.

Mme de Sévigné habita en effet l'hôtel Carnavalet de 1677 à 1696. Mais auparavant, l'immeuble avait été vendu en 1694, par voie d'adjudication, à Brunet de Rancy, receveur général des Finances, qui dut attendre la fin du bail de Mme de Sévigné pour en prendre possession.

Le 28 janvier 1717 Brunet de Rancy donna son habitation en avancement d'hoirie à sa fille qui avait épousé un conseiller d'État, M. Armand de la Briffe. La famille de la Briffe conserva cette propriété jusqu'en 1777.

A dater de 1784 et jusqu'à la Révolution l'hôtel est occupé par M. Désiré de Chavigny, conseiller au Parlement, alors que M. Dupré de Saint-Maur, également conseiller au Parlement, en est le propriétaire.

La Révolution y installa ensuite la direction de la Librairie, puis l'École des Ponts et chaussées.

Cette destination se continua jusqu'en 1829. Depuis, deux pensions de garçons, l'institution Liévyns et l'institution Verdot, s'y succédèrent jusqu'en 1866, époque où la ville de Paris l'acheta pour y établir son musée historique.

Ce fut, en effet, le Second Empire (1) qui eut l'excellente idée de sauver l'admirable construction de la pioche des démolisseurs, et songea à y installer un musée de collections historiques intéressant Paris.

L'idée fut d'ailleurs de suite mise à exécution : dès l'année suivante, l'Adminis-

---

(1) L'idée de l'exécution du musée historique parisien est due à M. Charles Read, chef de section à l'Hôtel de Ville, et au baron Poisson, ami particulier du préfet Haussmann.

tration consacra à cet effet en travaux de restauration et d'installation des crédits considérables.

Elle voulait aussi, comme l'a fort bien dit M. Ulysse Parent dans un rapport du 15 janvier 1880 (voir *annexe n° 5*), « compléter le projet qu'elle avait eu de refaire sur des bases nouvelles l'histoire générale de Paris, et de placer à côté des documents écrits les représentations figurées des événements contemporains, les objets d'art et d'antiquité provenant du sol et des édifices de l'ancienne cité, et, enfin, tous les monuments les plus propres à confirmer les récits des historiens, à donner une idée de l'art tel qu'on l'a entendu et pratiqué à Paris, à faire comprendre, en un mot, la vie parisienne, à toutes ses époques. »

N'est-ce point exactement le programme qui a été exécuté aujourd'hui, et dont, à juste titre, la Ville peut s'enorgueillir ?

L'heureuse initiative de l'Administration impériale devait donc attendre près de quarante années pour recevoir une entière application !

Cependant il faut reconnaître qu'à l'origine les achats furent faits avec peu de discernement : sous prétexte de réunir les ustensiles familiers de la vie civile des Parisiens on accumula un lot énorme de meubles, outils, armes, instruments de ménage et de cuisine, pièces de serrurerie, objets de toilette qui peut-être n'avaient pas grand lien avec la vie journalière parisienne.

Dans un autre ordre d'idées, pour recueillir des pièces rares ou de haut intérêt, on acheta, par exemple, une statue équestre d'un empereur carlovingien, provenant du trésor de la cathédrale de Metz ; on acquit un grand banc d'orfèvre à étirer les métaux daté de 1575 et portant les armoiries de Frédéric, électeur de Saxe, etc.

Nous verrons par la suite ce que devinrent ces objets, qui ne figurent plus actuellement dans les collections de la ville de Paris.

Toujours est-il qu'en 1871, cinq ans après son acquisition, le musée Carnavalet n'était ni constitué, ni livré au public. Ses collections, en attendant l'achèvement des salles de l'hôtel, se trouvaient dispersées un peu partout, à la maison municipale du quai de Béthune, aussi bien que dans les combles de l'annexe Nord de la place de l'Hôtel-de-Ville.

Par une déplorable fatalité, ce qui devait former le premier fonds du musée municipal, les éléments les plus authentiques et les plus précieux, fut détruit en 1871 par l'incendie de l'Hôtel de Ville. Une collection de tableaux, portraits historiques et vues de Paris, une série de dessins originaux, des pièces uniques, des médailles, des objets précieux, une suite complète des esquisses originales de tous les travaux décoratifs exécutés depuis plus d'un demi-siècle pour le compte de la

Ville; toutes les acquisitions, donations ou attributions faites en vue du futur musée avaient été concentrées dans ce local annexe de l'Hôtel de Ville et devinrent la proie des flammes. Cette perte fut d'autant plus regrettable que pour les tableaux quelques-uns étaient signés des noms de Van Loo, Chardin, Moreau le Jeune, Hubert-Robert, Boilly, etc.

Ainsi le musée Carnavalet se trouvait frappé dès son origine par un désastre irréparable. Il aurait pu, si ce désastre n'était pas survenu, justifier du premier coup sa fondation et répondre victorieusement aux critiques de gaspillage souvent injustes faites à l'Administration impériale.

En 1872, M. le Préfet de la Seine Léon Say saisit le Conseil municipal d'un mémoire accompagné d'un rapport de M. Alphand, directeur des Travaux, qui soumettait un projet de travaux urgents à exécuter à l'hôtel Carnavalet pour l'installation du musée et de la bibliothèque de la Ville.

Ce projet nécessitait une dépense de 50,000 francs, laquelle fut votée le 14 juin de la même année, sur un rapport des plus intéressants et des plus documentés de M. Émile Perrin, au nom de la 5ᵉ Commission (voir *Annexe n° 2*), rapport auquel nous avons emprunté un certain nombre de renseignements et qui mérite d'être lu en entier.

Cependant l'Administration avait supprimé les achats en vue de la création du nouveau musée, et, sur l'avis de la Commission administrative des beaux-arts, décida l'élimination de certains objets qu'on jugea sans valeur réelle et que l'on qualifia alors de *bric-à-brac*, objets qui se trouvaient dans l'hôtel même.

Le Conseil municipal autorisa, par une délibération en date du 4 août 1874, une première vente qui produisit la somme de 46,795 fr. 50 c., laquelle somme fut versée dans la caisse municipale.

En 1880, M. Ulysse Parent — nous l'avons dit plus haut — déposa sur le bureau du Conseil un rapport concluant à une nouvelle vente : ce rapport s'appuyait sur deux autres rapports-annexes de M. du Sommerard qui détaillaient les objets à vendre et les objets à conserver. Ce rapport fut adopté le 24 février 1880.

La seconde vente eut lieu à l'hôtel Drouot du 24 au 29 janvier 1881. Elle attira un grand nombre de personnes et s'effectua dans les conditions les plus favorables pour l'époque, produisant la somme très importante de 108,214 francs.

Je n'ai pas à discuter ici sur l'opportunité de ces ventes ; à peine pourrai-je exprimer le regret qu'elles aient été faites un peu à la légère. — Ce *bric-à-brac*, comme on l'appelait alors, n'était pas sans intérêt : et, pour ma part, je ne puis songer sans amertume à la dispersion d'objets, peut-être d'une valeur relative, mais qui n'en constituaient pas moins une série de documents sur la vie de la société française, sinon de la société parisienne.

Ajouterai-je que ces objets usuels sans valeur à cette époque sont aujourd'hui des plus recherchés, et que légèrement la Ville, par certaines considérations peut-être politiques, a aliéné et dispersé une collection qui serait à présent unique en son genre, collection dont on admire les similaires dans les musées étrangers, surtout en Allemagne.

Toujours est-il que, par un mémoire en date du 8 mars 1881, M. le Préfet de la Seine Herold demandait au Conseil municipal la répartition entre les musées de Cluny, du Conservatoire des arts et métiers, de l'Observatoire et des Arts décoratifs d'un certain nombre d'objets d'art et de curiosités éliminés du musée Carnavalet comme étrangers à l'histoire de Paris et distraits de la vente du mois de janvier 1881.

Le rapport fut présenté au Conseil un an plus tard, le 8 février 1882, par M. Reygeal, au nom de la 5e Commission, et discuté dans la séance du 13 du même mois.

Le plus important des objets, le banc d'orfèvre à étirer les métaux du xvie siècle, dont nous avons déjà parlé et qui avait été payé 8,000 francs sous l'Empire, destiné, dans le rapport, au musée de Cluny, fut attribué au Conservatoire des arts et métiers, après une observation de M. Jobbé-Duval.

Il est vrai qu'en 1884, à la séance du 31 décembre, M. Hallat obtenait, sur la demande même du directeur du Conservatoire, que ce banc serait retiré du Conservatoire des arts et métiers pour être déposé comme objet historique au musée de Cluny.

J'ai tenu à donner en annexe (voir *annexe n° 5*) la délibération du Conseil, en date du 13 février 1882, répartissant entre divers musées les objets d'art provenant de Carnavalet. Il y a, dans cette répartition, à la fois un souvenir historique et un droit demeuré entier de la Ville dans la propriété de ces objets.

L'art. 2 de la délibération est en effet ainsi conçu :

« Cette attribution aura le caractère d'un simple *dépôt*, la Ville restant propriétaire de tous ces objets, qu'elle pourra retirer à volonté et à la première réquisition. Lesdits objets devront porter une étiquette bien apparente indiquant qu'ils appartiennent à la ville de Paris. »

Je ne pense pas que cette délibération ait été jamais depuis lors rapportée. Il y a donc pour la Ville un intérêt capital à ne pas perdre de vue cette propriété, puisque le cas échéant elle pourra la revendiquer.

Il me faut à présent parler de l'homme qui fut le véritable fondateur du musée Carnavalet, qui, pendant de longues années, en demeura l'âme et dont le nom doit être tiré d'un injuste oubli : j'ai nommé M. Jules Cousin.

Jules Cousin était bibliothécaire de la ville de Paris, lorsque l'incendie de l'Hôtel de Ville, qui détruisit les richesses artistiques empilées dans l'annexe Nord, détruisit également la bibliothèque de la Ville, plus de cent mille volumes! Le désastre était complet ; il semblait irréparable.

Ce fut alors que Cousin, lequel possédait une collection personnelle de 6,000 volumes et de 10,000 estampes, estampes et volumes se rapportant à l'histoire de Paris, offrit à la Ville « en pur don et sans conditions » cette collection.

La généreuse proposition fut acceptée. Une Commission municipale, suivant le vœu de Cousin, décida que la nouvelle bibliothèque ne serait pas une bibliothèque générale, mais une collection locale, restreinte aux ouvrages, estampes, plans et cartes relatifs à l'histoire de Paris.

Complètement séparée de la bibliothèque administrative, d'un caractère essentiellement parisien, elle fut installée à Carnavalet. Quant à Cousin, il était confirmé dans ses fonctions et chargé à la fois de la conservation et de la reconstitution de la nouvelle bibliothèque.

« Le voilà, dit M. Lacombe (1), dès 1873, installé à Carnavalet, avec les quelques milliers de volumes qui constituaient le premier fonds de la bibliothèque. Il se mit courageusement au travail : et pendant vingt ans, tout en consacrant ses journées à la rédaction du catalogue, au classement de ses premières richesses, on put le voir assidu aux séances du soir à la salle Sylvestre, suivant personnellement les ventes, déléguant rarement ses pouvoirs à son sous-bibliothécaire, M. Poupel, et ne se fiant qu'à lui-même pour le choix des achats dans l'utilisation de ses premiers crédits, ou dans le choix des exemplaires, quand ces crédits, augmentés, lui permirent de s'attaquer à des morceaux d'importance. Il travailla sans relâche, sans vacances, ne se permettant aucun repos tant qu'il voyait une lacune à combler dans l'organisation qu'il rêvait. »

En 1880, le rapport d'Ulysse Parent concluait nettement à la fusion des deux services (bibliothèque et musée) sous la direction de Cousin. En 1881, la donation de M. de Liesville contribua grandement à la formation du musée. Cette donation consistait en une riche collection de livres, d'estampes, de médailles, faïences et objets divers sur l'histoire de la Révolution française : elle devait, à elle seule, constituer un premier noyau important des nouvelles collections.

---

(1) Paul Lacombe. *Souvenirs d'un ami.*

M. Alfred de Liésville était un amateur passionné, aussi modeste que compétent. Cousin avait obtenu pour lui le titre de conservateur-adjoint : il ne le considérait pas comme un collaborateur, mais comme son successeur. Cette espérance fut déçue : M. de Liesville mourut en février 1885 à l'âge de quarante-neuf ans.

Cependant, aidé de ses collaborateurs, parmi lesquels il est bon de ne pas oublier Henry Céard, le romancier connu, Jules Cousin travaillait avec la plus grande activité.

D'heureuses acquisitions lui avaient permis d'enrichir ses collections. A la fin de 1881, l'ouverture du salon Dangeau permit de présenter au public un certain nombre de tableaux et de dessins de maîtres.

Le musée peu à eu débordait, crevait pour ainsi dire l'immeuble de toutes parts. Cependant les travaux d'architecture se continuaient. La construction des bâtiments complémentaires de l'hôtel ne subissaient guère d'interruption. Jusqu'en 1889, époque où les constructions nouvelles furent terminées, le musée fut ainsi resserré dans des limites trop étroites.

En 1887, Jules Cousin s'était adjoint un collaborateur de grand mérite, M. Lucien Faucou. En 1893, il prenait sa retraite et cédait la place à Faucou, qui ne devait la conserver que quelques mois; ce dernier mourut, en effet, le 29 novembre 1894. Cousin, cédant aux instances de l'Administration, reprit alors sa place de conservateur. Il fut donc réintégré par arrêté préfectoral du 1er décembre 1894. Cette réintégration dura deux mois : sa santé ne lui permettant pas de continuer son service, il demanda au préfet de la Seine de le relever de ses fonctions.

Le musée Carnavalet allait se trouver pendant quelque temps sans conservateur. D'un commun accord, il fut convenu entre le Préfet de la Seine et le Conseil municipal, représenté par sa Commission, que le chef du bureau des Travaux historiques, M. Le Vayer, serait chargé, à titre provisoire, des services des travaux historiques de la bibliothèque et du musée Carnavalet, avec M. Georges Cain comme conservateur-adjoint.

Ce fut alors que la Ville fit l'acquisition de l'hôtel Le Peletier de Saint-Fargeau, à quelques pas de Carnavalet, dans la même rue de Sévigné, pour y installer la bibliothèque.

Par un rapport en date du mois de juin 1897, M. Pierre Baudin proposa la séparation des deux services.

« Le conservateur des collections historiques, disait-il, sera chargé spécialement de la direction des travaux historiques et de la bibliothèque historique de la Ville installés à l'hôtel Le Peletier de Saint-Fargeau. Le conservateur-adjoint sera chargé de l'administration et de l'acquisition des objets, tableaux et estampes composant le musée Carnavalet. »

Ce rapport fut délibéré le 9 juillet 1897.

A la fin de la même année, à la session budgétaire, sur un nouveau rapport de M. Pierre Baudin, le Conseil délimitait définitivement les deux services. M. Georges Cain avait été, par arrêté préfectoral, nommé conservateur du musée Carnavalet, tandis que M. Le Vayer conservait la direction de la Bibliothèque.

M. Pierre Baudin s'exprimait ainsi dans son rapport :

« Il n'y a plus aucune nécessité à tenir en tutelle le musée, désormais pourvu d'un conservateur parfaitement renseigné sur les richesses acquises et d'une compétence incontestée en tout ce qui concerne les devoirs de sa fonction.

« Les liens qui eussent retenu Carnavalet aux services voisins auraient été de pure forme administrative, c'est dire qu'ils n'auraient servi qu'à cantonner son initiative et à diminuer sa force d'expansion.

« Aussi, ne saurions-nous trop approuver la décision préfectorale qui définit à chacun son domaine, l'affranchit d'un formalisme inutile et lui assure ainsi la liberté de se mouvoir. »

Voici donc M. Georges Cain seul conservateur de ce musée, qu'il devait transformer de fond en comble en même temps qu'il y apportait une note très personnelle. On connaît le goût de M. Georges Cain, ses qualités indéniables de « metteur en scène ». Sous son habile influence le musée Carnavalet fit pour ainsi dire peau neuve, prit un aspect coquet et séduisant. Des pièces entières laissées libres par le transport des bibliothèques s'habillèrent de nuance claire, se couvrirent de boiseries anciennes, trouvées dans les greniers, ou heureusement achetées : le salon de Mme de Sévigné, qui servait autrefois de cabinet à M. Cousin, reprit son ancienne destination. En même temps des dons nombreux affluaient : des salles nouvelles comme celle du Siège, aménagée dans les combles, s'ouvraient au public. En deux années la transformation s'accomplissait : la chrysalide devenait papillon, et M. John Labusquière, dans son rapport du 25 décembre 1899, pouvait dire :

« Notre musée a aujourd'hui sa place marquée parmi ceux qui sont cités et pris pour modèles. Les savants, les collectionneurs, les artistes, tous les épris de ce qui fait revivre le passé, le visitent et l'admirent ; le public s'y porte en foule et en sort avec une admiration plus forte, un amour plus grand pour Paris, dont la vie d'autrefois avec ses épisodes pittoresques ou navrants, ses heures grandioses, glorieuses ou tragiques, vient de passer sous ses yeux en une succession d'estampes, de toiles, de documents, d'œuvres, de souvenirs ordonnés avec art. »

Le 23 juin 1898, le musée transformé avait été inauguré solennellement en présence de M. Félix Faure, président de la République. D'importants discours furent prononcés par MM. Navarre, président du Conseil municipal, et de Selves, préfet de la Seine.

C'était déjà la consécration d'un succès, qui n'a cessé de croître depuis cette époque.

Réuni, suivant le désir de M. le préfet de la Seine, à la direction des Beaux-arts, le musée Carnavalet demeurera l'un des joyaux du patrimoine artistique de la ville de Paris.

DÉPENSES POUR LE FONCTIONNEMENT DU MUSÉE CARNAVALET (budget de 1903) (1).

A. — Personnel.

1 conservateur	7.000	»
1 attaché inspecteur des fouilles	3.000	»
2 secrétaires du musée à 3.000 francs	6.000	»
2 attachés à 2,200 francs	4.400	»
1 brigadier concierge	2.100	»
1 brigadier surveillant	2.100	»
1 gardien surveillant	2.000	»
5 gardiens à 1,800 francs	9.000	»
2 gardiens à 1,600 francs	3.200	»
Total du personnel	38.800	»

B. — Matériel.

Acquisitions du musée	25.000	»	
Chauffage du musée	2.000	»	
Aménagements, réparations	2.000	»	
Fournitures de bureau, objets mobiliers, blanchissage (matériel)	1.500	»	
Encadrements, entoilages	2.000	»	
A reporter	32.500	»	38.800 »

3

Report.....	32.500	»	38.800	»
Menues dépenses (petits transports, emballage, déplacements du personnel de service, frais d'affranchissement)...............................	500	»		
Indemnités à des gardiens de la paix (surveillance).	1.800	»		
Confection du fichier du musée................	300	»		
Total du matériel..........	35.100	»	35.100	»
Total des dépenses.........			73.900	»

(1) Rapport John Labusquière (*Imp. n° 133 de 1902*).

II

L'hôtel Lauzun.

L'hôtel Lauzun, que la Ville acheta en 1899 aux héritiers du baron Pichon, fut construit en 1657 par Charles Grouin des Bordes, fils de l'ancien tavernier du fameux cabaret de la *Pomme de pin*, lequel se trouvait au bout du pont Notre-Dame, dans la Cité, et où fréquentaient, comme l'on sait, Molière, Boileau et Racine. Lancé dans les affaires, Grouin avait gagné une très grosse fortune dans les subsistances militaires.

La construction avait été commencée en 1641. Les travaux marchèrent lentement et ne furent terminés qu'en 1657, au moment du mariage de l'heureux propriétaire avec Geneviève de Mony, qui faisait stipuler dans le contrat qu'elle aurait pour demeure « la maison que le futur époux faisait construire en l'isle, sur le quai regardant le quai Saint-Paul, et non autre ».

On peut voir aujourd'hui encore, sur la façade, les armes de l'épousée avec les G des Grouin et les M des Mony.

Quelque temps à peine après l'achèvement de la construction, Colbert faisait arrêter Grouin comme convaincu de fraudes, lui faisait restituer dix millions et l'envoyait à la citadelle de Pignerol, où il mourut.

L'hôtel fut-il sauvé par ruse et sous le prête-nom du cordonnier Ferest, ou bien, — on le raconte également, — conservé par la veuve comme douaire de remploi de communauté. Toujours est-il qu'il fut vendu dans la suite à Lauzun, « ce cadet de Gascogne, dit Saint-Simon, insolent, bas jusqu'au valetage, et cachant sous des dehors de gentilhomme une âme de faquin ».

Le beau Lauzun fit procéder à de très notables embellissements de l'hôtel, et y mena grand train. On connaît ses amours avec la « Grande Mademoiselle », qui venait le voir souvent, masquée, en gondole fermée, et passait par un petit souterrain qui existe encore, et dont la porte grillée donne sur le quai d'Anjou.

En 1685, Lauzun vendit l'hôtel au marquis de Richelieu, qui vint y cacher une liaison avec une petite-nièce de Mazarin — une belle enfant de seize ans, — qu'il avait enlevée du couvent des Carmélites de Chaillot.

L'habitation fastueuse du quai d'Anjou passa ensuite à Ogier, un financier qui renchérit encore sur le luxe de ses prédécesseurs, et qui la vendit à la famille de Pimodan.

Ce sont les Pimodan qui la possèdent au moment de la Révolution : et l'un d'eux, pendant la Terreur, se cacha dans le souterrain par lequel la Grande Mademoiselle venait voir Lauzun.

Cependant, la Révolution devait respecter l'immeuble ; mais, par la suite, un teinturier en devint locataire et en compromit les admirables peintures par un badigeon maladroit. En 1842, le baron Pichon achetait l'hôtel et le sauvait de la destruction. Il devait l'habiter jusqu'à sa mort.

Lors de la période romantique, une partie de l'hôtel avait été sous-louée à une bande de « Jeunes-Frances ». Théophile Gautier y fonda le club des Haschischins (1), dont les membres passaient des journées entières à fumer de l'opium et à mâcher du haschisch. Ce fut l'époque où Roger de Beauvoir écrivit ses *Soirées de l'hôtel Pimodan*, où se rencontraient Baudelaire, Balzac, Barbey d'Aurevilly.

Cependant le baron Pichon avait fait restaurer les appartements avec une sûreté admirable : il les meubla, avec infiniment de goût, de meubles anciens, les remplit de bibelots délicieux. C'est dans ce cadre merveilleux que se tinrent, pendant de longues années, les réunions de la Société des « Bibliophiles françois », qu'il présidait.

Après la mort du baron Pichon la ville de Paris songea à acquérir cet hôtel, si remarquable par ses appartements somptueux, décorés de fines peintures, et surtout par ses boiseries dorées du xviiᵉ siècle, d'un si admirable travail et d'une conservation si complète.

Le 24 mars 1899, le Conseil, sur le rapport de M. Clairin, président de la 4ᵉ Commission, prenait la délibération suivante :

« L'Administration est invitée à négocier, avec les héritiers intéressés, l'achat de l'immeuble de l'hôtel de Lauzun, 17, quai d'Anjou, au prix de 300,000 francs, payables en dix annuités avec 3 % d'intérêts. »

Le 12 juillet de la même année, l'ouverture d'un crédit, non plus de 300,000 francs, mais de 350,000 francs, proposée également par M. Clairin, était votée.

Enfin, le 15 décembre de cette même année 1899, le Préfet de la Seine était invité à poursuivre l'obtention d'un décret déclarant d'utilité publique l'acquisition de l'immeuble du quai d'Anjou, « en vue de donner à cet immeuble une destination conforme à son caractère artistique et à ses souvenirs historiques ».

---

(1) Théophile Gautier composa sous ce titre une nouvelle connue, que l'on trouve dans ses œuvres complètes.

Depuis cette époque, l'hôtel Lauzun, acquis par la ville de Paris, n'a pas encore été aménagé.

Une délibération du 30 mars 1901, sur le rapport de M. John Labusquière, porte cependant que « l'hôtel Lauzun sera affecté à l'installation d'un musée qui sera dénommé *Musée du dix-septième siècle*, et à des expositions temporaires des estampes qui, au musée Carnavalet, ne peuvent être accessibles au public; en outre, la conservation devait en être assurée par le personnel du musée Carnavalet. »

Cette délibération est demeurée jusqu'à ce jour lettre morte. Il appartient au nouveau service des Beaux-arts réorganisé de prendre en mains l'aménagement de ce merveilleux logis et d'apporter au Conseil municipal, le plus tôt possible, des conclusions en ce sens.

III

Maison Victor-Hugo.

Le 21 juin 1901 notre collègue M. Froment-Meurice montait à la tribune et donnait lecture, au milieu d'applaudissements unanimes, d'une lettre de son oncle. M. Paul Meurice, exécuteur testamentaire et l'un des amis les plus chers de Victor Hugo, qui offrait de créer à Paris une *Maison Victor-Hugo* analogue à la maison de Shakespeare, à Stratford-sur-Avon, et à celle de Goethe, à Francfort.

A cet effet, M. Paul Meurice faisait don à la ville de Paris d'une collection incomparable d'objets de toutes sortes ayant appartenu ou ayant trait à Victor Hugo (*voir annexe n° 9*), s'engageant, en outre des frais d'aménagement et d'installation du nouveau musée, à mettre à la disposition de la Ville une somme de 50,000 francs.

Il demandait en échange l'aménagement de la maison portant le n° 6 de la place des Vosges, maison que Victor Hugo avait habitée de 1833 à 1848, au moment de la période romantique, et où le grand poète écrivit la plupart de ses drames.

Cette maison formait en 1901 un des bâtiments d'un groupe scolaire, propriété de la Ville. M. Paul Meurice offrait donc, suivant sa propre expression, le musée à Paris, demandant à Paris le cadre pour le musée.

Quelle était cette maison qui allait devenir une des curiosités de la capitale ?

M. Lucien Lambeau, le dévoué secrétaire de la Commission du Vieux Paris, nous l'a appris dans un travail très documenté qu'il fit sur la place des Vosges, — communication qui fut présentée à la Commission du Vieux Paris es 23 octobre et 18 décembre 1902.

Ce n° 6 de la place des Vosges était l'hôtel de Guéménée.

Le 4 juin 1605, l'emplacement où devait, plus tard, s'édifier cet hôtel fut cédé, au nom du Roi, par Claude Pomponne de Bellièvre, chancelier de France, Nicolas Brûlart, marquis de Sillery, garde des sceaux, et Maximilien de Béthune, marquis de Rosny, grand maître de l'artillerie, à Isaac Arnaud, intendant des finances, et au sieur l'Hoste, conseiller notaire et secrétaire du Roy.

L'Hoste bientôt abandonna sa part à Isaac Arnaud, lequel fit construire le pavillon qui nous occupe.

Le 14 août 1612, ledit Arnaud vend l'immeuble 48,000 livres à Jean de Beaumanoir, marquis de Lavardun, maréchal de France.

Le 1er mars 1621, la maison est cédée par la veuve du maréchal de Lavardun à Pierre Jacquet, seigneur de Tigery.

Après la mort de Jacquet de Tigery, l'hôtel est vendu par sa fille, Françoise Jacquet de Tigery, et ses co-héritiers, le 23 février 1639, à Louis de Rohan, prince de Guéménée, pour le prix de 120,000 livres.

Les Rohan firent d'importants travaux d'aménagement intérieur, sans oublier le jardin, « le plus grand de la place Royale », qui s'étendait du cul-de-sac Guéménée à la rue des Tournelles où fut construit, en 1697, un grand bassin.

La famille de Rohan-Guéménée conserva l'immeuble jusqu'en 1784. A cette époque il fut vendu à Jacques Desmary, qui le laissa par héritage à ses enfants, M. et Mlle Desmary.

Le 13 nivôse an V (2 janvier 1797) l'hôtel, toujours dénommé Guéménée, est acquis des héritiers Desmary par M. Péan de Saint-Gilles qui le lègue à sa veuve, laquelle le laisse à son tour à son fils, M. Paul Passy, membre de l'Assemblée nationale. C'est de ce dernier que la Ville en fit l'acquisition, le 23 janvier 1873.

On a dit que Marion Delorme aurait reçu cette maison du duc de la Meilleraie ; on a même prétendu qu'elle y serait morte en 1650. Il n'en est rien, puisqu'à cette époque l'immeuble était habité par la famille Rohan-Guéménée.

On a écrit aussi que la comtesse de Lafayette l'avait possédée pendant toute la Révolution : la vérité est, qu'en vertu du bail du 11 février 1788, un appartement y fut loué par Mme Marguerite Thorel, veuve de Allain-Pierre, comte de Fayet.

Un autre bail, du 24 mars 1789, loue également un appartement à Léon-Michel de Castelnau, procureur au Parlement.

Nous avons dit que Victor Hugo l'occupa de 1832 à 1848 : puis c'est la pension Jauffret, en 1860, et, depuis 1873, une école municipale de filles et garçons.

Victor Hugo écrivit place Royale : *Marie Tudor, Angelo, Ruy Blas, les Burgraves, les Feuilles d'automne, les Chants du crépuscule, les Rayons et les ombres, etc.* Il habitait cette maison quand il fut reçu de l'Académie française ; il avait été nommé pair de France par Louis-Philippe. Après juin 1848, il fut élu à la Constituante.

On raconte qu'en cette même année, les insurgés s'emparèrent de la maison, qui avait une entrée sur l'impasse Guéménée. Apprenant qu'ils étaient chez Victor Hugo, ils avaient visité les appartements avec le plus grand respect et la plus grande déférence sans se livrer à aucun excès.

Le jardin de l'hôtel, ancien jardin de Guéménée, était décoré d'une fontaine en terre cuite du xviie ou du xviiie siècle. Victor Hugo, dit-on, l'emporta dans son exil à Guernesey.

Le 2 mars 1902, lors de la célébration du centenaire du poète, une imposante cérémonie eut lieu place des Vosges, devant la maison habitée par lui.

Devant son petit-fils Georges Hugo et sa petite-fille Jeanne, de nombreux musiciens firent entendre des hymnes et des chants tirés des poésies du maître. Des discours furent prononcés par MM. Duval-Arnould, vice-président du Conseil municipal, et de Selves, préfet de la Seine.

Une statue en plâtre, de Bareau, avait été dressée ; au crépuscule, pendant l'exécution d'un hymne triomphal, des enfants défilèrent, jetant des fleurs, tandis qu'une jeune ouvrière, élue par ses compagnes et figurant la *muse de Paris*, vint couronner la statue.

Puis des illuminations surgirent : et la muse de la Poésie apparut en une éclatante projection sur la maison habitée par le poète.

La maison Victor-Hugo n'a pu encore être inaugurée, mais doit l'être incessamment.

Par une délibération en date du 26 décembre 1902, le Conseil municipal a définitivement voté l'organisation et créé, suivant le désir de M. Paul Meurice, une Commission de contrôle qui est composée de : 1° les donateurs, MM. Georges Hugo, Jean Charcot, Paul Meurice ; 2° six membres du Conseil municipal, MM. Chautard, Dausset, Henri Galli, Froment-Meurice, Pannelier, Quentin-Bauchart ; 3° deux délégués de l'Administration, MM. Brown et Veyrat ; 4° six membres spéciaux, MM. Bonnat (tableaux) ; Arsène Alexandre (dessins) ; Jules Claretie (livres) ; Béraldi (estampes) ; Catulle Mendès (musée intime) ; Adolphe Brisson (musée populaire) ; 5° quatre membres de l'ancien comité du monument, MM. Ed. Lockroy, Gustave Rivet, Emile Blémont, Gustave Simon ; 6° M. Lucien Pallez ; 7° l'architecte du musée.

Le fonctionnement du musée, organisé entièrement par les soins pieux de M. Paul Meurice, est assuré quant à présent et provisoirement par un conservateur (3,000 francs), un gardien-concierge (1,600 francs), un crédit de provision pour le chauffage du 1er février au 15 avril (400 francs), soit une somme totale de 5,000 francs pour le budget de 1903.

MUSÉES D'ART INDUSTRIEL

I

Musée Galliera (1).

Par un mémoire en date du 27 juin 1878, M. Ferdinand Duval, préfet de la Seine, annonçait au Conseil municipal que son administration avait été saisie, par une note en date du 15 avril, d'une proposition de Mme la duchesse de Galliera manifestant l'intention de laisser, par testament, à la ville de Paris, une collection de tableaux, statues, objets d'art et de curiosités, à la condition que cette collection fût exposée au public dans un musée spécial.

Mme la duchesse de Galliera ajoutait qu'elle se proposait de faire construire, pour cette destination, un édifice sur partie d'un vaste terrain qu'elle possédait et qui était situé avenue du Trocadéro entre les rues de Morny (aujourd'hui rue Pierre-Charron) et Freycinet.

Ce musée devait être entouré d'un square. De chaque côté de cette promenade serait ouverte une voie de douze mètres de largeur. Ces deux voies prendraient le nom de rues Brignole et Galliera. En outre la Ville devait s'engager à fournir les plantations nécessaires à la formation du square, qui s'appellerait square Galliera.

La réponse du Conseil municipal ne se fit pas attendre.

Moins de quinze jours après, le 11 juillet, sur le rapport verbal de M. Jobbé-Duval, au nom de la 5e Commission, le Conseil municipal acceptait avec reconnaissance la donation de la duchesse de Galliera, conformément au mémoire préfectoral.

Le 5 septembre un arrêté du Préfet de la Seine approuvait la délibération du Conseil. Le 31 octobre de la même année, Mme la duchesse de Galliera ratifiait par devant notaire sa proposition par une donation en règle.

---

(1) J'ai donné dans un rapport récent (*imp. n° 67 de 1902*) l'historique détaillé du musée Galliera et de ses expositions périodiques. Je me contenterai donc ici de rappeler les grandes lignes de ce rapport.

Immédiatement les travaux, confiés à l'habile architecte Ginain, commencèrent.

Cependant la donatrice mourait le 9 décembre 1888, avant que l'édifice ne fût complètement terminé.

Des événements politiques (l'expulsion des princes) survenus depuis sa donation avaient modifié ses premières intentions en ce qui concernait son dessein de transmettre après sa mort ses collections artistiques à la Ville de Paris. Par son testament olographe du 7 octobre 1884 elle léguait en effet toutes ses collections à la ville de Gênes, mais ne maintenait pas moins les fonds nécessaires pour l'achèvement du musée, à Paris.

Les travaux, un instant interrompus, reprirent jusqu'au complet achèvement de l'édifice en 1894. La Ville se trouvait de la sorte en possession d'un palais élégant, mais vide.

Cette situation semblait d'autant plus regrettable que la construction dans le goût de la Renaissance italienne une fois terminée était des plus réussies ; mais ses proportions exiguës, conçues dans un but spécial, pour abriter des collections déterminées, ne permettant pas l'installation d'œuvres nombreuses, se trouvait par conséquent d'une utilisation difficile à tous les points de vue.

Ce fut alors que le Conseil municipal résolut d'y créer un musée d'art industriel. Mais, avant la réalisation de ce projet, diverses expositions privées y furent organisées, notamment celle des œuvres de Corot. Un certain nombre de tapisseries appartenant à la Ville y trouvèrent place dans la suite, comme les Chasses de Maximilien, les Tapisseries de Saint-Gervais, les Bohémiens, et la Levée d'un camp d'après Casanova, etc.

Ce noyau de collection fut bientôt complété par des objets d'art modernes acquis pour la plupart aux Salons annuels, et par un certain nombre de marbres (statues et groupes) qui ornèrent le vestibule ainsi que l'hémicycle de la cour d'entrée.

Le musée fut inauguré le 19 décembre 1895, sous la présidence de M. Rousselle, président du Conseil municipal, en présence de M. Combes, alors ministre de l'Instruction publique et des Beaux-arts. Le même jour avait eu lieu l'inauguration du Musée des collections artistiques (Pavillon de la Ville, Champs-Élysées).

Cette double inauguration se fit sans éclat, si j'en juge par le compte rendu sec du Bulletin municipal du lendemain. Aucun discours ne fut prononcé. Le Bulletin porte seulement « qu'un grand nombre de membres du Conseil municipal, M. le Préfet de police, MM. les Secrétaires généraux des deux préfectures, de nombreux artistes et les principaux chefs des services de la ville de Paris y assistaient ».

M. le Préfet de la Seine ne s'était point dérangé et s'était fait représenter....

Pendant cinq années le musée Galliera, malgré certains achats importants (je citerai, par exemple, la vitrine si curieuse de M. Carabin, la fontaine en étain de

M. Carpentier, un coffret en émail d'Armand Point, les grès de Carriès, de Damousse, de Delaherche et de Dalpayrat, les étains de Baffier, les verreries de Tiffany et de Gallé, etc., etc.), demeura quelque peu désert.

Telle était la situation lorsque sur ma proposition furent créées en 1901 les expositions périodiques d'art industriel.

Il est inutile de rappeler le succès de ces expositions. Disons seulement qu'après l'exposition de 1901, le jury de Galliera, que j'ai l'honneur de présider (1), décida d'organiser chaque année une exposition particulière d'une branche spéciale de l'art appliqué à l'industrie. La première de ces expositions fut, en 1902, celle de la reliure moderne ; celle de l'ivoire s'ouvre en ce moment même, et obtient un succès encore plus grand que la précédente.

Après l'ivoire viendront sans doute les dentelles, broderies, tapisseries, les émaux, la verrerie, les grès, l'orfèvrerie, les meubles, la ferronnerie, etc. Toutes ces manifestations qui se succéderont d'année en année, ne peuvent manquer, grâce au dévouement habile du conservateur, M. E. Delard, continuateur de M. Charles Formentin, d'ouvrir une voie nouvelle aux progrès incessants de cet art industriel qui passionne actuellement le monde entier.

Je n'ai pas besoin d'insister davantage : de tels résultats et de telles promesses prouvent surabondamment l'utilité de l'œuvre commencée par le Conseil municipal et qui en est encore à ses premier pas.

Dépenses pour le fonctionnement du musée Galliera (Budget de 1903).

A. — Personnel.

1 conservateur	7.000 »
1 gardien-concierge.	1.800 »
2 gardiens à 1,600 francs.	3.200 »
Indemnités aux 3 gardiens.	220 »
A reporter	12.220 »

(1) Le jury d'organisation des expositions d'art industriel au musée Galliera est composé de :

MM. Quentin-Bauchart, conseiller municipal, *président ;* Froment-Meurice, conseiller municipal ; Ralph Brown, inspecteur des Beaux-arts ; Arsène Alexandre, critique d'art ; Henri Béraldi, bibliophile ; Carabin, statuaire ; A. Charpentier statuaire ; E. Delard, conservateur du musée Galliera ; Gustave Geffroy, critique d'art ; Henri Lapauze, critique d'art ; Claudius Marioton, statuaire ; Roger Marx, inspecteur général des Musées ; Roger Milès, critique d'art ; Gabriel Mourey, critique d'art ; Gaston Stiegler, critique d'art ; Thiébault-Sisson, critique d'art ; Veyrat, chef du bureau des Beaux-arts ; Bourgeois, rédacteur principal, *secrétaire.*

Report..... 12.220 »

B. — *Matériel.*

Chauffage, éclairage, travaux, frais divers................... 3.500 »

Accessoires de mobilier et de bureau...................... 400 »

Menues dépenses.. 180 »

Total.......... 16.300 »

A cette dépense doit s'ajouter le crédit de 4,000 francs voté par le Conseil municipal pour l'organisation des expositions d'art industriel, crédit d'ailleurs absolument insuffisant et qui devra être relevé sensiblement.

II

Musée Cernuschi.

Le musée Cernuschi, inauguré le 26 octobre 1898, sous la présidence de M. Léon Bourgeois, ministre de l'Instruction publique et des Beaux-arts, est un musée d'art oriental qui fut légué à la ville de Paris par un généreux collectionneur, M. Henri Cernuschi.

Il contient une série complète de pièces précieuses et rares, d'une inestimable valeur, formant un résumé de l'art chinois et japonais à toutes les époques, choisies avec un goût parfait.

Il est installé dans l'hôtel qu'habitait Henri Cernuschi avenue Velasquez, au parc Monceau, hôtel qui fut légué à la ville de Paris en même temps que les collections qu'il renfermait.

L'acceptation du legs fut faite sur un rapport verbal de M. Levraud par le Conseil municipal à la séance du 3 juillet 1896.

Dans le discours qu'il prononça à l'inauguration du musée, M. Navarre, président du Conseil municipal, nous donna quelques détails sur le généreux donateur.

Henri Cernuschi naquit à Milan en 1820 et ne fut naturalisé Français que par le gouvernement de la Défense nationale, en 1870.

Patriote sincère, Cernuschi prit part dès sa jeunesse, en 1848, au soulèvement de Milan contre la domination autrichienne; mais, les Piémontais étant intervenus sous la conduite de Charles-Albert, il quitte la Lombardie et va proclamer à Rome la république.

Arrêté par les amis du pape, jeté au château Saint-Ange, puis réclamé par l'autorité française, il est traduit devant un conseil de guerre et condamné à l'internement en France.

Bientôt libéré, il est autorisé à venir habiter Paris.

Il se trouvait alors sans ressources.

Entré comme petit employé au Crédit mobilier, il ne tarde pas à acquérir dans le monde financier une grande réputation, en même temps qu'une immense fortune.

Resté fidèle à ses idées révolutionnaires, il fait parvenir en 1870 au Comité de la rue de la Sourdière, constitué pour lutter contre l'Empire à l'époque du plébiscite, une somme de cent mille francs; cette souscription lui valut d'être expulsé de France par le ministère Ollivier.

Rentré en France après le Quatre-Septembre, il obtient sa naturalisation, prend part à la Commune et manque d'être fusillé par les troupes de Versailles.

« Profondément attristé par cette terrifiante suite de catastrophes, ajoute M. Navarre, Cernuschi résolut de partir pour un grand voyage en compagnie de M. Théodore Duret, qui fut pendant de longues années son collaborateur dévoué.

« Les deux voyageurs visitèrent d'abord les États-Unis d'Amérique, puis ils se rendirent au Japon, par San-Francisco et le Pacifique.

« Un jour, au cours d'une de leurs promenades à travers les rues d'une ville japonaise, un marchand leur proposa de leur vendre des bronzes. Frappés de la beauté des pièces qui leur étaient offertes ils acceptèrent, et l'idée leur vint de tenter de réunir une collection. Lorsque la possibilité de réaliser cette pensée leur fut démontrée, ils résolurent de la poursuivre avec méthode, de façon à constituer un ensemble présentant vraiment une histoire complète de l'art chinois et japonais. Telle fut l'origine de l'intéressant musée que nous inaugurons aujourd'hui.

« Non seulement il contient les pièces les plus rares et les plus précieuses au double point de vue de la perfection artistique et de la valeur historique et documentaire, mais encore on y trouve une série ininterrompue de bronzes représentant l'art chinois et japonais à toutes les époques. Il n'y a pas de lacune dans cette collection ; et, tandis que l'artiste et l'ouvrier d'art peuvent y admirer les formes les plus pures et les procédés de fabrication les plus savants, l'érudit et l'historien peuvent y recueillir les renseignements les plus complets et les plus intéressants sur l'évolution esthétique, philosophique et sociale des grands peuples de l'Extrême-Orient.

« Après le Japon, la Chine fut visitée par Cernuschi et de Pékin, de Canton, de Yang-Tu, partaient incessamment d'immenses caisses qui rapportaient en France les dépouilles des boutiques de marchands, des maisons de particuliers et même des temples de dieux !

« De retour à Paris, Cernuschi, ayant jusqu'alors habité un appartement relativement modeste, songea à construire pour sa collection un monument où elle pût être mise en valeur dans tout son éclat. Il se mit à l'œuvre et avec une rapidité extraordinaire le magnifique hôtel que nous admirons fut édifié. C'est là, au milieu des objets familiers, qu'il finit ses jours, entouré du respect et de l'affection de tous les hommes de cœur, après avoir fait dès longtemps le projet de léguer à la ville de Paris l'incomparable musée dont nous ouvrons aujourd'hui les portes afin que ses artisans et ses artistes puissent venir y puiser une inspiration ; ses savants, un enseignement ; son peuple tout entier, contempler les vestiges des civilisations antiques ».

N'oublions pas de rappeler qu'une exposition générale de tous les objets rapportés par M. Cernuschi avait été organisée au Palais de l'Industrie, du mois d'août 1873 au 31 janvier 1874. Ce fut comme une révélation de l'art chinois et japonais, dont jusqu'alors on n'avait jamais vu de spécimens aussi nombreux et aussi riches.

« Tel qu'il est, dit M. Pierre Despatys dans son intéressant ouvrage sur « les musées de Paris » (1), le musée Cernuschi est un admirable musée dont la municipalité doit se montrer fière au point de vue esthétique d'abord et beaucoup aussi au point de vue pratique.

« On ne se doute guère, en effet, du nombre d'objets que nous voyons chez des fabricants français et qui ont été inspirés par des modèles chinois ou japonais. A l'heure actuelle, on vient encore constamment se documenter auprès de ces merveilleux créateurs qui savent si bien réunir la hardiesse dans la conception et la conscience dans l'exécution.

« La conservation de ces curieuses collections est de toute façon assurée aux Parisiens.

« Car, si la Ville avait jamais l'intention de s'en dessaisir, elle ne peut le faire, aux termes des conditions imposées par M. Cernuschi, qu'en les donnant au musée du Louvre, avec tous les frais d'aménagement à sa charge ».

DÉPENSES POUR LE FONCTIONNEMENT DU MUSÉE CERNUSCHI (Budget de 1903).

A. — *Personnel.*

1 conservateur..	5.000	»
1 brigadier concierge	2.100	»
1 gardien	1.800	»
1 autre gardien......	1.600	»
Indemnités aux 3 gardiens.............................	220	»

B. — *Matériel.*

Chauffage, éclairage, travaux et frais divers.................	2.300	»
Accessoires de mobilier et de bureau	300	»
Quote-part dans l'entretien et la surveillance du passage Malesherbes	220	»
Total..........	13.540	»

Il existe en outre au musée Cernuschi un conservateur-adjoint sans traitement.

Les Musées de la ville de Paris, par Pierre Despatys. Paris, Boudet, éditeur.

MUSÉES DES COLLECTIONS ARTISTIQUES

I

Musée d'Auteuil.

« Avant la guerre de 1870, dit une notice qui date de 1889, les collections de la ville de Paris étaient disséminées dans diverses annexes (quai de Béthune, avenue Victoria, boulevard Morland).

« Après la réorganisation de l'Administration municipale en 1871, le service des Beaux-arts concentra ses collections, partie dans les combles de l'hôtel Carnavalet et partie dans les magasins du boulevard Morland, plus spécialement affecté aux œuvres de sculpture, mais ce n'était qu'un palliatif des plus défectueux et les œuvres d'art de la Ville étaient menacées à la longue de s'altérer gravement et même de disparaître, par suite de leur entassement dans des locaux où les atteignaient des détériorations de toutes sortes, lorsque diverses circonstances vinrent forcer l'attention à s'arrêter sur cette situation transitoire, très préjudiciable aux intérêts de l'art à Paris.

« D'une part, l'augmentation normale des objets appartenant au matériel de la Ville nécessita rapidement l'affectation à ce service de la plupart des locaux occupés par la collection des Beaux-arts du boulevard Morland.

« D'autre part, le conservateur de la bibliothèque Carnavalet ne tarda pas à réclamer les pièces des combles pour le placement du trop-plein de ses livres.

« De plus, et en raison de ces considérations d'ordre général, un intérêt tout spécialement artistique plaidait en faveur d'une installation nouvelle, qui permît de réunir les collections toujours croissantes, d'en assurer la conservation et de ne pas priver le public des richesses où les artistes au moins devaient trouver des renseignements précieux.

« Malgré cela, le *statu quo* se prolongea plusieurs années faute de ressources, et ce ne fut qu'à la date du 2 août 1886 que le Conseil municipal, passant outre aux obstacles budgétaires, vota, sur le rapport de M. Delhomme, un crédit de 45,000 fr. permettant de construire à cet effet un bâtiment spécial, sur les terrains appartenant à la ville de Paris, rue La Fontaine et rue Gros. »

Telle fut l'origine de ce dépôt d'Auteuil, qui devait renfermer pendant plus de quinze années les richesses artistiques de la ville de Paris.

En 1886, l'intention du Conseil municipal était bien de créer rue La Fontaine un véritable musée. Les plans existent pour la construction de la galerie qui devait contenir toutes les œuvres d'art, et le musée fut même pendant quelque temps ouvert au public.

Mais, dès 1890, un autre mouvement d'esprit fit qu'on abandonna le projet ébauché. Le musée devint un simple dépôt, mais dans quelles conditions?

Après l'Exposition de 1878, la ville de Paris avait fait transporter derrière le Palais-de-l'Industrie, au cours la Reine, le pavillon construit au Champ-de-Mars.

Ce pavillon n'était guère utilisé que par des locations à des expositions temporaires, comme l'Exposition florale, celle de la Cuisine ou le Salon des artistes indépendants; son utilité était des plus contestables.

Le Conseil municipal, sur l'avis de M. Armand Renaud, inspecteur en chef des Beaux-arts, résolut d'y transporter les collections d'Auteuil.

Ainsi fut-il fait : et le nouveau musée fut inauguré sans bruit, le même jour que le musée Galliera, le 19 décembre 1895.

Il est vrai que son histoire fut courte, et moins d'une année après, la démolition du Pavillon de la ville de Paris ayant été décidée en raison de la future Exposition de 1900, la collection reprenait le chemin d'Auteuil.

La nouvelle installation était tout à fait rudimentaire. « Cette vaste nef éclairée latéralement, dans sa partie supérieure, par des verrières verticales, se prêtait très mal à sa nouvelle destination. On avait dû la subdiviser par des cloisons où étaient mélangés les toiles anciennes et modernes, les dessins et les esquisses. Quelques modèles en plâtre étaient disposés dans l'allée centrale et, le long des murs, se continuait la longue série des esquisses peintes et des esquisses en plâtre partagées en deux catégories distinctes : à droite, les édifices religieux, à gauche, les édifices civils.

« Il convient de remarquer que ce pavillon, qui suffisait, lors de l'Exposition universelle de 1878, pour abriter l'ensemble des services municipaux et départementaux, se trouvait déjà, en 1894, malgré ses vastes dimensions, à peine suffisant pour contenir l'ensemble des collections artistiques de la Ville qui, depuis lors, se sont encore accrues notablement.

« Si imparfaite qu'en fût l'organisation, le nouveau musée n'offrit pas moins un réel intérêt pour le public, appelé à connaître des œuvres d'art presque ignorées.

« Il resta ouvert jusqu'au moment où, englobé dans le périmètre de la future Exposition universelle, le pavillon de la Ville fut appelé à disparaître. On dut alors emmagasiner tout ce qu'il renfermait dans les magasins.d'Auteuil » (1).

Aujourd'hui, le dépôt d'Auteuil ne contient plus que les réserves artistiques de la ville de Paris, la plupart des œuvres d'art qui le remplissaient ayant été transportées soit au Petit-Palais, soit dans les locaux de l'Hôtel de Ville, soit dans les différentes mairies de la ville de Paris, selon la délibération du Conseil municipal. Seul, le vaste hall vitré, destiné aux sculptures, abrite encore la plupart des modèles en plâtre achetés aux artistes.

Tel qu'il est, le dépôt d'Auteuil ne saurait demeurer plus longtemps inutilisé. Si, d'une part, les réserves peuvent être réunies et même exposées dans quelques-unes de ses vastes salles, les autres salles pourraient servir à des expositions intéressantes. Nous ne saurions trop attirer l'attention du service des Beaux-arts et du Conseil municipal sur son utilisation future. Le dépôt d'Auteuil doit devenir un musée, son éloignement ne pouvant être désormais un obstacle en raison des nombreux moyens de transport dont est doté le quartier, moyens de transport qui seront bientôt augmentés par l'ouverture d'une ligne métropolitaine.

Le dépôt d'Auteuil n'a pas, quant à présent, de budget spécial. Les menues dépenses sont payées sur le § 3 du chap. 13, art. 32, et le gardiennage sur le § 5.

---

(1) Ralph Brown, inspecteur des Beaux-arts. *Rapport sur l'organisation du Petit-Palais.*

II

Palais des Beaux-arts.

Le Palais des Beaux-arts de la ville de Paris (Petit-Palais des Champs-Elysées) a été construit pour l'Exposition universelle de 1900 en remplacement du Pavillon de la Ville, élevé après l'Exposition de 1878 derrière le Palais de l'industrie au cours la Reine.

L'art. 2 de la convention passée entre la Ville et l'État porte en effet :

La Ville recevra, en remplacement du pavillon qu'elle possède au cours la Reine, la totalité du Petit-Palais à construire sur la gauche de la nouvelle promenade des Champs-Élysées à l'esplanade des Invalides.

« Nous savions dès l'origine, a dit le président du Conseil municipal de Paris, M. Grébauval, le 8 mars 1901, à la cérémonie de la réception du Petit-Palais par la ville de Paris, que les hommes de haute valeur qui allaient apporter leur concours au Commissariat général, et qui ne cessaient de le donner à la ville de Paris, sauraient nous assurer une œuvre digne de la capitale. Le jury choisit M. Charles Girault entre tous les concurrents ; les travaux commencèrent en octobre 1896, le Petit-Palais apparut dans toute sa beauté au printemps de 1900.

« Ce qu'il est ? Tous les Parisiens, tous nos visiteurs, l'univers entier pourraient nous le dire ; on fut unanime à en proclamer la délicatesse et l'harmonie, l'élégance et l'intimité. Parmi tant d'autres, le Petit-Palais attirait et retenait. Tout l'art du passé y reparut au soleil dans un cadre digne de lui. L'art d'aujourd'hui et celui de demain en seront également les hôtes. Ils y rentreront précédés par la bienfaisance : car le Conseil municipal a voulu y recevoir, après ses invités, les défenseurs de l'enfance, et le sourire des petits planera sur le monument (1).

« Je suis heureux de féliciter ici le grand organisateur de nos merveilles, M. Bouvard, directeur des services d'Architecture de la ville de Paris (*Applaudissements*), M. Girault, dont la conception heureuse fut si bien réalisée par l'exécution (*Applaudissements*). Je félicite leurs collaborateurs, MM. de Saint-Marceaux, Injalbert, Hugues, Fagel, Peynot, Desvergnes, Moncel, Ferrary, Convers, Lefeuvre,

---

(1) L'Exposition de l'enfance, qui venait de fermer ses portes, et dont le succès fut très vif.

grands artistes qui ont mis, chacun, de leur âme avec leur signature dans la pierre de cet édifice (*Bravos*). Je félicite les entrepreneurs, les ouvriers, tous en un mot. La ville de Paris a été bien servie par ses enfants (*Vifs applaudissements*). »

Le Petit-Palais des Champs-Élysées couvre une surface de 7,000 mètres carrés environ. Il affecte en plan la forme d'un trapèze. La grande base de ce trapèze a 122 mètres de longueur et borde l'avenue Alexandre-III. La petite base mesure 76 mètres et fait face à la place de la Concorde. Les deux autres côtés, longs de 86 mètres, sont, le premier, parallèle à l'avenue des Champs-Élysées, et le second symétrique du premier, ce qui le place suivant une direction légèrement inclinée par rapport au Cours-la-Reine et à la Seine.

« Dans sa composition générale l'édifice comporte : un étage de soubassement ; un étage principal divisé pour servir de musée ; un étage de combles, où sont aménagés des locaux destinés à des dépendances. Au centre un jardin semi-circulaire de 52 mètres de diamètre, de plain-pied avec l'étage principal, forme terre-plein à l'étage de soubassement » (1).

Commencés le 15 octobre 1897, les travaux furent conduits avec toute l'activité que nécessitait l'exécution, dans un délai si restreint, d'un monument définitif de pareille importance.

Du 15 octobre 1897 au printemps de 1898, l'Administration procéda aux terrassements, au battage des pieux et à l'établissement des maçonneries des basses fondations.

Le gros œuvre put être terminé au cours de l'année 1898.

Toute la saison de 1899 fut consacrée au ravalement, à la sculpture, à la plomberie d'art, etc.

Les plâtres intérieurs et la décoration en staff se poursuivirent pendant l'hiver de 1899-1900, ils étaient achevés en temps utile pour l'installation des objets exposés.

Ainsi la construction du palais avait duré moins de deux ans et demi (2).

Le total de la dépense fut de près de six millions (exactement 5,840,803 fr. 31 c.).

Les sculpteurs qui prirent part à la décoration extérieure furent MM. Injalbert,

---

(1) *Exposition universelle internationale de 1900. Rapport général administratif et technique,* par Alfred Picard, commissaire général, tome 2, page 116.

(2) Ibid., page 125.

de Saint-Marceaux, Ferrary, Convers, Hugues, Fagel, Peynot, Moncel, Hector Lemaire, Desvergnes, Lefeuve, Carlus et Hercule.

Dès sa remise à la ville de Paris le Petit-Palais semblait certainement destiné à abriter les collections artistiques de la ville de Paris, déposées à Auteuil.

Le 5 novembre 1900 la 4e Commission du Conseil municipal était saisie d'un court mémoire de M. le Préfet de la Seine demandant au Conseil de se prononcer sur l'affectation et l'organisation du Palais et soumettant trois rapports de MM. Georges Cain, conservateur de Carnavalet, Brown, inspecteur des Beaux-arts, et Pierre Despatys, auteur des *Musées de Paris*.

L'étude de ces rapports fit l'objet d'un travail personnel, que je présentai au Conseil au nom de la 4e Commission (1), et dont la conclusion fut la délibération suivante votée à la séance du 5 juillet 1902 :

LE CONSEIL,

Vu le mémoire de M. le Préfet de la Seine, en date du 5 novembre 1900, portant l'organisation du Petit-Palais;

Vu le rapport de sa 4e Commission,

DÉLIBÈRE :

I. — Le Petit-Palais des Champs-Élysées portera le nom de Palais des Beaux-arts de la ville de Paris.

II. — Une commission spéciale composée de la 4e Commission du Conseil municipal et d'une commission de huit membres nommés par M. le Préfet de la Seine sera chargée d'établir une sélection entre les œuvres d'art actuellement déposées dans les réserves d'Auteuil ou placées dans les différentes salles de l'Hôtel de Ville ou de ses annexes. Les œuvres d'art qui ne seront pas transportées au Petit-Palais seront destinées à orner les vingt mairies de la ville de Paris ou les salles de l'Hôtel de Ville désignées pour les recevoir.

III. — Le Palais des Beaux-arts est destiné à recevoir, en outre des galeries réservées aux tableaux et aux sculptures :

1° Les esquisses et dessins — propriété de la ville de Paris;

2° Des gravures, eaux-fortes (en différents états), médailles, etc., commandées par la ville de Paris;

3° Des objets d'art et souvenirs historiques.

---

(1) Rapport sur l'affectation du Petit-Palais des Champs-Élysées (imprimé n° 23 de 1901).

IV. — Des expositions rétrospectives ou autres pourront être organisées dans le Palais, soit par la ville de Paris, soit par des particuliers, après délibération du Conseil municipal prise sur le rapport de sa 4ᵉ Commission.

V. — L'Administration est invitée à étudier l'aménagement d'une bibliothèque des Beaux-arts dans une salle du second étage.

VI. — M. le Préfet de la Seine est invité également à saisir le Conseil municipal de ses propositions concernant l'administration et le personnel du Petit-Palais dès le début de la prochaine session budgétaire.

Le Petit-Palais prenait donc définitivement le titre de *Palais des Beaux-arts de la ville de Paris*.

La Commission spéciale, composée de la 4ᵉ Commission et de MM. Benjamin Constant, Bonnat, Detaille, Jean-Paul Laurens, Gérôme, Carolus Duran, Mercié et Frémiet, fonctionna presque aussitôt ; nommé vice-président par M. le Préfet, j'eus l'honneur, en l'absence du Préfet, d'en diriger les travaux.

La sélection fut établie avec le plus grand soin ; de nombreuses séances furent jugées nécessaires pour assurer l'exécution complète des décisions du Conseil. Quant à moi, je ne saurais trop remercier de leur bonne volonté et de leur zèle les grands artistes qui ont bien voulu accepter de collaborer avec nous pour le succès de l'œuvre entreprise, pour assurer à la Ville un musée digne d'elle, composé des œuvres les plus intéressantes de nos artistes contemporains.

Le musée allait donc être organisé sur les bases mêmes de la délibération du 5 juillet 1901, lorsqu'un événement nouveau, sans modifier les vues du Conseil, vint heureusement les compléter.

Un riche amateur de Rouen, M. Auguste Dutuit, dont les collections avaient depuis longtemps une réputation universelle, mourait à Rome le 11 juillet 1902, ayant, par différentes dispositions testamentaires, institué la ville de Paris comme légataire des richesses artistiques qu'il possédait.

Le legs de M. Dutuit comprenait :

1° Toutes les collections artistiques du testateur ;

2° Deux immeubles situés à Paris rue Cadet et boulevard des Filles-du-Calvaire ;

3° Cinq cent quarante-deux actions de la Banque de France.

Les charges et conditions du legs consistaient dans la quadruple obligation pour la Ville :

1° De prendre parti sur l'acceptation ou le refus du legs dans un délai de deux mois ; dans ce même délai de choisir un local central où les collections seraient installées sous le nom de « Collections Dutuit » et où le public pourrait les visiter gratuitement ;

2° Le legs accepté, d'installer dans les quatre mois suivants lesdites collections dans le local choisi, d'admettre le public à les visiter, enfin d'en assurer le parfait fonctionnement ;

3° De faire face aux frais d'installation, d'entretien et d'administration de la collection ainsi qu'à son accroissement, au moyen des revenus de la dotation ;

4° Enfin d'entretenir à perpétuité la sépulture de famille Duclos-Dutuit sise au cimetière du Père-Lachaise.

Faute par la ville de Paris d'exécuter les deux premières conditions dans le délai prescrit par le testament, le legs devait revenir en totalité à la ville de Rome.

Il y avait donc un intérêt capital pour la Ville à procéder rapidement.

Dès qu'il connut l'importance de ce legs, M. le Préfet de la Seine, d'accord avec le président du Conseil municipal, s'occupa immédiatement de la question de savoir en quoi consistaient les conditions et quelle valeur pouvaient avoir les deux immeubles légués.

Un rapport succinct de M. Bouvard eut pour conclusions que les revenus de la dotation étaient plus que suffisants pour couvrir les frais d'installation, d'entretien et d'administration du futur musée.

D'un autre côté, M. Georges Cain, envoyé à Rouen, donnait, dans une relation enthousiaste, la nomenclature rapide des merveilles entassées tant dans l'hôtel du testateur que dans les deux châteaux qu'il possédait aux environs de Rouen. Une délégation du Conseil municipal se transporta également à Rouen et s'assura de visu de la réalité des faits annoncés.

Dans deux mémoires, en date des 12 et 18 août 1902, transmis d'urgence à la 4e Commission, M. le Préfet de la Seine expliquait en détail les clauses de cette donation véritablement exceptionnelle.

Le 18 août 1902, le Conseil municipal, convoqué extraordinairement, acceptait avec reconnaissance le legs du généreux donateur et désignait le Palais des Beaux-arts pour l'installation des collections. Cette délibération fut adoptée à l'unanimité.

Faut-il rappeler maintenant avec quel éclat eut lieu le 14 décembre 1902 l'inauguration du Palais des Beaux-arts de la ville de Paris en présence de M. Loubet, président de la République (voir *Annexe n° 21*).

Un arrêté préfectoral avait assuré le fonctionnement du nouveau musée en nommant six attachés, dont deux attachés libres, qui, avec M. Georges Cain, installèrent avec un goût parfait, sous la direction de MM. Brown et Veyrat, goût auquel nous nous réjouissons de rendre hommage, aussi bien les salles de la collection Dutuit que celles du musée municipal.

Le Palais des Beaux-arts reçut une affluence tellement considérable de visiteurs que, particulièrement les dimanches et jours de fêtes, des services d'ordre durent être établis. Le succès est donc complet, et le Conseil municipal peut aujourd'hui s'enorgueillir à juste titre d'avoir contribué à faire du Palais des Beaux-arts une des attractions les plus intéressantes et les plus courues de la ville de Paris.

Le fonctionnement du Palais des Beaux-arts est assuré quant à présent et dans des conditions satisfaisantes par les attachés nommés par M. le Préfet de la Seine.

Dépenses pour le fonctionnement du Palais des Beaux-arts (Budget de 1903).

A. — Personnel.

4 attachés à 1,800 francs.	7.200 »
1 gardien-concierge.	1.800 »
2 gardiens à 1,600 francs.	3.200 »
Indemnités au gardien-concierge et aux deux gardiens.	220 »

B. — Matériel.

Chauffage, éclairage, travaux et frais divers.	2.500 »
Accessoires de mobilier et de bureau.	600 »
Menues dépenses diverses.	300 »
	15.820 »

Il importe de constater que ce budget est essentiellement provisoire. Le gardiennage est absolument insuffisant et ne permet même pas d'ouvrir le jardin intérieur. — Les dépenses de matériel sont également insuffisantes : il sera nécessaire d'élever ces dépenses dans de notables proportions, lorsque les arrérages du legs Dutuit auront enfin été mis à la disposition de la Ville.

Pour les sous-attachés, deux sont attachés libres sans traitement.

III

Musée projeté de l'Assistance publique.

Nous ne parlerons ici que pour mémoire du musée projeté de l'Assistance publique, dont le fonctionnement serait d'ailleurs assuré par l'administration même de l'Assistance publique et dont, par conséquent, il ne peut être question qu'indirectement dans ce travail.

L'Assistance publique possède, en effet, dans ses différents immeubles, un certain nombre d'objets anciens du plus grand mérite ; quelques-uns, comme le bureau de Fouquier-Tinville qui se trouve dans le cabinet du directeur avenue Victoria, ont même un caractère historique.

N'y aurait-il pas intérêt à grouper dans un même local toutes ces reliques disséminées actuellement un peu partout ?

Dans une séance récente la Commission du Vieux Paris a émis le vœu que l'hôtel de Miramion (quai de la Tournelle) ne soit point démoli et soit utilisé dans le sens que nous indiquons.

Ce vœu a été transmis à l'Administration et à la 5e Commission, avec avis favorable, par une délibération du Conseil municipal. L'avis favorable fut réclamé par notre collègue M. Ranson, rapporteur du budget de l'Assistance publique.

Il serait à souhaiter que le nouveau directeur de l'Assistance publique, M. Mesureur, tînt la promesse exprimée à plusieurs reprises par son prédécesseur M. Mourier.

La création d'un tel musée ferait grand honneur à l'administration de l'Assistance publique, en même temps qu'elle ne manquerait pas de piquer la curiosité du plus grand nombre.

COMMISSION DE SURVEILLANCE DES MUSÉES MUNICIPAUX.

Le 12 juillet 1893, sur le rapport de M. Levraud, président de la 4ᵉ Commission, le Conseil municipal votait la création d'une Commission de surveillance des musées d'art et des collections artistiques de la ville de Paris.

Cette Commission devait être composée de M. le Préfet de la Seine, du président du Conseil municipal et de six membres de la 4ᵉ Commission désignés par elle.

Cette Commission fut composée en 1893 de MM. Levraud, Hattat, Delhomme, Lampué, Blondel, Clairin.

En 1897 de MM. Levraud, Pierre Baudin, Blondel, Fournière, Hattat, Lampué, Marsoulan.

Elle est composée actuellement de MM. Quentin-Bauchart, Deville, Chautard, Dausset, Galli, Bellan, César Caire. Elle n'a point joué de rôle important depuis sa création; à peine se réunit-elle quelquefois.

Il serait à souhaiter qu'avec la nouvelle réglementation du service des Beaux-arts elle prît une plus grande importance. Elle pourrait par exemple être consultée sur certains points importants intéressant les musées, comme les dons et legs qui leur sont faits aussi bien que sur certains achats. Elle servirait de la sorte de trait d'union entre MM. les conservateurs et la 4ᵉ Commission du Conseil municipal, laquelle jugerait en dernier ressort, avant le rapport en séance plénière du Conseil municipal.

DEUXIÈME PARTIE

LE SERVICE DES BEAUX-ARTS

Historique du service des Beaux-arts.

Le service des Beaux-arts de la ville de Paris ne date que de 1816.

Sous l'ancienne monarchie, il n'existait pas, en ce qui concerne les Beaux-arts, de service proprement dit de la ville de Paris. C'était l'État qui se chargeait lui-même des commandes faites aux artistes, soit pour décorer les monuments de la capitale, soit pour commémorer par la peinture ou par la sculpture de grands faits historiques qui s'étaient passés à Paris.

On sait ce que fit la Révolution en matière de beaux-arts. La Convention, en même temps qu'elle ordonnait la destruction officielle des titres de la noblesse et des archives anciennes, laissa compléter cette destruction par celles des richesses artistiques de la France. Ce mouvement de vandalisme, parti de Paris, gagna peu à peu toutes les province : les iconoclastes mutilèrent ainsi quantité de chefs d'œuvre, pertes qui furent, hélas! irréparables.

En 1790, l'Assemblée constituante avait attaché au Comité d'aliénation des biens du clergé une Commission des arts composée de membres de l'Académie des inscriptions et d'amateurs ; elle était présidée par le duc de La Rochefoucauld.

Malheureusement cette Commission semble n'avoir eu aucune action pour arrêter le désordre.

Les projets de l'époque sont, en effet, chimériques ou violents. C'est ainsi que M. Kersaint, « administrateur et député suppléant au département de Paris », proposait à l'Assemblée départementale, dans un discours qui fut imprimé (1), de rendre tout d'abord un hommage aux loix autrement que par les écriteaux « Loix et actes de l'autorité publique » placés sur les *tristes et sales murs de la ville*. Il demandait donc l'érection de prytanées, dont il donnait en annexe des planches excessivement curieuses. Ces prytanées, sur les faces desquels devaient être inscrites les *loix*, se divisaient en trois classes de dimension différente suivant leur importance.

En outre, un prytanée monumental devait être érigé sur les ruines de la Bastille.

Un autre projet avait pour objet la transformation en palais national de l'église de la Madeleine en construction, « dont le portique superbe fixe les regards et

---

(1) Discours sur les monuments publics prononcé au Conseil du Département de Paris le 15 décembre 1791 par Armand-Guy Kersaint. *Imprimerie de P. Didot l'aîné, 1792.*

7

inspire de nobles pensées ». On eût fait payer la dépense (4 à 5 millions au plus) par les 83 départements, soit 50,000 à 60,000 francs par département. Ce palais, pour la décoration duquel appel aurait été fait au concours des plus excellents artistes, devait contenir la salle et les bureaux de l'Assemblée nationale.

Ce n'était rien encore : une partie du Louvre devait être transformé en *Muséum* français, c'est-à-dire en « réunion de tout ce que la nature et l'art ont produit de plus rare et de plus parfait » : le Louvre, « ce monument de gloire et de honte, ce monument qui, seul, rappellerait au Français libre, s'il pouvait l'oublier, les vices du Gouvernement qu'il a renversé ».

La ville de Paris, « dont le Louvre achevé doit faire l'ornement », était invitée à concourir à la dépense. Dans le monument terminé, devaient être réunis tous les chefs-d'œuvre de peinture et de sculpture.

Enfin, n'oublions pas un projet de cirque national, qui eût occupé tout le Champ de Mars depuis la Seine jusqu'à l'École militaire, au centre duquel se serait dressé un gigantesque autel de la Liberté. Quatre piédestaux couronnés de figures colossales et de trophées (à l'instar de ceux de Rome connus sous le nom de *Marius*) devaient former à l'entrée trois immenses passages, donnant sur une place ouverte en demi-cercle, « à la circonférence de laquelle seraient placés des canons pour les fêtes militaires. Cette place conduirait à un pont qui serait jeté sur la Seine (à l'emplacement actuel du pont d'Iéna) dont l'entrée serait défendue par des lions colossaux » (1).

Suivait un arrêté du 15 décembre 1791 du département de Paris, approuvant le rapport de M. Kersaint et nommant une Commission, qui avait pour mission de classer les différents édifices de Paris suivant leurs destinations diverses, d'en estimer l'entretien annuel, afin de préparer la classification des dépenses à la charge de la commune de Paris, du département et de la Nation.

On peut juger par ces projets, sur lesquels je me suis un peu étendu, en raison de l'intérêt et de la curiosité qu'ils présentent, de l'état d'esprit des hommes de la Révolution, aussi bien au point de vue des beaux-arts qu'au point de vue des monuments publics... C'était, par le fait, l'État qui prenait l'initiative des réformes et des plans; la ville de Paris n'était appelée que pour contribuer aux dépenses.

Dès le 11 mars 1792, la Commission des arts se vante des résultats obtenus. « Cinq ou six cent mille volumes placés avec ordre dans différents dépôts, tels que l'église des ci-devant Capucins, rue Saint-Honoré, de la Culture-Sainte-Catherine, rue Saint-Antoine, et autres; un très grand nombre de tableaux de tous les maîtres

---

(1) Ce projet fut soumis à Mirabeau, qui l'approuva entièrement, ajoutant qu'il était lui-même depuis longtemps *tourmenté* par la même idée.

de l'école française et plusieurs de l'école d'Italie transportés au dépôt provisoire établi aux Petits-Augustins; des statues, des bas-reliefs, des colonnes de marbres différents, des médailles de tous les métaux; des figures antiques en basalte et en bronze, des vitraux, des échantillons d'histoire naturelle, des tapisseries anciennes, des mosaïques, des émaux, des pièces d'orfèvrerie exceptées de la fonte, et une infinité d'objets précieux, recueillis dans les maisons ecclésiastiques et autres devenues nationales et rassemblées dans le même dépôt; l'arrangement de tous ces monuments, la restauration de quelques autres, tel est le résultat des travaux effectifs de la Commission. »

L'Assemblée constituante, avant de se séparer, voulut renforcer cette Commission par plus d'autorité et par l'addition de quelques membres : elle lui donna aussi de nouvelles instructions :

« L'Assemblée, après avoir voté l'urgence, décrète qu'il sera procédé sans délai au triage des statues, vases et autres monuments placés dans les maisons ci-devant royales et édifices nationaux qui méritent d'être conservés. »

La Convention confirma ce qui avait été décidé par les deux Assemblées précédentes.

Malheureusement, les ruines s'accumulaient par toute la France; et ce n'était guère une compensation que cet emmagasinage d'objets précieux dans des conditions qui ne laissaient que trop à désirer.

En tout ceci il ne faut retenir, à la décharge de la Révolution, que l'enrichissement du musée du Louvre. Comme le dit fort bien M. le marquis de Laborde dans son ouvrage sur les archives de la France, ouvrage auquel je me suis déjà plusieurs fois reporté (1), « la création du musée du Louvre fut la plus belle institution du règne de Louis XVI, parce qu'elle a été la plus favorable aux arts : elle fut inspirée au roi par son surintendant, ami des beaux-arts, M. d'Angiviller, le digne successeur du marquis de Marigny. Mais la difficulté de retirer les tableaux et statues des résidences royales, et, plus encore, des appartements des grands officiers qui s'en regardaient pour ainsi dire comme les propriétaires, paralysait les efforts du surintendant qui, à l'époque de la Révolution, n'avait encore rendu publiques qu'un petit nombre de salles du Louvre. La Révolution ne connut pas ces obstacles; elle fit main basse sur la propriété artistique de la France et compléta facilement le musée national. »

Que fait la Ville au milieu de ces bouleversements? Rien pour ainsi dire. Et, si le

---

(1) *Les archives de la France, leurs vicissitudes pendant la Révolution, leur régénération sous l'Empire,* par le marquis de Laborde, directeur général des Archives de l'Empire, membre de l'Institut. Paris, librairie Renouard, 1867.

département de Paris a parfois voix au chapitre, ce n'est que sous le contrôle et pour ainsi dire sous la férule de la Nation, seule maîtresse et dispensatrice.

Cet état de choses se maintint une fois la tourmente passée. L'Empire eut de grands projets en ce qui concernait les beaux-arts; mais, reprenant les traditions de la monarchie, il ne laissa à la ville de Paris aucune initiative, qu'il projetât soit l'Arc de triomphe de l'Étoile, soit le palais du Trocadéro, ou bien qu'il édifiât la Colonne en souvenir des victoires de la Grande armée. La Madeleine peut devenir le temple de la Gloire, la ville de Paris n'est même point consultée. Tout se concentre dans le rayonnement du gouvernement du Premier consul et plus tard de l'Empereur.

C'est donc bien la Restauration qui crée à Paris un service des Beaux-arts.

Dans une brochure intitulée : *Relevé général des objets d'art commandés depuis 1816 jusqu'en 1830 par l'administration de la ville de Paris* (1) et signée du nom de Joseph-Aimable Grégoire, auteur de « l'Itinéraire de l'artiste et de l'étranger dans les églises de Paris et du Guide des négociants dans le palais de la Bourse », nous trouvons des documents intéressants sur le fonctionnement du *bureau des cultes et des beaux-arts de la préfecture de la Seine*.

Ce bureau était chargé :

1° De la construction et de l'entretien de tous les édifices religieux de la ville de Paris ;

2° De leur décoration intérieure ;

3° De l'administration des cimetières de Paris, y compris les pompes funèbres.

L'auteur du « Relevé général » s'exprime en ces termes pour expliquer le fonctionnement de ce service :

« Les objets d'art qui décoraient les églises de Paris ayant été détruits en partie pendant la Révolution de 1789, il était digne d'une administration vigilante et sage de faire disparaître ces traces de vandalisme.

« A cet effet, des projets présentés à M. Lainé, ministre de l'Intérieur, par M. le comte Chabrol de Volvic, préfet du département de la Seine, et approuvés en 1815 par Son Excellence, commencent à être mis en exécution l'année suivante.

« Sans doute l'embellissement des églises de la capitale devait fixer l'attention de l'Administration; mais à ce motif, déjà si puissant, s'en joignait un autre non moins intéressant.

« De jeunes artistes, *l'espoir de l'école française*, après avoir remporté les pre-

---

(1) Cette brochure porte cette devise suggestive : Les beaux-arts sont à l'égard de l'industrie des hommes ce qu'est la rose à l'égard des autres fleurs.

miers prix dans les concours publics et terminé leurs études à Rome, en qualité de pensionnaires du roi, revenaient dans leur patrie avec le désir bien naturel de donner des preuves de leur talent ; mais ils n'en trouvaient pas toujours de suite l'occasion et la plupart d'entre eux, étant dépourvus de fortune, ne pouvaient dès lors subvenir aux frais d'études et aux dépenses d'un grand sacrifice. Il convenait donc de leur confier les travaux que la Ville se proposait de distribuer.

« L'Administration fit plus : elle appela près d'elle des artistes connus pour de nombreux succès et créa une Commission chargée de surveiller les travaux d'art et d'éclairer de ses conseils les jeunes peintres et statuaires désignés pour les exécuter. Cette Commission (1), présidée par M. le Préfet de la Seine, fut convoquée pour la première fois le 30 avril 1816, et dix-sept tableaux et une statue furent commandés pour cette même année.

Depuis 1816 jusqu'en 1830, 219 tableaux et 125 statues ou bas-reliefs furent commandés, et, parmi ces objets d'art, 178 tableaux et 110 statues ou bas-reliefs furent terminés.

En parcourant la liste de ces œuvres d'art, nous voyons que la plupart furent attribuées à des églises, quelques-unes au palais de la Bourse, d'autres au château de Villeneuve-l'Étang, près Saint-Cloud (?) En outre, un monument, dont le projet fut conçu par Hippolyte Le Bas, architecte, membre de l'Institut, et dont l'exécution fut confiée au baron Bosio, à MM. Cortot et Dumont père, fut élevé dans la salle des Pas-Perdus, au Palais de justice, à la mémoire de feu M. Lamoignon de Malesherbes, défenseur de Louis XVI (depuis la Révolution de 1830, le bas-relief de Cortot fut retiré du monument).

De nombreuses médailles furent également frappées pour le bureau des Cultes et des Beaux-arts.

---

(1) Cette Commission était composée de :

M. le comte Chabrol de Volric, préfet de la Seine, *président*
M. Cartellier, statuaire, de l'Institut ;
M. Dupaty, statuaire, de l'Institut ;
M. Castellan, peintre, de l'Institut ;
M. le comte Turpin de Crissé, peintre, de l'Institut ;
M. Letellier, peintre ;
M. Godde, architecte en chef des églises de Paris ;
M. Larribe, chef de division chargé des Beaux-arts ;
Ont depuis fait partie de la même Commission :
M. le baron de Walckenaer, secrétaire général de la préfecture ;
M. Defresne, secrétaire général de la préfecture, en remplacement du premier, nommé préfet ;
M. Cortot, statuaire, de l'Institut ;
M. Ingres, statuaire, de l'Institut ;
M. H. Le Bas, architecte, de l'Institut.

Le chiffre de la dépense pour les tableaux, statues et bas-reliefs s'éleva à la somme de.. 847.368 »

Pour le monument Lamoignon, à celle de.... .... 72.000 »

Pour les médailles, à celle de.......................... 41.250 »

Soit un total, pendant quinze années, de.......... 960.618 »

Nous ne pouvons laisser passer cette époque sans signaler les services rendus par M. Larribe, conservateur depuis 1817 des monuments et objets d'art de la ville de Paris.

M. Larribe, qui conserva ses fonctions jusqu'en 1830, était secrétaire de la Commission des Beaux-arts ; son nom a été donné à une rue de Paris.

En 1830, le bureau des Beaux-arts est purement et simplement supprimé par le gouvernement de Louis-Philippe. M. Grégoire, dans son livre, en accuse l'esprit anticlérical de l'époque, qui ne pouvait admettre les nombreuses commandes faites aux artistes pendant la Restauration pour décorer les églises de Paris.

Nous n'en trouvons pas moins au budget de la Ville une dépense pour les peintures, sculptures et objets d'art de 63,625 fr. 75 c. en 1831, de 45,186 fr. 37 c. en 1832, de 39,307 fr. 10 c. en 1833 et de 22,214 fr. 65 c. en 1834, etc... (1).

C'est que, bien que le *bureau* des Beaux-arts ait été supprimé, les affaires concernant les beaux-arts mêmes avaient été rattachées directement au Secrétariat général de la Préfecture de la Seine (M. Varcollier).

Ceci résulte des renseignements que nous avons trouvés dans l'Almanach royal de 1831, à la rubrique « Préfecture de la Seine ».

Voici les autres renseignements que nous avons pu recueillir dans les almanachs royaux de 1830 à 1844, époque où les actes administratifs du département de la Seine furent imprimés pour la première fois et date à partir de laquelle existent, par conséquent, en raison de cette intéressante publication, des pièces absolument officielles.

Jusqu'en 1835, le Secrétariat général est seul chargé des affaires intéressant les Beaux-arts de la ville de Paris; en 1835, création d'une deuxième section du service du Secrétariat général, et c'est dans cette deuxième section que se trouvent les Beaux-arts. Nous voyons pour la première fois le nom de M. Buffet, attaché à cette section comme conservateur du matériel. C'est ce même M. Buffet qui, en 1838, sera chargé spécialement des Beaux-arts.

---

(1) Martin Saint-Léon. *Résumé statistique des recettes et dépenses de la ville de Paris, de 1797 à 1840*. Paris, 1843.

En 1839, un deuxième bureau est créé; M. Buffet devient chef de ce deuxième bureau.

En 1840, M. Buffet étant toujours chef de bureau, M. Ballard, architecte, est nommé *inspecteur des Beaux-arts*.

Cette situation existe jusqu'en 1843, où M. Ballard, passe avec ses attributions du deuxième au premier bureau, dont le chef est M. Baudot.

Il en sera ainsi jusqu'à la révolution de 1848.

Cependant, de 1835 à 1839 fonctionna une Commission administrative des Beaux-arts, sur le modèle de la Commission des Beaux-arts de la Restauration. Elle avait pour but « de donner son avis sur tous les projets et travaux d'art à exécuter aux frais de la ville de Paris ». Elle était convoquée par le préfet de la Seine, qui la présidait (1).

Nous verrons reparaitre plus tard une Commission similaire en 1858, lors de la réorganisation du service sous le second Empire.

En 1848 un arrêté d'Armand Marrast, maire de Paris sous le gouvernement provisoire, arrêté daté du 29 mars, conserva au Secrétariat général le service des Beaux-arts. Le 2ᵉ bureau de la 1ʳᵉ division avait, en effet, pour attributions à cette époque les Beaux-arts, le Commerce, l'Agriculture et la Statistique. M. Baudot en demeurait le chef.

En 1850, le 1ᵉʳ bureau de la 1ʳᵉ division du Secrétariat a le Personnel et les Beaux-arts, avec M. J.-B. Barbier comme chef de bureau.

En 1852 on rattache de nouveau au même bureau, en même temps que les Beaux-arts, le Commerce et l'Agriculture, avec M. Lefébure.

Enfin, en 1853 débute une organisation toute nouvelle.

Le service des Beaux-arts quitte le Secrétariat général pour être rattaché au Cabinet du Préfet (Beaux-arts, Matériel et Fêtes), avec M. Buffet, chef de bureau.

En 1855 M. Buffet disparaît pour les Beaux-arts restant chef du Matériel. C'est le Cabinet même du Préfet, avec M. Ferrier des Tourettes comme chef de cabinet, qui s'occupe des Beaux-arts et des Fêtes (arrêté du 26 décembre 1856). En 1857 c'est M. Laurand qui remplace M. Ferrier des Tourettes.

En 1863, c'est le 3ᵉ bureau du Cabinet du préfet, sous M. Haussmann, qui

---

(1) La Commission administrative des beaux-arts était composée de : le Préfet de la Seine, président; le Secrétaire général de la préfecture de la Seine; MM. Castellan, Cortot, David, Fontaine, le baron Gérard, le baron Guérin, Ingres, Lebas, Leclerc Richomme. de l'Académie des beaux-arts ; Casimir Delavigne, Lebrun, de l'Académie française; Decaisne, Paul Delaroche. Drolling, Picot, peintres; Gatteaux, graveur; Visconti, architecte; Vitet. homme de lettres; Barrière, Miel, chefs de division à la préfecture de la Seine; Godde, architecte de la Ville; Varcollier, secrétaire.

reprend le service des Beaux-arts (Beaux-arts, Fêtes et Réceptions), avec M. Michaux comme chef de bureau. A ce propos il est bon de rappeler que M. Michaux fut en quelque sorte le créateur des collections artistiques de Paris, puisqu'il eut le premier l'idée d'imposer aux artistes chargés de commandes de peinture ou de sculpture, l'obligation de fournir une esquisse faisant retour à la Ville après l'exécution du travail. Les esquisses fournies postérieurement à 1871, les autres ayant été brûlées comme je l'ai dit pendant la Commune, formèrent dans les combles de Carnavalet un embryon de musée transporté ensuite au dépôt d'Auteuil.

En 1867, c'est encore M. Michaux qui occupe le bureau des Beaux-arts : mais le service des Beaux-arts a quitté le cabinet du Préfet. Il est devenu une véritable direction sous le titre de « Travaux d'architecture, beaux-arts et fêtes ». M. Ballard, architecte, est directeur avec le titre d'inspecteur supérieur des Beaux-arts

En résumé, sous la Restauration, de 1816 à 1830, bureau des Cultes et des Beaux-arts ; de 1830 à 1853, rattachement avec des phases diverses au Secrétariat général ; de 1853 à 1867, au cabinet du Préfet ; de 1867 à 1870, direction spéciale sous le titre « Architecture, Beaux-arts et fêtes ».

Ces grandes lignes étaient nécessaires à délimiter ; car à partir de 1872 les Beaux-arts, perdant de nouveau leur autonomie propre, sont transportés avec les Travaux historiques dans le service de M. Alphand, directeur des Travaux de Paris, et y restent jusqu'en 1892, époque de sa mort, avec comme chefs de bureau : Michaux, en 1872 ; Armand Renaud, en 1881, nommé, en 1883, inspecteur en chef des Beaux-arts et travaux historiques ; Ralph Brown, en 1885.

En 1892, après la mort de M. Alphand, M. Huet, sous-directeur des Travaux, conserve pendant un an seulement dans son service la direction des Beaux-arts et des Travaux historiques telle qu'elle était administrée depuis 1885 avec M. Armand Renaud, comme inspecteur en chef, et M. Ralph Brown, comme chef du bureau administratif.

En 1893, les Beaux-arts sont placés sous la direction immédiate du Préfet de la Seine, tandis que les Travaux historiques, ainsi que le musée Carnavalet, passent sous la direction du Secrétariat général.

Après la mort d'Armand Renaud, en 1895, l'inspection des Beaux-arts passa à M. Ralph Brown, comme chef de service, situation que celui-ci occupe encore (1) avec un dévouement, une compétence et une activité qui sont trop connus pour qu'il me soit permis d'insister davantage.

---

(1) Le service des Beaux-arts est assuré actuellement de la façon suivante : MM. Ralph Brown, inspecteur des Beaux-arts, chef de service ; Veyrat, chef de bureau ; Bourgeois, commis principal.

BUDGET ET FONCTIONNEMENT DU SERVICE DES BEAUX-ARTS.

Dans l'origine, il n'y avait pas de budget distinct pour les travaux artistiques de la ville de Paris et pour ceux du Département : ce ne fut qu'en 1834 que la ville de Paris disposa d'un budget spécial des Beaux-arts.

Graduellement augmenté depuis cette époque, le crédit des Beaux-arts, qui s'élevait avant 1871 à la somme de 250,000 francs, fut réduit à cette date à 150,000 francs. De 1877 à 1886, il est de 300,000 francs ; en 1886, il n'est plus que de 200,000 francs et depuis cette époque, sauf des variations peu sensibles, il est maintenu à ce dernier chiffre.

L'emploi des fonds affectés au service des Beaux-arts a lieu conformément aux arrêtés préfectoraux approuvant les délibérations du Conseil municipal.

En dehors des commandes faites aux artistes et des concours ayant un but déterminé (comme la décoration d'un édifice municipal), les encouragements de la municipalité parisienne se manifestent chaque année d'une façon très large à l'occasion des expositions artistiques où, depuis plus de vingt ans, la ville de Paris, tout en réservant une partie importante de ses crédits à la sculpture pour les décorations des squares ou places publiques, achète, en vue de ses collections, des œuvres nombreuses. Ces achats sont faits depuis quelques années par les soins de la 4e Commission.

Lorsque les acquisitions aux salons annuels n'ont pas absorbé la totalité des crédits, le reliquat disponible est généralement affecté, en fin d'exercice, à quelques acquisitions complémentaires et à des commandes de gravure.

Des crédits spéciaux sont en outre affectés à la décoration des monuments parisiens.

Dans certains cas assez fréquents, les travaux ont fait l'objet d'un concours public.

Mais le système de la commande directe est maintenant presque toujours adopté et c'est le Conseil municipal qui désigne, sur le rapport de sa 4e Commission et d'après les propositions de l'Administration, les artistes à qui des commandes doivent être confiées. Les artistes chargés des commandes directes reçoivent des acomptes au fur et à mesure de l'avancement de leur travail, et le solde du prix qui leur a été alloué ne leur est versé qu'après l'achèvement complet de leur œuvre.

C'est ainsi que, non seulement pour la peinture et la sculpture, mais aussi pour la gravure en médailles, la ville de Paris a donné aux jeunes talents l'occasion de se produire de la façon la plus large et dans les conditions les plus variées.

8

Le budget des Beaux-arts qui, pour raison d'économies, a été diminué il y a deux ans de la somme importante de 20,000 francs, se trouve à présent notoirement insuffisant pour faire face aux besoins sans cesse grandissants.

Chaque année au moment du vote du budget diverses propositions sont faites par quelques-uns de nos collègues pour en porter le chiffre au moins à 300,000 fr., chiffre qu'il atteignait en 1877. Il serait à désirer que, pour l'exercice 1904, ce relèvement soit accepté par le Conseil municipal.

Si d'une part, en effet, l'ouverture du Palais des Beaux-arts a provoqué chez les artistes, avec le désir bien légitime d'y figurer, une véritable avalanche de demandes (plus de quatre cents en 1903), nous nous trouvons avec notre maigre crédit dans l'impossiblité absolue de faire face à des achats importants, malgré tout l'intérêt que certains de ces achats présenteraient. C'est ainsi qu'il nous est extrêmement difficile d'acheter dans les ateliers, de même que nous ne pouvons sur nos ressources ordinaires profiter des occasions souvent exceptionnelles des ventes publiques.

Ajouterai-je que le reliquat de nos ressources de fin d'année ne nous permet point d'attribuer aux commandes de gravure l'importance qu'elles méritent.

Parlerai-je de l'art industriel, qui a pris depuis peu un tel essor, qu'il est représenté au Salon annuel d'une éclatante façon?

Sur quelles ressources pouvons-nous encourager cette branche de l'art si éminemment française et pour laquelle nous avons un musée, le musée Galliera?

Toutes ces considérations, Messieurs, prouvent surabondamment que le crédit de 300,000 francs accepté par nos prédécesseurs en 1877, avant la création de nos nouveaux musées et l'extension évidente qu'ont prise les Beaux-arts depuis cette époque, n'aurait rien d'exagéré.

Je suis persuadé qu'avec un peu de bonne volonté M. le Rapporteur général pourra trouver la possibilité de vous proposer ce relèvement de crédit, et c'est pourquoi j'attends avec confiance la prochaine session budgétaire.

Le fonctionnement du service des Beaux-arts a été assuré jusqu'à ce jour avec un personnel pour . . . .   »   »

1 inspecteur en chef . . . .   11.000   »

1 chef de bureau . . . .   9.000   »

1 commis-principal . . . .   4.800   »

2 expéditionnaires, l'un à 2,700 fr., l'autre à 2,400 fr., soit . . . .   5.100   »

Total . . . .   29.900   »

Le crédit des Beaux-arts (chap. XIII, art. 32), travaux et acquisitions de peinture, sculpture, gravure en médailles, gravure à l'eau-forte et en taille-douce, lithographie, réparation des tapisseries, dépenses accessoires, travaux et frais divers, s'élève pour 1903 au chiffre total de 180,000 francs.

COMMISSION ADMINISTRATIVE DES BEAUX-ARTS.

La Commission administrative des Beaux-arts fut créée ou plutôt reconstituée en 1858, puisqu'elle avait déjà existé sous la Restauration et sous le gouvernement de Louis-Philippe. Elle se composait en 1858 de dix-huit membres nommés par le Préfet de la Seine.

Ces membres étaient choisis non seulement parmi les notoriétés des arts, mais aussi parmi celles des lettres ainsi que parmi les hautes personnalités parisiennes. C'est ainsi que si nous consultons le tableau annexé au présent rapport (voir *annexe n° 24*), nous rencontrons à l'origine à côté des noms de Robert Fleury, d'Hippolyte Flandrin, de Lesueur, de Léon Cogniet, et plus tard de Gérôme, de Bonnat. de Cabanel, d'Hébert, etc., ceux du comte de Nieuwerkerke, « directeur général des Musées impériaux », avant d'être Surintendant des Beaux-arts, de Mérimée, l'écrivain connu, d'Hittorff, l'architecte des Champs-Élysées, de de Saulcy, sénateur, membre de l'Institut, des abbés Coquard, curé de Saint-Eugène et Deguerry. curé de la Madeleine, ce dernier qui devait périr pendant la Commune si tragiquement. Quelques conseillers municipaux, en très petit nombre (à l'origine ils étaient trois), en faisaient également partie. Il est vrai qu'à cette époque les conseillers municipaux s'appelaient Chaix d'Est d'Ange, sénateur, vice-président du Conseil municipal, Merruau, conseiller d'État, Eugène Lamy, conseiller à la Cour de cassation, etc.

La Révolution de 1870 conserva la Commission administrative des beaux-arts. Réorganisée en 1872, elle fut composée de membres de l'Académie des beaux-arts, de l'Académie des inscriptions et belles-lettres, de conseillers municipaux, comme Émile Perrin, Jobbé-Duval, Delzant, Viollet-le-Duc. Un arrêté du 10 février 1881 du préfet Herold y introduisit officiellement six conseillers municipaux désignés par le Conseil municipal : ce furent MM. Hattat, Collin, Cernesson, Vauthier, Boll et Delhomme.

Ces conseillers en firent partie jusqu'en 1888, époque où ils la quittèrent brusquement. Cependant, le président du Conseil municipal, membre de droit, ne devait l'abandonner qu'en 1895.

Aujourd'hui, la Commission administrative des beaux-arts existe toujours, mais ne fonctionne plus que très rarement. Ceci est si vrai que lors de l'organisation du palais des Beaux-arts de la Ville aux Champs-Élysées, au lieu simplement de se l'adjoindre pour établir la sélection des œuvres d'art déposées dans les réserves, la 4ᵉ Commission proposa au Conseil municipal la création d'une Commission spéciale qui fut composée de la 4ᵉ Commission tout entière et de huit membres nommés par le Préfet.

Le Préfet conserva officiellement la présidence de cette Commission spéciale, mais n'y vint jamais : j'eus en effet l'honneur, comme vice-président désigné par lui, de présider constamment ses travaux.

Il serait peut-être souhaitable qu'une entente s'établît entre le Conseil municipal et l'Administration, afin que la Commission administrative des beaux-arts, qui n'existe plus que de nom et qui est composée de notoriétés au-dessus de tout éloge, ait au moins voix consultative pour certaines questions importantes.

La Commission administrative est actuellement composée de :

Membres de droit :

MM. le Préfet de la Seine.
le Secrétaire général de la Préfecture.
le directeur administratif des Travaux de Paris.
le directeur des services municipaux d'Architecture et des Promenades et plantations.
le directeur des Affaires départementales.
l'inspecteur chef du service des Beaux-arts de la ville de Paris.

Membres nommés par l'Administration :

MM. Laurens (Jean-Paul), peintre, membre de l'Académie des beaux-arts.
Baudouin (Paul), peintre.
Carolus Duran, peintre.
Bonnat (Léon-Joseph-Florentin), peintre, membre de l'Académie des beaux-arts.
Barrias (Ernest), statuaire, membre de l'Académie des beaux-arts.
Crauk (Gustave-Adolphe-Désiré), statuaire.
Aubé (Jean-Paul), statuaire.
Lisch (Just), inspecteur général des Monuments historiques.
Daumet (René-Gérôme-Honoré), architecte, membre de l'Académie des beaux-arts.
Vaudremer (Joseph-Auguste-Émile), membre de l'Académie des beaux-arts.
Formigé (Jean), architecte des Promenades.
Chaplain (Jules-Clément), graveur en médailles, membre de l'Académie des beaux-arts.
Bracquemond (Félix), graveur aquafortiste.

MM. Waltner (Charles-Albert), graveur aquafortiste.

Jacquet (Achille), graveur au burin, membre de l'Académie des beaux-arts.

Sirouy (Achille), graveur.

Bureau.

MM. le Préfet de la Seine, *président*.

Lisch (Just), *vice-président*.

Veyrat (Georges), chef du bureau des Beaux-arts, *secrétaire*.

Bourgeois (Eugène), rédacteur-principal au bureau des Beaux-arts, *secrétaire adjoint*.

Service départemental des Beaux-arts.

Nous trouvons dans une note officielle datée de février 1899 les détails suivants sur le service départemental des Beaux-arts.

Cette note, que vous trouverez en entier aux annexes (voir *annexe n° 25*), avait été demandée le 21 janvier par le rapporteur général du budget du Département.

Nous y apprenons que dans l'origine il n'y avait pas de budget distinct pour les travaux artistiques de la ville de Paris et pour ceux du Département. Toutefois il résulte de l'examen de budgets antérieurs que déjà pour l'exercice 1828 figure au budget du Département une somme de 4,000 francs ayant pour objet la décoration artistique des églises du département de la Seine.

On voit également figurer aux budgets suivants, avec une affectation analogue, des crédits variant de 3,000 à 6,000 francs.

De 1838 à 1862 ce crédit varie de 4,000 à 6,000 francs. Il est porté à 10,000 francs en 1863 et ne varie plus jusqu'en 1867. Il convient de constater que dès 1866 ce crédit de 10,000 francs n'est plus exclusivement réservé à la décoration des églises, et qu'il porte cette rubrique nouvelle : *Restauration, achat et exécution d'objets d'art.*

A partir de 1868 les crédits affectés aux Beaux-arts varient chaque année d'une façon sensible.

En 1868 le Conseil général vote un crédit de 44,374 fr. 51 c. pour « travaux d'art et d'expertise » qui, en 1869, est ramené à 36,447 fr. 31 c. et porté en 1870 à 37,521 fr. 47 c.

En 1871 le crédit est de 15,000 francs.

En 1873 de 25,758 francs.

De 1873 à 1876 il reste fixé à 15,000 francs.

En 1877 et 1878 il est de 20,000 francs et de 25,000 francs de 1878 à 1883.

En 1884 il est porté à 31,000 francs et en 1888 à 32,500 francs.

Ce chiffre de 32,500 francs a été porté depuis à 50,000 francs, chiffre actuel ; cependant au budget dernier le Conseil général y a ajouté une somme de 10,000 francs pour exécution des sculptures achetées aux Salons.

Depuis l'année dernière en effet le Conseil général, sur la proposition de sa

4ᵉ Commission (1), a décidé l'achat annuel d'œuvres de sculpture pour les décorations des mairies ou des jardins publics des communes du département. Le système est celui-ci : le Département achète les modèles, puis les offre aux communes, à la condition pour celles-ci de contribuer à l'exécution du modèle choisi. Ce système, analogue à celui de l'État en ce qui concerne les grandes villes des départements, doit être mis en vigueur à partir de la présente année. Nul doute qu'il ne produise d'excellents résultats.

La 4ᵉ Commission du Conseil général, dans un but de décentralisation artistique, se transporte aux expositions artistiques organisées par quelques-unes des communes du département et y fait également des achats (peinture, sculpture ou objets d'art industriel).

Ajouterai-je que le service départemental des Beaux-arts est chargé spécialement de la décoration des mairies du département.

Cette décoration picturale a été inaugurée en 1877 par M. Oscar Mathieu, qui fut chargé de peindre le plafond et les dessus de porte de la salle des mariages de la mairie de Clichy. Elle a depuis lors fait l'objet de concours successifs : en 1882, mairie de Saint-Maur-des-Fossés ; en 1885, mairie de Courbevoie ; en 1886, mairie de Pantin ; en 1887, mairie d'Arcueil-Cachan ; en 1888, mairie de Nogent-sur-Marne ; en 1892, mairie de Montreuil ; en 1893, mairie de Bagnolet ; en 1898, mairie de Vincennes ; en 1900, mairie d'Asnières ; en 1903, mairie de Vanves.

En dehors de ces grands travaux ayant pour objet de vastes surfaces, lorsqu'il s'est agi de peinture de moindre importance, l'administration des Beaux-arts a cru devoir proposer au Conseil général le système de la commande directe, en s'adressant de préférence à des artistes ayant déjà pris part aux divers concours et dont les projets primés en seconde ou troisième ligne par le jury promettent d'espérer la production d'œuvres intéressantes.

En 1872, le service des Beaux-arts du Département fut chargé d'organiser un concours public pour l'érection autour de Paris de monuments commémoratifs de la guerre de 1870.

C'est ainsi que furent élevés les monuments du Bourget, de Bagneux, de Châtillon, de Champigny (celui-ci avec le concours de l'État), etc., etc.

En 1879, le Département ouvrit un concours pour l'érection d'un monument commémoratif de la Défense de Paris au rond-point de la demi-lune de Courbevoie. On sait que ce monument fut exécuté par M. Barrias.

---

(1) La 4ᵉ Commission du Conseil général de la Seine (*Beaux-arts — Vœux et affaires diverses*) est composée de MM. Quentin-Bauchart, *président* ; César Caire, *vice-président* ; Marquez, *secrétaire* ; Bellan, Desplas, Domart, Dubuc, Adrien Mithouard, Pannelier, Maurice Spronck, Dupont, Georges Girou.

MUSÉE RASPAIL.

Par un testament olographe, M. Benjamin Raspail avait légué à la ville de Carpentras une certaine somme d'argent, à charge par elle de constituer avec les souvenirs, tableaux et objets d'art lui ayant appartenu, ainsi qu'avec les œuvres de son père ou les siennes, un musée Raspail. Par un codicille ultérieur, l'institution de la ville de Carpentras comme légataire fut révoquée par le testateur et le Département, légataire universel, fut chargé de créer dans une annexe de l'hospice Raspail, fondé dans la propriété de Cachan, le musée qui devait primitivement être situé à Carpentras.

Le Département fut ainsi conduit à aménager à destination de musée une pièce construite à proximité du pavillon du directeur, pour y déposer les collections de M. Benjamin Raspail, les tableaux dont il est l'auteur, les coupures qu'il a recueillies et classées concernant les événements de la vie politique de son père et de la sienne, les bustes et statue de François-Vincent Raspail. L'inventaire de la collection de tableaux a révélé qu'elle contenait quelques tableaux intéressants, qui sont malheureusement pour la plupart dans un mauvais état de conservation. C'est ainsi que, tout en faisant des réserves sur la réalité des attributions, on a constaté l'existence de quelques Téniers, de trois têtes de Van-Dyck, d'un *Christ* de Rembrandt, d'une *Adoration de l'Enfant-Jésus* de Rubens, d'un portrait de Grétry par Greuze, ainsi que d'un assez grand nombre de copies de l'école hollandaise. Le musée contiendra encore certaines pièces d'ameublement, parmi lesquelles on peut citer un salon complet de style Empire.

Secours d'études.

En dehors des cinq bourses artistiques annuelles, le Conseil général alloue un certain nombre de « secours d'études » à de jeunes artistes méritants et dans une situation de fortune intéressante.

Comme pour les bourses artistiques, le service des Beaux-arts est chargé de l'établissement des dossiers, des enquêtes nécessaires, de la présentation par ordre de mérite et de la liquidation des dépenses.

J'ai tenu à donner tous ces détails sur le service départemental des Beaux-arts parce que, étant assuré par le même fonctionnement que le service des Beaux-arts de la ville de Paris, il était intéressant, au moment de sa réorganisation, de se rendre compte de son fonctionnement complet.

AUTRES ATTRIBUTIONS DU SERVICE DES BEAUX-ARTS

—

I

Commission de décoration de l'Hôtel de Ville.

Le service des Beaux-arts a également dans ses attributions la décoration de l'Hôtel de Ville.

Dès 1884 la Commission administrative des beaux-arts avait été saisie par M. Ballu, architecte en chef de l'Hôtel de Ville, d'un projet pour la décoration picturael du palais municipal.

Livré à la publicité avant même d'avoir été approuvé par la Commission administrative, cet avant-projet souleva des critiques vives qui eurent un écho aussi bien dans la presse qu'au Conseil municipal. Ce fut alors que se produisirent diverses propositions émanant de conseillers municipaux et en particulier de M. Strauss qui, dans la séance du 17 mars 1884, déposa une proposition concluant à un projet de décoration artistique qui, « sans répudier aucun genre, fasse à l'histoire de Paris et de la Révolution française la part qui lui convient ».

D'un autre côté MM. Hovelacque et Réty demandaient le concours libre, mais en laissant aux concurrents le choix des sujets, tandis que M. Vaillant (considérant que la réalité est l'unique source de vérité, de forme et d'art; que les temps du mysticisme et de l'allégorisme sont finis; qu'au degré de civilisation où nous sommes parvenus, toute œuvre d'art doit être l'expression directe de la nature dégagée de tous voiles mystiques et allégoriques, défroque usée du passé; que la seule réalité que l'artiste puisse exprimer ainsi avec vérité, est celle qu'il a vue, sentie et comparée, c'est-à-dire la réalité contemporaine, etc., etc.) voulait que toutes les compositions soient réservées aux divers actes de la vie des citoyens, aux faits réels de l'histoire de Paris et spécialement de la période révolutionnaire.

9

Un rapport, au nom de la 5ᵉ Commission (1), fut présenté à la séance du 19 juillet 1886 par M. Hattat et annexé au procès-verbal de la séance ; ce rapport ne devait être discuté que le 16 mars 1887 !

Le Conseil se trouvait, sans compter les propositions de MM. Strauss et Vaillant, en présence de trois systèmes : 1° le concours libre de MM. Hovelacque et Rély ; 2° le concours dans les conditions où le Conseil l'avait pratiqué jusqu'alors ; 3° la commande directe aux artistes.

La 5ᵉ Commission dans ses conclusions repoussait toute espèce de concours et proposait la commande directe aux artistes ; de plus, pour donner satisfaction aux desiderata de MM. Strauss et Vaillant, elle ajoutait que « des sujets se rattachant à l'histoire de Paris, à l'affranchissement des communes, à la vie d'Étienne Marcel et aux grands événements de la Révolution, seraient compris pour toutes surfaces verticales présentant un développement suffisant ».

Ce rapport donna lieu à une discussion passionnée qui occupa deux séances (voir *annexe n° 25*). Un très grand nombre d'amendements furent déposés à la première ; ils émanaient de MM. Maurice Binder, Hervieux, Émile Richard, qui, tous, préconisaient le concours dans des conditions différentes (2).

M. Marsoulan demandait « qu'avant de savoir si le concours ou la commande directe aux artistes serait employé pour la décoration picturale de l'Hôtel de Ville, il soit institué une Commission de 21 membres pris parmi les membres du Conseil municipal, les artistes, les architectes, et de membres de l'Administration en nombre égal. Cette Commission aurait à décider la nature de la décoration de chacune des salles, pour que cette décoration reste conforme au plan d'ensemble déjà indiqué par l'architecture même du monument ».

Cet amendement, complété et défendu avec éclat à la séance suivante du 23 mars par M. Alphonse Humbert, fut adopté au scrutin par 34 voix contre 26, sur 60 votants. La délibération définitive était ainsi conçue :

« Une Commission de trente-deux membres, formée de la manière suivante, sera chargée de préparer un programme d'ensemble de la décoration de l'Hôtel de Ville pour être soumis au Conseil municipal par les soins de sa 5ᵉ Commission.

« Cette Commission comprendra les deux architectes de l'Hôtel de Ville, dix membres de la Commission administrative des beaux-arts, douze membres du

---

(1) La 5ᵉ Commission (*Architecture et beaux-arts*) était composée, en 1886, de MM. Hattat, *président*, Delhomme, *secrétaire*, Cernesson, Collin, Depasse, Frère, Faillet, Voisin.

(2) Dans un autre ordre d'idées, M. Lamouroux et quatorze de ses collègues demandaient que la salle des séances du Conseil municipal fût décorée avec des tapisseries appartenant à la Ville.

Conseil élus au scrutin de liste et douze personnes désignées par le Conseil en raison de leur compétence.

« Cette Commission dressera un état des emplacements à décorer, lesquels seront, par ses soins, répartis en deux catégories.

« La première sera attribuée à la commande directe et la seconde sera réservée au concours libre, dans des conditions conformes à la proposition de M. Hovelacque.

« Les résolutions de ladite Commission ne seront exécutoires qu'après approbation du Conseil ».

Telle fut l'origine de la création de la Commission de décoration de l'Hôtel de Ville, qui fonctionne encore.

On trouvera aux annexes (voir *annexe n° 26*) la composition de cette Commission depuis son origine jusqu'à nos jours.

II

Inventaire général des œuvres d'art.

Le service des Beaux-arts est chargé de la publication de *l'Inventaire général des richesses artistiques de la ville de Paris et du département de la Seine.*

Cette publication, commencée en 1877, comprend jusqu'à ce jour neuf volumes. savoir :

Édifices civils de Paris, 2 volumes.

Édifices religieux de Paris, 4 volumes.

Édifices civils et religieux de l'arrondissement de Saint-Denis, 1 volume.

Édifices civils et religieux de l'arrondissement de Sceaux, 1 volume.

Édifices départementaux de Paris et hors du département de la Seine, 1 volume.

Chaque volume renferme des monographies architecturales accompagnées du plan des édifices les plus importants et des états détachés donnant les prix d'achat ou les estimations des œuvres d'art appartenant à la ville de Paris.

Un dixième volume est en préparation.

III

Concours musical.

C'est à l'initiative de M. Herold, alors membre du Conseil municipal, que l'on doit le premier concours musical de la ville de Paris, ouvert en 1878.

Depuis lors, la ville de Paris a continué d'affecter à cet encouragement aux compositeurs de musique un crédit spécial; mais actuellement le concours, au lieu d'être ouvert tous les deux ans, est triennal, ce qui permet d'affecter aux frais du concours et aux dépenses d'exécution une somme totale de 36,000 francs, représentant trois annuités de 12,000 francs.

C'est le service des Beaux-arts qui est chargé de l'organisation de ces concours.

Le jury est composé de :

M. le Préfet de la Seine, *président;*

Quatre membres choisis à l'élection par les concurrents eux-mêmes;

Neuf membres choisis par le Conseil municipal, dont quatre au minimum pris en dehors parmi les personnalités compétentes;

Trois membres nommés par le Préfet de la Seine, dont l'Inspecteur chef du service des Beaux-arts, *secrétaire.*

Rappellerai-je au Conseil que j'ai eu l'honneur de déposer une proposition tendant à créer un concours destiné à récompenser les meilleures œuvres dramatiques, sur le modèle du concours musical? Cette proposition n'a pas encore été rapportée. Si elle était accueillie favorablement par le Conseil, ce serait encore le service des Beaux-arts qui serait désigné, comme pour le concours musical, pour en assurer l'exécution.

IV

Expositions photographiques.

Dans la séance de la Commission du Vieux Paris du 17 novembre 1902, un vœu fut émis sur le rapport de M. André Hallays, au nom de la 3ᵉ Sous-commission, réclamant l'organisation par l'Administration municipale d'une exposition annuelle de photographies de sites choisis soit à Paris, soit dans le département de la Seine. Pour le programme de 1903, c'étaient les berges de la Seine dans l'intérieur des fortifications de Paris. Une Commission devait être nommée pour organiser, d'accord avec l'Administration, ces expositions.

Ce vœu, transmis au Conseil municipal, fut accepté par lui, et la première exposition (les berges de la Seine) sera inaugurée cette année.

C'est le service des Beaux-arts qui a été chargé par l'Administration préfectorale de l'organisation de cette exposition, d'accord avec la Commission nommée par le Préfet, et qui se compose de :

MM. de Selves, *président ;*
   Quentin-Bauchart, conseiller municipal ;
   Dausset, conseiller municipal ;
   Marsoulan, conseiller municipal ;
   E. Detaille, membre de la 3ᵉ Commission du Vieux Paris ;
   Guillemet, membre de la 3ᵉ Commission du Vieux Paris ;
   André Hallays, membre de la 3ᵉ Commission du Vieux Paris ;
   le président de la Société française de photographie ;
   le président du Photo-Club ;
   le président de la Société d'excursions des amateurs de photographie ;
   l'inspecteur chef du service des Beaux-arts ;
   le conservateur du musée Carnavalet ;
   Veyrat, chef du bureau des Beaux-arts, *secrétaire ;*
   Lambeau, secrétaire de la Commission du Vieux Paris, *secrétaire.*

V

Enfin, c'est le service des Beaux-arts réorganisé qui, à notre avis, devrait, d'accord avec le service d'Architecture, être chargé du concours d'enseignes établi grâce à l'initiative heureuse de M. Detaille.

CONCLUSION

Nous venons de vous présenter, Messieurs, le patrimoine artistique de la ville de Paris. Nous en avons étudié avec soin les diverses transformations, aussi bien que l'historique du fonctionnement du service des Beaux-arts dans ses différents rouages.

Vous avez pu vous convaincre que ce service, dont l'importance s'est sensiblement accrue depuis peu, méritait une organisation définitive qui lui permettra de se développer graduellement dans l'avenir.

Nous nous trouvons, en effet, à une époque de transformation, d'où surgira — j'aime à le penser — un nouvel et fructueux essor. Nos musées ont quitté la période de l'enfantement : de jour en jour ils acquièrent une importance qui n'est niée par personne.

Carnavalet, avec ses collections si variées, évoquant dans leurs moindres détails les coutumes passées de notre cher Paris : Galliera, qui par ses expositions périodiques apporte une part brillante au renouveau de l'art industriel ; Cernuschi et ses curiosités de l'art oriental ; le Petit-Palais enfin que vous avez dénommé Palais des Beaux-arts, si admirablement situé au milieu de la plus belle promenade du monde, enrichi d'une part par les merveilles d'une collection unique due à la générosité d'un grand philanthrope, d'autre part par la production de nos meilleurs artistes modernes, tous ces musées forment un ensemble unique, d'une rare diversité, qui fait déjà l'admiration de l'étranger, et que compléteront heureusement demain la maison Victor-Hugo et l'hôtel Lauzun aménagé.

Il importe qu'une organisation sérieuse vienne, en les groupant sous une même direction, apporter une cohésion heureuse ; il faut qu'une impulsion nouvelle leur soit donnée

C'est dans ce but que nous avons l'honneur de proposer à votre approbation le projet de règlement suivant.

Paris, le 28 juin 1903.

Le rapporteur,

QUENTIN-BAUCHART.

PROJET DE RÈGLEMENT

1° Dispositions générales.

Les musées de la ville de Paris actuellement existants, consacrés aux collections historiques et artistiques, savoir :

Le musée Carnavalet,

Le Palais des Beaux-Arts,

Le musée Galliera,

Le musée Cernuschi,

Le musée Victor-Hugo, dit « Maison de Victor Hugo »,

et ceux qui pourront être organisés ultérieurement, à l'hôtel Lauzun et ailleurs, sont, ainsi que le dépôt artistique d'Auteuil, placés sous l'autorité immédiate de l'inspecteur en chef, chef du service des Beaux-arts et des Musées, chargé de centraliser toutes les affaires concernant lesdits établissements, d'assurer la liquidation des dépenses et de suivre administrativement les acquisitions et commandes proposées par les conservateurs en vue des collections confiées à leurs soins.

Les musées sont ouverts tous les jours, sauf le lundi, de 10 heures à 4 heures, du 1er octobre au 31 mars, et de 10 heures à 5 heures, du 1er avril au 30 septembre, à l'exception des fêtes légales.

Exceptionnellement, et à titre provisoire, le musée Victor-Hugo n'est ouvert qu'à partir de midi.

Des cartes donnant temporairement le droit de dessiner ou de peindre, en vue d'études artistiques, un objet d'art déterminé, pourront être accordées aux personnes qui en feront, par écrit, la demande aux conservateurs, sous réserve, pour les pétitionnaires, de se conformer aux prescriptions des agents de l'Administration, en ce qui concerne la conservation des objets à reproduire, le bon ordre, la propreté, et la libre circulation du public.

Ces autorisations, non valables pour le lundi et les jours fériés, sont accordées, depuis l'heure d'ouverture du musée, jusqu'à 2 heures de l'après-midi.

10

Les collections d'estampes ne sont communiquées que dans les salles qui leur sont réservées. Cette communication est faite par les conservateurs ou attachés, exclusivement aux personnes munies d'une carte spéciale, délivrée par le conservateur sur demande écrite.

Le calque des dessins ou documents est formellement interdit.

L'autorisation de prendre des clichés ne sera accordée qu'aux photographes de profession et aux personnes ayant à photographier en vue d'un travail déterminé.

La reproduction, par les procédés photographiques ou autres, des œuvres ou objets d'art exposés, doit faire l'objet d'une demande spéciale au Préfet de la Seine, qui donne, s'il y a lieu, l'autorisation après délibération du Conseil municipal, en indiquant dans la lettre d'autorisation les réserves et les conditions sous lesquelles cette autorisation est accordée. Lesdites reproductions doivent, d'ailleurs, être exécutées sous la surveillance des conservateurs ou d'un des attachés, de manière à ne porter atteinte, ni à la conservation des objets reproduits, ni au libre accès du public dans les salles du musée.

En dehors des sessions du Conseil municipal, le Préfet donnera directement lesdites autorisations d'accord avec le Bureau.

Les œuvres d'art renfermées dans les musées ne peuvent, sous aucun prétexte, en sortir pour être reproduites au dehors.

La Ville se réserve le droit de donner, sous telles conditions qu'elle jugera convenables, l'autorisation de vendre, à l'entrée de ses musées, des photographies, gravures, cartes postales, etc., reproduisant les œuvres qu'ils renferment.

Le droit de vente des guides et catalogues est également réservé.

Le vestiaire n'est pas obligatoire dans les musées de la ville de Paris.

2° PERSONNEL DES MUSÉES.

Le service des musées artistiques et historiques est assuré par les conservateurs, les conservateurs-adjoints, des attachés payés, des attachés libres sans traitement, des conservateurs-adjoints sans traitement, l'agent comptable, les commis et les agents de service.

Les attachés peuvent, en raison des nécessités du service, être affectés à telle section où leur présence sera jugée utile.

Comme tout le personnel de la Préfecture de la Seine, les agents des musées sont tenus à une présence effective de 7 heures par jour.

Les conservateurs doivent assurer, par un roulement, la présence d'un attaché au moins les dimanches et jours fériés ouverts au public.

Les traitements du personnel des musées sont fixés comme il suit :

Conservateurs de 1re classe..........................	7.000	»
— 2e classe..........................	6.000	»
— 3e classe..........................	5.000	»
Conservateurs-adjoints de 1re classe.....................	4.500	»
— 2e classe.....................	4.000	»
— 3e classe.....................	3.500	»

L'inspecteur des fouilles aura le titre de conservateur-adjoint et le traitement y afférent à partir de 1904.

Attachés payés de 1re classe.......................	3.000	»
— 2e classe.......................	2.600	»
— 3e classe.......................	2.200	»
— 4e classe.......................	1.800	»

Il est bien entendu que cette classification n'implique pas un nombre égal de fonctionnaires.

Agent comptable : de 2,400 francs à 4,000 francs par augmentations de 400 fr.

Commis : de 1,800 francs à 3,900 francs par augmentations de 300 francs (comme les expéditionnaires).

Les avancements de classe seront subordonnés à un minimum de stage de deux années.

Les attachés pourront recevoir le titre de conservateur-adjoint après un stage de six ans au moins comme attachés payés.

Les conservateurs et attachés seront choisis de préférence parmi les anciens élèves de l'école du Louvre, des écoles françaises d'Athènes ou de Rome, de l'école des Hautes-Études, de l'école des Chartes, et en général des grandes écoles artistiques, littéraires ou scientifiques de l'État.

Pour le bon fonctionnement du service un conservateur ne pourra être attaché à la fois à la conservation de plusieurs musées.

Cette réglementation n'a pas d'effet rétroactif; les agents actuellement en fonctions conservent la situation acquise.

La durée du congé annuel pour le personnel des conservateurs, attachés et commis, est fixée à un mois, comme pour le personnel de l'Administration centrale.

Le personnel de service, ainsi que les ouvriers attachés au service des Beaux-arts, sont assimilés, au point de vue des traitements ou salaires, au personnel des agents similaires de la Préfecture.

Ces agents peuvent, en cas de nécessité de service, être affectés provisoirement à un musée autre que celui auquel ils sont attachés.

Dans chaque musée, les gardiens sont chargés de la garde et de l'entretien des salles et des galeries, ainsi que de la surveillance des objets d'art et des objets mobiliers qui s'y trouvent.

Ils exécutent tous les travaux intérieurs et extérieurs qui leur sont commandés.

Les brigadiers sont spécialement chargés du contrôle des travaux journaliers et du service de surveillance, y compris les rondes de jour et de nuit. Ils sont responsables et doivent signaler aux conservateurs les infractions au règlement commises par les gardiens, ainsi que les actes répréhensibles qui pourraient être commis par lesdits gardiens.

Un règlement intérieur fixera, pour chaque musée, les heures de présence du personnel de service.

Le personnel de service est assimilé, pour les congés, au personnel de service de la Préfecture.

En dehors des travaux commandés, les gardiens doivent, pendant que le musée reste ouvert, être toujours en tenue.

Ils ne doivent recevoir du public aucune rétribution, non plus que des artistes pour le services des chevalets, sièges et autres ustensiles de travail.

Les ouvriers du service des Beaux-arts sont régis par le règlement général des ouvriers des services municipaux.

ANNEXES

ANNEXE N° **1.**

Mémoire au Conseil municipal.

Paris, le 8 mai 1903.

Messieurs.

J'ai l'honneur de vous soumettre. conformément au désir exprimé par le Conseil municipal, un projet de règlement des musées artistiques et historiques de la ville de Paris.

Dans l'élaboration de ce règlement. je me suis inspiré surtout de l'organisation des établissements similaires de l'État : les musées nationaux. qui fonctionnent depuis nombre d'années d'une manière satisfaisante. m'ont paru tout naturellement désignés pour fournir, dans une réorganisation des musées municipaux. d'utiles indications.

C'est aux règlements des musées nationaux qu'ont été empruntées notamment la plupart des prescriptions concernant l'accès du public. la police intérieure, les autorisations de dessiner, peindre. photographier, etc. Des dispositions spéciales visent la reproduction des objets exposés à l'effet de sauvegarder les droits de la Ville.

C'est aussi sur le modèle de ce qui existe à l'État, mais en restant dans les limites modestes que comporte le domaine artistique de la Ville. qu'a été établi le cadre du personnel. C'est d'ailleurs un cadre idéal qui ne doit être rempli qu'à l'époque où les musées municipaux. encore pour la plupart dans la période de formation. seront arrivés à leur complet épanouissement. Dans la situation actuelle. deux conservateurs et deux conservateurs-adjoints me paraissent suffire pour assurer le service de tous nos musées ; je ne vous demande, quant à présent. aucune augmentation de crédit.

Il est bien entendu. d'ailleurs, que cette réorganisation n'aura aucun effet rétroactif, et que les situations acquises seront respectées.

Enfin. l'unité du service étant une condition de son bon fonctionnement, il m'a semblé utile de détacher le musée Carnavalet du Secrétariat général. dont il dépend actuellement, et de réunir tous les musées consacrés aux collections artistiques ou historiques sous l'autorité du chef du service des Beaux-arts. C'est entre les mains de ce chef de service que devront être centralisées toutes les affaires relatives à ces établissements. avec le contrôle de leur gestion et la liquidation de leurs dépenses.

L'examen du fonctionnement du service administratif des Beaux-arts, auquel vont être rattachés tous les musées de la Ville, m'a conduit à vous proposer également une légère modification de ce service.

Il comprend actuellement :

1 inspecteur, chef de service ;

1 chef de bureau ;

1 rédacteur principal ;

2 expéditionnaires.

Le chef de service des Beaux-arts doit, en dehors des affaires administratives proprement dites, se rendre compte sur place du fonctionnement des musées et suivre, chez les artistes, l'exécution des commandes de la Ville, mais il ne saurait suffire à ces inspections multiples, et il est fréquemment obligé de se faire suppléer dans cette partie importante de son service, soit par le chef de bureau, soit par le rédacteur principal. Il me paraît dès lors utile que ces deux agents aient un titre qui corresponde mieux à la nature de leurs fonctions, et je vous propose, sans changer ni leurs grades ni leurs traitements, de leur attribuer respectivement les titres d'inspecteur et d'inspecteur-adjoint ; le chef de service, pour conserver l'échelle hiérarchique, reprendrait le titre d'inspecteur en chef qu'il avait autrefois. Ces titres, conformes à la réalité des faits, donneront à ces agents, sans qu'il en résulte, je le répète, aucune charge pour le budget, l'autorité nécessaire à la bonne exécution des missions qu'ils sont appelés à remplir.

Je vous prie, Messieurs, de vouloir bien sur ces points me donner votre avis.

Le Préfet de la Seine,

J. de SELVES.

ANNEXE N° **1** *bis.*

———

———

1° Dispositions générales.

Les musées de la ville de Paris, actuellement existants, consacrés aux collections historiques et artistiques, savoir :

Le musée Carnavalet,

Le palais des Beaux-Arts,

Le musée Galliera,

Le musée Cernuschi,

Le musée Victor Hugo, dit « Maison de Victor Hugo »,

et ceux qui pourront être organisés ultérieurement, à l'hôtel Lauzun et ailleurs, sont, ainsi que le dépôt artistique d'Auteuil, placés sous l'autorité immédiate de l'inspecteur en chef, chef du service des Beaux-arts, chargé de centraliser toutes les affaires concernant lesdits établissements, d'assurer la liquidation des dépenses et de suivre administrativement les acquisitions et commandes proposées par les conservateurs, en vue des collections confiées à leurs soins.

Les musées sont ouverts tous les jours, sauf le lundi, de 10 heures à 4 heures, du 1er octobre au 31 mars, et de 10 heures à 5 heures, du 1er avril au 30 septembre, à l'exception des fêtes légales.

Exceptionnellement, et à titre provisoire, le musée Victor Hugo n'est ouvert qu'à partir de midi.

Des cartes donnant temporairement le droit de dessiner ou de peindre, en vue d'études artistiques, un objet d'art déterminé, pourront être accordées aux personnes qui en feront, par écrit, la demande aux conservateurs, sous réserve, pour les pétitionnaires, de se conformer aux prescriptions des agents de l'Administration, en ce qui concerne la conservation des objets à reproduire, le bon ordre, la propreté et la libre circulation du public.

11

Ces autorisations, non valables pour le lundi et les jours fériés, sont accordées, depuis l'heure d'ouverture du musée jusqu'à 2 heures de l'après-midi.

Les collections d'estampes ne sont communiquées que dans les salles qui leur sont réservées. Cette communication est faite par les conservateurs ou attachés, exclusivement aux personnes munies d'une carte spéciale, délivrée sur demande écrite, par le conservateur.

Le calque des dessins ou documents est formellement interdit.

L'autorisation de prendre des clichés ne sera accordée qu'aux photographes de profession et aux personnes ayant à photographier en vue d'un travail déterminé.

La reproduction, par les procédés photographiques ou autres, des œuvres ou objets d'art exposés, doit faire l'objet d'une demande spéciale au Préfet de la Seine, qui donne, s'il y a lieu, l'autorisation après délibération du Conseil municipal, en indiquant, dans la lettre d'autorisation, les réserves et les conditions sous lesquelles cette autorisation est accordée. Lesdites reproductions doivent, d'ailleurs, être exécutées sous la surveillance des conservateurs ou d'un des attachés, de manière à ne porter atteinte, ni à la conservation des objets reproduits, ni au libre accès du public dans les salles du musée.

En dehors des sessions du Conseil municipal, le Préfet donnera directement lesdites autorisations.

Les œuvres d'art renfermées dans les musées ne peuvent, sous aucun prétexte, en sortir pour être reproduites au dehors.

La Ville se réserve le droit de donner, sous telles conditions qu'elle jugera convenables, l'autorisation de vendre, à l'entrée de ses musées, des photographies, gravures, cartes-postales, etc., reproduisant les œuvres qu'ils renferment.

Le droit de vente des guides et catalogues est également réservé.

2° Personnel des musées.

Le service des musées artistiques et historiques est assuré par les conservateurs, les conservateurs adjoints, l'agent comptable, les commis et les agents de service.

Les attachés peuvent, en raison des nécessités du service, être affectés à telle section où leur présence sera jugée utile.

Comme tout le personnel de la Préfecture de la Seine, les agents des musées sont tenus à une présence effective de sept heures par jour.

Les conservateurs doivent assurer, par un roulement, la présence d'un attaché au moins les dimanches et jours fériés ouverts au public.

Les traitements du personnel des musées sont fixés comme il suit :

Conservateurs de 1re classe .... 8.000 »

— 2e classe .... 7.000 »

— 3e classe .... 6.000 »

- 4e classe .... 5.000 »

Conservateurs adjoints de 1re classe .... 4.500   »

— 2e classe .... 4.000   »

— 3e classe .... 3.500   »

— 4e classe .... 3.000   »

L'inspecteur des fouilles aura le titre de conservateur adjoint et le traitement y afférent.

Attachés payés de 1re classe .... 2.600   »

— 2e classe .... 2.200   »

— 3e classe .... 1.800   »

Agent comptable : de 2,400 à 4.000 francs par augmentations de 400 francs.

Commis : de 1,800 à 3,900 francs par augmentations de 300 francs (comme les expédition-naires).

Les avancements de classe seront subordonnés à un minimum de stage de deux années.

Les attachés pourront recevoir le titre de conservateurs adjoints après un stage de six ans au moins comme attachés payés.

Les attachés seront choisis, de préférence, parmi les anciens élèves de l'école du Louvre, des écoles françaises d'Athènes ou de Rome, de l'école des Hautes études, de l'école des Chartes, et en général des grandes écoles artistiques, littéraires ou scientifiques de l'État.

Cette réglementation n'a pas d'effet rétroactif; les agents actuellement en fonctions conservent la situation acquise.

La durée du congé annuel pour le personnel des conservateurs, attachés et commis, est fixée à un mois, comme pour le personnel de l'Administration centrale.

Le personnel de service, ainsi que les ouvriers attachés au service des Beaux-arts, sont assimilés, au point de vue des traitements ou salaires, au personnel des agents similaires de la Préfecture.

Ces agents peuvent, en cas de nécessité de service, être affectés provisoirement à un musée autre que celui auquel ils sont attachés.

Dans chaque musée, les gardiens sont chargés de la garde et de l'entretien des salles et des galeries, ainsi que de la surveillance des objets d'art et des objets mobiliers qui s'y trouvent.

Ils exécutent tous les travaux intérieurs et extérieurs qui leur sont commandés.

Les brigadiers sont spécialement chargés du contrôle des travaux journaliers et du service de surveillance, y compris les rondes de jour et de nuit. Ils sont responsables, et doivent signaler aux conservateurs les infractions au règlement commises par les gardiens, ainsi que les actes répréhensibles qui pourraient être commis par lesdits gardiens.

Un règlement intérieur fixera, pour chaque musée, les heures de présence du personnel de service.

Le personnel de service est assimilé, pour les congés, au personnel de service de la Préfecture.

En dehors des travaux commandés, les gardiens doivent, pendant que le musée reste ouvert, être toujours en tenue.

Ils ne doivent recevoir du public aucune rétribution, non plus que des artistes pour le service des chevalets, sièges et autres ustensiles de travail.

Les ouvriers du service des Beaux-arts sont régis par le règlement général des ouvriers des Services municipaux.

PREMIÈRE PARTIE

DOCUMENTS RELATIFS AUX MUSÉES

I

Musée Carnavalet.

ANNEXE N° **2.**

Rapport sur l'installation du Musée et de la Bibliothèque de la Ville à l'hôtel Carnavalet. (1)

MESSIEURS,

Par un mémoire en date du 31 mai dernier, M. le Préfet de la Seine vous soumet un projet de travaux à exécuter dans l'hôtel Carnavalet pour l'installation du Musée et de la Bibliothèque de la Ville et vous demande une somme de 50,000 francs pour l'exécution desdits travaux.

Cette dépense de 50,000 francs doit-elle, en effet, suffire pour approprier définitivement l'hôtel Carnavalet à cette double destination? Le crédit demandé n'est-il, au contraire, qu'un acheminement vers des dépenses beaucoup plus considérables, qui devront s'échelonner successivement sur vos futurs budgets municipaux? Telle est la question que s'est posée votre 5e Commission, examinée par elle avec une attention toute particulière et que je viens, en son nom, vous exposer avec quelques détails.

La création d'un musée municipal, exclusivement parisien, réunissant en un seul faisceau tous les témoignages matériels de l'histoire de Paris, est une idée très séduisante. Réunir et classer dans leur ordre chronologique tous les documents à l'aide desquels on pourrait suivre et embrasser d'un regard les phases diverses et les transformations successives de notre cité, ouvrir de vastes salles où chacun pourrait étudier à loisir et comparer entre eux les spécimens les plus authentiques et les plus purs de cet art parisien qui a créé tant de merveilles et qui, depuis plus de trois siècles, exerce une influence souveraine sur toutes les productions de l'art chez les nations rivales ou étrangères, c'est là un brillant programme, mais qui a un grand défaut, c'est que son étendue trop peu limitée l'expose à de fréquentes déviations et rend sa réalisation presque impossible. L'ancienne Administration se lança un peu inconsidérément dans cette entreprise hasardeuse, l'acquisition de l'hôtel Carnavalet fut décidée, puis sa complète restauration. La première avait coûté 900,000 francs, la seconde avait absorbé plus de 500,000 francs quand les travaux furent interrompus. C'est donc environ un million et demi

_____

(1) Ce rapport fut délibéré le 14 juin 1872. Il n'a jamais, jusqu'à ce jour, été imprimé.

que représentent pour les finances de la Ville les murs dénudés et les salles désertes de ce musée destinée à recevoir des collections qui n'existent plus ou qui n'existent pas encore.

Par une déplorable fatalité, ce qui devait former le premier fonds du Musée municipal, ses éléments les plus authentiques et les plus précieux ont été détruits par l'incendie de l'Hôtel de Ville. Une collection de tableaux, portraits historiques et vues de Paris, une série de dessins originaux, des pièces uniques, des médailles, des objets précieux, une suite complète des esquisses originales de tous les travaux décoratifs exécutés depuis plus d'un demi-siècle pour le compte de la Ville, de toutes les acquisitions, donations ou attributions faites en vue du Musée municipal, avaient été concentrés dans l'annexe Nord de la place de l'Hôtel-de-Ville, d'où ils devaient être transportés à l'hôtel Carnavalet. Mais l'incendie les surprit avant ce transport et ils disparurent dans le désastre qui dévora, emporté parmi tant de trésors pour l'art et pour l'histoire, le recueil séculaire et inestimable de nos archives municipales.

Le musée Carnavalet se trouva ainsi frappé, dès son origine, d'un désastre irréparable. Il aurait pu sauver ce qui lui était destiné et justifier ainsi, du premier coup, sa fondation. Il n'eut pas ce bonheur et aujourd'hui il est à craindre que cette coûteuse entreprise ne soit un embarras de plus légué à l'Administration actuelle par l'ancienne Administration.

La Commission des beaux-arts et la Sous-commission des musées et travaux historiques, plus spécialement chargée de l'étude de cette question, lui ont consacré de nombreuses séances. Tout en reconnaissant les erreurs qui avaient été commises et l'exagération des dépenses auxquelles on s'était laissé entraîner, les deux Commissions ont émis l'avis unanime qu'il fallait conserver l'hôtel Carnavalet, qu'il était utile d'y achever les travaux de première urgence, de le disposer le plus rapidement et le plus économiquement possible à recevoir ce qui reste encore des collections municipales et ce que l'on a pu déjà reconstituer de la bibliothèque de la Ville.

Le Conseil municipal a déjà donné la preuve de l'intérêt qu'il attache à la reconstitution de cette bibliothèque. Dans sa séance du 29 mars dernier, sur un rapport de M. Gille, vous avez, Messieurs, voté un crédit de 50,000 francs pour les acquisitions de livres et les frais de matériel nécessaires.

Grâce à ce crédit, la reconstitution de la bibliothèque de la Ville pourra se poursuivre avec discernement et régularité. Le fonds actuel est bien modeste. Il se compose d'environ 6,000 volumes acquis ou donnés depuis les événements et déposés actuellement à l'entresol de l'hôtel Carnavalet, et de la bibliothèque personnelle de M. Cousin, offerte par lui à la ville de Paris et qui n'a pu être encore transportée à Carnavalet, faute de local disposé pour la recevoir. Elle compte environ 8,000 volumes et 10,000 estampes.

Nous sommes loin, vous le voyez, des 125,000 volumes qui formaient l'ancienne bibliothèque municipale et qui ont disparu dans l'incendie. Mais encore faut-il que le peu que nous possédons soit recueilli avec soin et puisse être classé avec méthode. Il est donc urgent que les dispositions nécessaires soit prises à cet égard.

L'hôtel Carnavalet est le seul emplacement propre à servir, ne fût-ce que momentanément, d'entrepôt aux livres et aux collections que la Ville a pu sauver de ce désastre.

Les collections ou, pour mieux dire, ces premiers éléments de collections futures sont déposés dans les magasins du boulevard Morland et dans la maison communale du quai de Béthune. Le dépôt du boulevard Morland est d'une remarquable pauvreté et contient à peine quelques toiles d'une valeur à peu près nulle au point de vue de l'art et de l'histoire. La maison du quai de Béthune est beaucoup mieux partagée. Sans s'exagérer la valeur de cette réunion d'objets qui y sont rassemblés un peu au hasard ou en vue d'un plan trop indécis, on peut dire cependant que la collection commencée par Gailhabaud, pour laquelle on a déjà dépensé des sommes assez considérables, présente un véritable intérêt. Une réunion toute spéciale d'objets d'antiquité, de monuments funéraires, de débris trouvés dans les fouilles nécessitées par les travaux de Paris et qui remontent aux âges reculés de notre histoire, une série de curieux moulages forment une collection unique et très précieuse pour la science comme pour l'histoire.

Un travail d'élimination, nécessaire parmi ces éléments trop nombreux et un peu confus, s'opère en ce moment sous la direction du savant M. de Longpérier. Mais ce travail ne pourra se poursuivre et s'achever qu'à la condition de transporter ces collections diverses à l'hôtel Carnavalet, puisque la maison communale du quai de Béthune doit recevoir une nouvelle attribution, et qu'elle est comprise dans le groupe scolaire proposé pour le 4ᵉ arrondissement.

Après s'être rendu compte des motifs qui avaient amené l'Administration à vous proposer cette dépense, votre 5ᵉ Commission a voulu se rendre compte de l'urgence des travaux par une visite à l'hôtel Carnavalet. L'impression qu'elle en a rapportée est que des sommes bien considérables avaient été sacrifiées pour un résultat bien incertain ; tout en regrettant ces dépenses inconsidérées, votre Commission a pensé qu'il était nécessaire de procéder, avec toute l'économie possible, à des travaux d'achèvement qui doivent rendre habitables des pièces restées sans fenêtres et sans parquets, et assurer l'installation modeste de la bibliothèque et des collections actuelles.

En résumé, Messieurs, et devant l'affirmation formelle donnée par M. le directeur des Travaux que la somme demandée est suffisante pour cette installation et qu'aucune nouvelle dépense ne sera plus inscrite d'office au budget pour la restauration de l'hôtel Carnavalet, votre 5ᵉ Commission vous propose l'adoption du crédit demandé s'élevant, sur devis, à la somme de 50,000 francs.

Quelques membres de votre Commission ont entrevu la possibilité que les attributions de l'hôtel Carnavalet fussent un jour modifiées ou étendues. Ils ont, d'après l'avis émis par notre honorable collègue M. Piat, pensé qu'on pouvait y créer une espèce d'école supérieure du dessin et de l'ornement, un enseignement secondaire de l'art appliqué à l'industrie, et que ce serait là un véritable service rendu à un quartier de production essentiellement parisienne. Même en admettant que la destination actuelle de l'hôtel Carnavalet dût être ultérieurement modifiée, la dépense qui vous est proposée n'en est pas moins d'une urgence incontestable et n'en profitera pas moins à l'avenir.

Votre 5ᵉ Commission insiste énergiquement pour qu'aucune modification ne soit plus apportée aux constructions existantes et pour que l'on se contente, dans les limites du crédit demandé, d'exécuter les travaux d'appropriation, de clôture et d'achèvement indispensables pour rendre habitables et pratiques les locaux actuels.

Sous ces réserves, qui restreignent les dépenses dans leurs plus étroites limites, en laissant néanmoins toute liberté à l'avenir et, s'il y a lieu, aux décisions futures du Conseil, votre Commission vous propose l'adoption du crédit demandé.

Si le Conseil partage cet avis, j'ai l'honneur de lui soumettre le projet de délibération suivant.

Le rapporteur,

Émile PERRIN.

PROJET DE DÉLIBÉRATION

LE CONSEIL,

Vu le mémoire, en date du 31 mai 1872, par lequel M. le Préfet de la Seine lui soumet un devis de travaux à exécuter à l'hôtel Carnavalet pour l'installation du musée et de la bibliothèque de la Ville ;

Vu le devis précité s'élevant après revision à la somme de cinquante mille francs (50,000 fr.), ensemble les deux feuilles de plans qui l'accompagnent ;

Vu le rapport du directeur des Travaux de Paris ;

Vu l'ordonnance royale du 14 novembre 1837,

DÉLIBÈRE :

Il y a lieu d'exécuter les travaux indiqués au devis susvisé dans la limite d'une somme de cinquante mille francs (50,000 fr.).

Les travaux se rapportant au transport et au rangement des objets d'art, lesdits travaux portés au devis pour la somme de cinq mille francs (5,000 fr.), seront exécutés en régie par application de l'art. 2 de l'ordonnance susvisée; les autres travaux seront mis en adjudication dans la forme accoutumée.

La dépense sera payée par imputation sur le crédit inscrit au chap. XII, § 2, art. 31, du budget communal de l'exercice 1872 (Édifices municipaux divers).

ANNEXE N° 3.

Rapport présenté par M. Ulysse Parent, au nom de la 5ᵉ Commission (1), sur l'élimination des objets conservés à l'hôtel Carnavalet et étrangers à l'histoire de Paris (Annexe au procès-verbal de la séance du 15 janvier 1880).

MESSIEURS,

A la date du 14 août 1879, M. le Préfet de la Seine prenait l'arrêté suivant, sur la proposition de M. le Secrétaire général de la Préfecture :

« Article premier. — Les deux premières salles du corps de bâtiment principal de l'hôte Carnavalet, entre cour et jardin, ayant accès au premier étage, sur le palier du grand escalier, à côté de l'entrée actuelle de la Bibliothèque, sont ajoutées au local déjà attribué à la Bibliothèque, qui comprendra ainsi l'ensemble du premier étage sur les quatre côtés de la cour, à l'exception de la troisième salle faisant suite à celle-ci et d'une petite pièce de dégagement attenante, communiquant à l'escalier du comble.

« Art. 2. — Cette troisième salle et cette pièce de dégagement attenante resteront d'usage commun aux deux services du Musée et de la Bibliothèque pour ménager les communications nécessaires d'une part entre les deux nouvelles salles, où sera établie la salle de lecture publique, et les autres salles de la Bibliothèque; d'autre part, entre les galeries neuves du Musée et l'escalier conduisant au second étage, où sont exposées les esquisses.

« Art. 3. — Ces diverses salles sont provisoirement laissées à la disposition du service des Beaux-arts; mais les aménagements nécessaires pour les approprier à leur nouvelle destination seront opérés dans un délai de trois mois, de manière à permettre l'ouverture des nouvelles salles de lecture au public dès le 1ᵉʳ décembre prochain. »

Comme conséquence de cet aménagement nouveau, et en vertu de l'extension donnée au service de la Bibliothèque, il importe pour vous, Messieurs, ainsi que le fait savoir un rapport de M. le Préfet de la la Seine en date du 9 octobre dernier, de prendre une décision relative à un certain nombre d'objets acquis autrefois par l'Administration impériale pour le compte du

---

(1) La 5ᵉ Commission (Architecture et Beaux-arts) était composée, en 1880, de MM. Hattat, président; Darlot, secrétaire; Binder, Collin, Gusset, Dubois, Humbert, Forest, Narcisse Leven, Ulysse Parent.

musée municipal, mais qui, depuis, ont été reconnus comme absolument étrangers à l'histoire de Paris. Aussi, dès 1874, lors d'une première vente, des pièces analogues et de valeur aussi douteuse, ont été réservées pour être ultérieurement aliénées ou échangées, et, en attendant, déposées à titre provisoire dans ces mêmes salles, affectées désormais à la Bibliothèque.

Pour arriver à la solution de cette affaire, l'Administration vous propose :

1° De faire procéder dans le plus bref délai possible à la vente aux enchères publiques des objets d'art éliminés par la Sous-commission administrative des travaux historiques, comme ne présentant aucun intérêt au point de vue de l'histoire de Paris ;

2° De déposer dans un musée public les objets étrangers à l'histoire de Paris, mais ayant une valeur intrinsèque et incontestable :

3° De verser à la Caisse municipale, par imputation sur le chap. xxv, art. 16 du budget de l'exercice 1879 (Recettes imprévues), le produit de ladite vente des objets éliminés ;

4° Enfin d'ouvrir sur le chap. xxiv, article unique (Dépenses imprévues) du budget de l'exercice 1879, un crédit de 1,500 francs pour couvrir les dépenses auxquelles auront donné lieu la préparation de cette vente et le transport des objets à l'hôtel Drouot.

Votre 5ᵉ Commission, Messieurs, a pensé qu'il ne serait pas inutile, pour vous faciliter une délibération mûrement réfléchie sur ces diverses propositions, d'introduire dans ce rapport l'historique succinct de ces deux institutions municipales — le Musée et la Bibliothèque — installées sous le même toit, paraissant devoir, par leur nature même, être confiées à une administration unique, à un personnel homogène, et qui cependant, par une anomalie singulière, relèvent, l'une de la direction des Travaux et du bureau des Beaux-arts, l'autre du Secrétariat général de la Préfecture de la Seine.

MUSÉE MUNICIPAL, DIT CARNAVALET.

C'est en 1866 que la ville de Paris se fit acquéreur de l'hôtel Carnavalet, rendu célèbre par les sculptures de Jean Goujon et illustré par la résidence de Mᵐᵉ de Sévigné.

Dès l'année suivante, l'Administration résolut d'y fonder un musée municipal, et elle consacra, à cet effet, en travaux de restauration et d'installation, des crédits considérables. Elle voulait ainsi, disait-elle, compléter le projet qu'elle avait eu de refaire, sur des bases nouvelles, l'*Histoire générale de Paris* et de placer à côté des documents écrits les représentations figurées des événements contemporains, les objets d'art ou d'antiquité provenant du sol et des édifices de l'ancienne cité, et enfin tous les monuments les plus propres à confirmer les récits des historiens, à donner une idée de l'art tel qu'on l'a entendu et pratiqué à Paris, à faire comprendre, en un mot, la vie parisienne à toutes ses époques.

L'idée pouvait être bonne en soi, mais à la condition de ne pas dépasser de justes limites. Il importait qu'on procédât avec un soin scrupuleux à l'acquisition, à l'acceptation, au classement des objets d'art ou de curiosité qui allaient figurer dans les galeries et sous les vitrines du nouveau musée. Il était indispensable que chacun d'eux eût une signification précise, se rattachant par un lien étroit et direct aux origines de Paris, aux événements accomplis dans son sein, qu'il fût un commentaire palpable de ses annales, la preuve tangible de son histoire.

Malheureusement, ce ne fut point de la sorte que l'on procéda. Avec cet esprit de gaspillage et de désordre qui domina souverainement tant que dura le régime impérial, on se mit à acheter sans choix, sans discernement, à tort et à travers : aux enchères dans les ventes publiques; à l'amiable chez les particuliers, tous ces objets disparates dont la plupart forment encore le fonds actuel du musée Carnavalet.

Sous prétexte de réunir les ustensiles familiers à la vie civile du Parisien, on accumula un lot formidable de bric-à-brac : meubles, outils, armes, instruments de ménage et de cuisine, pièces de serrurerie, objets de toilette, etc., toutes choses ne touchant en rien à l'histoire de Paris, n'ayant aucun lien avec la vie journalière parisienne, sans marque de provenance, épaves de nos provinces et même de l'étranger, avec lequel, depuis le Moyen-âge, la France entretenait des relations de commerce et d'échange.

Sous prétexte de reconstituer la topographie et l'aspect de l'ancien Paris, de faire revivre des âges où les textes font défaut, on entasse, non sans méthode, nous nous plaisons à le reconnaître, exceptionnellement, mais jusqu'à l'excès, tout ce que le vieux sol parisien contient de débris antiques que la pioche du terrassier met à jour. Les époques dites préhistorique, gallo-romaine, mérovingienne, sont représentées dès maintenant à l'hôtel Carnavalet par des échantillons nombreux. Ce sont : éclats lamellaires de silex, tronçons de bois de cerf ouvrés, fusaïoles en terre cuite; vases, jattes, hydries, ou bouteilles de toutes formes et de toutes matières; pierres tombales, inscriptions lapidaires, provenant d'anciens cimetières, de fouilles plus ou moins récentes. Toutes ces pièces sont d'intérêt certain, mais pour la plupart elles ont l'inconvénient d'être très encombrantes au milieu d'un local relativement restreint, d'ouvrir dans nos collections, par la nature même de leur provenance, des séries pour ainsi dire indéterminées, et dont les spécimens analogues se retrouvent chaque jour dans les fouilles opérées en dehors du territoire parisien. Aussi regrette-t-on de ne pas les voir figurer dans un musée spécial, où pour l'archéologue et l'antiquaire elles deviendraient l'objet d'études comparées, par conséquent d'autant plus utiles.

Dans un autre ordre d'idées, sous prétexte encore de recueillir des pièces rares et de haut intérêt, on paie six mille francs une statuette équestre d'un empereur carlovingien, provenant du trésor de la cathédrale de Metz; on acquiert pour huit mille francs un grand banc d'orfèvre à étirer les métaux daté de 1575 et portant les armoiries de Frédéric, électeur de Saxe, et de Anne de Danemark ; un bahut du XIIIe siècle, venu de Pierrefitte, sans marque parisienne, est coté onze cents francs. Tous ces objets, tant d'autres que l'on pourrait citer, sont absolument étrangers à l'histoire de Paris et n'en figurent pas moins au catalogue. Et c'est ainsi qu'on arrive à dépenser follement, de 1866 à 1876, la somme de 364,177 francs.

Cependant le musée Carnavalet, cinq ans après sa fondation, n'était ni constitué ni livré au public. Ses collections, en attendant l'achèvement des salles de l'hôtel, étaient dispersées un peu partout : à la maison municipale du quai de Béthune, dans les combles d'une des annexes de l'Hôtel de Ville. C'est dans ce dernier lieu, notamment, que se trouvait en 1871 la série de tableaux et de dessins relatifs aux annales parisiennes et celle des portraits des personnages célèbres nés à Paris. Lorsque survinrent les événements de mai, cette collection devint la proie des flammes, et ainsi fut détruit l'élément le plus intéressant du musée, le seul peut-être qui se rattachât intimement à l'histoire de la cité. Cette perte est d'autant plus regrettable que, parmi les tableaux ainsi anéantis, quelques-uns étaient signés des noms de *Raguenet*, *Van der Meulen*, *Van Loo*, *Chardin*, *Moreau le jeune*, *Hubert-Robert*, *Bailly*, etc.

A la suite des désastres de 1871, l'Administration reconnut enfin la nécessité qu'il y avait de couper court aux errements suivis jusque-là, à renoncer à cette prétention de reconstituer l'histoire de Paris et des coutumes parisiennes à toutes les époques; prétention qui n'était réalisable, si elle pouvait l'être, qu'au prix de dépenses excessives et hors de toute proportion avec les ressources de la Ville. Les achats furent supprimés et, sur l'avis de la Commission administrative des Beaux-arts, on proposa, comme il a été dit plus haut, l'élimination de certains objets, sans valeur réelle, soit artistique, soit intrinsèque, tout en réservant ceux qui offriraient un intérêt quelconque qui permît ultérieurement de les échanger contre d'autres spécimens provenant de musées ou de collections particulières.

Le Conseil municipal, saisi de la proposition de l'Administration, autorisa, par une délibération en date du 4 août 1874, cette vente qui produisit une somme de 46,795 fr. 50 c., laquelle fut versée dans la caisse municipale.

Aujourd'hui, et dans des conditions identiques, M. le Préfet vient vous demander une nouvelle autorisation de procéder à une seconde vente par voie d'élimination. Nous examinerons tout à l'heure cette proposition. Auparavant, et pour justifier nos conclusions, il importe de dire comment s'est constituée notre Bibliothèque municipale et de quelle façon elle fonctionne.

BIBLIOTHÈQUE MUNICIPALE.

Après l'incendie de 1871, il ne restait plus rien de notre bibliothèque municipale. Pour conjurer en partie cette perte, un savant aussi modeste que généreux, M. Jules Cousin, vint offrir à la Ville sa collection de livres rares, péniblement et judicieusement amassés, ayant tous trait à l'histoire de Paris. Nommé conservateur de cette bibliothèque renaissante, M. Jules Cousin, au bout de huit années d'efforts et de persévérance, est parvenu à reconstituer de fond en comble, en partie à ses dépens, une œuvre considérable et qui tend à s'augmenter chaque jour.

En effet, Messieurs, notre bibliothèque municipale compte aujourd'hui plus de 40,000 volumes, 25,000 estampes et de précieux recueils de journaux datant des époques révolutionnaires. Son catalogue, qui, pour la clarté et la facilité des recherches, pourrait servir aux établissements publics de même genre, nous montre que cette belle et grande collection se groupe pour la commodité du lecteur en douze grandes divisions ainsi définies :

1° Bibliographie ;

2° Histoire physique et naturelle : le sol, les eaux, les carrières ;

3° Histoire générale de Paris ;

4° Topographie, plans et voie publique ;

5° Histoire monumentale et architecturale ;

6° Histoire des églises et communautés ;

7° Histoire des lettres, arts et instruction publique à Paris ;

8° Histoire des mœurs et coutumes parisiennes ;

9° Fêtes et divertissements comprenant l'histoire des théâtres ;

10° Histoire civile et administrative : consommation, halles et marchés, commerce, arts et métiers ;

11° Police et histoire judiciaire de Paris : guet et garde nationale ; le crime et les prisons ;

12° Environs de Paris dans le ressort de l'ancienne prévôté ou juridiction du Châtelet.

Cette classification générale, qui elle-même se subdivise en cent soixante séries correspondant chacune à un groupe plus spécial, rend au travailleur les recherches toujours rapides et faciles. Aussi voit-on notre bibliothèque fréquentée assidûment par un public d'élite, de curieux, de savants et d'historiens; c'est grâce à elle et à son habile direction qu'un progrès sensible s'est déjà manifesté dans les études parisiennes publiées dans les revues et surtout dans les journaux au courant de l'actualité, dont les rédacteurs ont besoin d'être vite et bien renseignés pour instruire à leur tour la foule des lecteurs.

Il y a là une excellente et féconde vulgarisation dont nous ne saurions trop nous applaudir et qui ne fera que progresser avec les développements que nous saurons donner à notre bibliothèque municipale.

Ce n'est pas, Messieurs, par un vain esprit de critique que nous avons essayé d'établir un parallèle entre le Musée municipal et la Bibliothèque, que nous avons mis sous vos yeux les situations si différentes des deux établissements confiés à vos soins et auxquels vous portez un égal intérêt. Mais, en racontant le passé, nous avons voulu prévoir l'avenir et le préparer meilleur en vous demandant à encourager les efforts tentés d'un côté et à couper court aux errements fâcheux qui se sont produits de l'autre.

A nos yeux, le Musée municipal est une création avortée de l'Empire, mal comprise dès son origine. Nous n'y avons trouvé, nous le répétons, qu'une collection d'ordre très inférieur et tout à fait indigne de la ville de Paris, aujourd'hui surtout que les connaisseurs, les collectionneurs délicats abondent parmi les gens du monde. S'il continuait à être régi comme par le passé, ce prétendu musée serait non seulement nuisible pour l'art, dangereux par les conséquences probables où il nous entraînerait, mais encore compromettant pour l'honneur de notre administration municipale.

En se proposant de former, dans l'hôtel Carnavalet, une immense collection des ustensiles de la vie civile des Parisiens, plutôt qu'un répertoire de l'histoire municipale et politique de Paris, en y accumulant incessamment les débris et les vestiges des monuments anciens quels qu'ils fussent et sous prétexte qu'ils sortaient du sol parisien, on a caressé le rêve de refaire au petit pied le musée anglais de Kensington, idée utile au point de vue de l'art industriel, mais injustifiable étant données nos propres ressources, car pour être mise en pratique elle eût exigé des crédits énormes et un édifice aussi grand que le palais des Champs-Élysées. Ce n'est pas à la Ville que devait incomber l'initiative d'une telle fondation, mais à l'État, comme étant un objet d'intérêt général, ou à une société privée composée, comme pour le musée Kensington, d'amateurs et d'industriels directement intéressés dans la question.

Et, en effet, c'est dans ce sens et dans ce but que l'État, d'une part, a créé déjà le musée de Cluny, celui de Saint-Germain-en-Laye, la collection des Arts-et-Métiers, et qu'il a affecté au Louvre la galerie d'Apollon au même objet, tandis que de l'autre la société de l'Union centrale vient de fonder le Musée des arts industriels. Ne serait-il donc pas préjudiciable à la ville de Paris qui, par le fait, possède ces musées et en a la pleine jouissance sans en avoir les charges, de venir leur faire concurrence à grands frais et dans des conditions artistiques toujours inférieures ?

Donc, sans vouloir la suppression du Musée municipal, nous demandons son épuration complète, nous souhaitons qu'il revienne à sa véritable destination, nous désirons que ces deux établissements, le Musée et la Bibliothèque, qui s'adressent au même public, qui tendent au même but, qui doivent être consultés dans les mêmes conditions pratiques, soient désormais amalgamés l'un à l'autre; que le travailleur qui se rend à l'hôtel Carnavalet puisse, sans se déranger, sans quitter sa plume ou son crayon, consulter simultanément les documents de toute nature recueillis à son usage. Pour prendre un exemple, nous pensons qu'il serait bon que le lecteur venant fouiller les annales de notre grande révolution fût entouré des pièces originales, des monuments divers si nombreux et si intéressants qui se rattachent à l'histoire de cette époque, qu'il ait, en quelque sorte, sous son œil et sous sa main l'image du passé qu'il vient évoquer.

Ce vœu, qui s'est déjà manifesté au sein du Conseil par une proposition de M. Louis Combes rapportée en 1877 par M. Jobbé-Duval, jusqu'à ce jour est resté lettre morte.

Était-il cependant bien onéreux et bien difficile de se procurer les éléments de cette collection spéciale? Depuis plus de vingt ans nous les avons vus passer dans les ventes publiques pour aller trouver place dans les collections particulières, et nous en connaissons une, formée patiemment, mais avec un goût exquis par son propriétaire, qui est devenue un véritable trésor et quelque chose comme le reliquaire sacré de nos temps révolutionnaires.

Avant de terminer ces observations générales, nous devons aller au-devant d'une objection qui pourrait se produire au cours de la discussion, et qui consisterait à déclarer que, dans un avenir prochain, notre Bibliothèque devra reprendre sa place naturelle dans le nouvel Hôtel de Ville et que, dans ces circonstances, le Musée pourrait se développer tout à son aise dans les galeries de l'hôtel Carnavalet.

Nous pensons, tout au contraire, que le Musée et la Bibliothèque *historiques* doivent rester indissolublement unis et que cette dernière, en retournant à l'Hôtel de Ville, aurait à y souffrir presque autant des abus inhérents à la position que de la catastrophe finale qui l'a anéantie une première fois.

Dans un centre vivant et agité comme l'Hôtel de Ville, une grande bibliothèque est toujours un embarras; on finit toujours par la reléguer au grenier; peu accessible aux gens d'étude qui en général ne sont plus jeunes, ce grenier, quelque bien décoré qu'il soit, et déguisé en galeries plus ou moins luxueuses, est toujours fatal à la conservation des livres. Ils ont à souffrir selon la saison du chaud, du froid, de la sécheresse ou de l'humidité et surtout des infiltrations, inévitables sous la toiture, et qui ne se révèlent que quand le mal est irréparable, quand l'eau coule par terre, après avoir mouillé et gâté toute une colonne de volumes.

L'emprunt, forcé pour ainsi dire, vient encore s'ajouter à ces fléaux matériels. La hiérarchie a des exigences et la camaraderie des complaisances auxquelles les bibliothécaires ne peuvent se soustraire ainsi mêlés à une grande administration, et la bibliothèque devient une distraction préjudiciable au service pour tous les employés, un cabinet de lecture pour le plus grand nombre. Les livres sortent aisément, rentrent difficilement, — quand ils rentrent. — Le meilleur, comme de juste, part plutôt que le pire, et bientôt il ne reste plus guère qu'un vaste fonds d'ouvrages dépareillés.

Telle était devenue, malgré son énorme crédit annuel de 50,000 francs, l'ancienne bibliothèque de la Ville anéantie en 1871.

Nos conclusions à ces observations générales, que nous avons cru devoir présenter avec quelques détails, se formuleront donc en un vœu que nous adressons à l'Administration supérieure, qui est de voir réunis à bref délai, en un seul et même service, définitivement installé à l'hôtel Carnavalet, la Bibliothèque et le Musée historiques de la Ville, désormais confiés à une direction unique, et dans des conditions telles que le Musée ne soit que le complément légitime et justifié de notre Bibliothèque historique municipale.

Si nous revenons maintenant, Messieurs, à l'objet plus spécial qui a motivé ce rapport, c'est-à-dire aux propositions de M. le Préfet de la Seine, vous serez d'avis, sans doute, de faire procéder, ainsi qu'il le demande, à la vente des objets d'art déjà éliminés, et même de grossir cette vente en l'augmentant des objets qui seraient définitivement reconnus étrangers à l'histoire de Paris.

Cette nouvelle élimination pourrait être faite par les soins de la Sous-commission administrative des travaux historiques complétée par une Sous-commission prise dans le sein de la 5e Commission du Conseil municipal, auxquelles viendrait se joindre le conservateur de notre bibliothèque.

Les quelques objets d'une valeur intrinsèque et incontestable, mais étrangers à l'histoire de Paris, pourraient être déposés dans les musées spéciaux de l'Etat sans courir, de cette façon, les hasards d'une vente publique.

Sous le bénéfice de ces observations, votre 5e Commission vous propose le projet de délibération suivant.

Paris, le 15 janvier 1880.

Le rapporteur,

Ulysse PARENT.

PROJET DE DÉLIBÉRATION

LE CONSEIL

DÉLIBÈRE :

1° Il sera procédé dans le plus bref délai possible à la vente, aux enchères publiques, des objets d'art dès à présent éliminés par la Sous-commission administrative des travaux historiques.

2° Cette vente pourra être augmentée par une élimination nouvelle et définitive des objets qui seraient définitivement reconnus étrangers à l'histoire de Paris. Cette élimination sera faite par les soins d'une Commission composée comme il est dit au rapport.

3° Les objets étrangers à l'histoire de Paris, mais ayant une valeur intrinsèque et incontestable, seront déposés, après entente avec l'État, dans les musées publics.

4° Il sera versé à la Caisse municipale, par imputation sur le chap. xxv, art. 16, du budget de l'exercice 1879 (Recettes imprévues), le produit de la vente des objets éliminés ;

13

5° Il sera ouvert sur le chap. xxiv, article unique (Dépenses imprévues), du budget de l'exercice 1879 un crédit de 1,500 francs pour couvrir les dépenses auxquelles auront donné lieu la préparation de cette vente et le transport des objets à l'hôtel Drouot.

Le Conseil, en outre, invite M. le Préfet de la Seine à réunir en un seul et même service, définitivement installé à l'hôtel Carnavalet, la bibliothèque et le musée historiques de la Ville, désormais confiés à une direction unique et dans des conditions telles que le musée ne soit que le complément légitime et justifié de notre bibliothèque historique municipale.

ANNEXE N° 1

AU RAPPORT DE M. ULYSSE PARENT.

Premier rapport de M. Du Sommerard sur les collections de l'Hôtel Carnavalet.

Dans sa dernière séance de mercredi 14 mai, la Commission des beaux-arts, réunie sous la présidence de M. le Préfet de la Seine, a bien voulu nous donner mission de nous rendre à l'hôtel Carnavalet, pour y procéder à un examen préparatoire des objets réunis dans les salles du premier étage, en vue de faciliter à l'avance le travail de la Commission spéciale qui doit se prononcer à bref délai sur la conservation ou l'élimination de ceux de ces objets qui sont notoirement étrangers à l'histoire de la ville de Paris.

Nous nous sommes rendus à l'hôtel Carnavalet, lundi dernier, et avons procédé à un minutieux examen de tous les objets que contiennent les deux grandes salles du premier étage, la pièce d'entrée et celles qui sont aujourd'hui affectées au service des travaux historiques de la Ville.

Toutes les antiquités parisiennes qui sont disposées dans les galeries du rez-de-chaussée, toutes celles que renferment les vitrines des salles qui leur sont aujourd'hui spécialement réservées au premier étage, sont hors de cause et leur conservation ne saurait être mise en doute. Ce sont tous objets et monuments de l'antiquité, du Moyen-âge et de la Renaissance, trouvés à Paris, relatifs à l'histoire de la Ville et rentrant à tous les points de vue dans les conditions du programme d'un musée municipal.

Nous n'avions donc pas à nous en occuper, et notre examen n'avait à porter que sur les collections réunies dans la partie de l'hôtel que nous avons désignée plus haut.

Tous les membres de la Commission connaissent ces collections, si l'on peut donner ce nom à une réunion d'objets hétérogènes, de tous pays, de toutes provenances et de toutes époques, dont on s'explique difficilement le rapprochement et même la présence dans un musée dont le but est de représenter l'histoire de Paris; il est donc inutile de les décrire ici, et nous entrons immédiatement dans le programme tracé par M. le Préfet de la Seine et par la Commission elle-même.

Nous avons cru devoir procéder salle par salle, vitrine par vitrine, panneau par panneau, en indiquant ici le résumé exact et complet de notre examen.

L'hôtel Carnavalet a un sérieux caractère d'art et il importe, quelle que soit la destination réservée à ces salles du premier étage, que leur décoration soit en rapport avec l'architecture. Nous proposons donc, tout d'abord, que les tapisseries qui servent de portières dans la première et la deuxième salles, celles de Gombaud et Macé, ainsi que celles de provenance italienne, soient conservées en place.

Nous proposons qu'il en soit de même pour les feux et garnitures des grandes cheminées, tels que chenets anciens, garde-feux, crémaillères, en un mot le mobilier des cheminées, tel qu'il se trouve aujourd'hui constitué.

Il y aurait également lieu de conserver la porte du xvi⁰ siècle, en bois sculpté à jour, retrouvée rue Lacépède et qui a trouvé sa place dans la salle affectée au bureau des Travaux historiques, ainsi qu'un lustre en bois sculpté du règne de Louis XIV, provenant de Saint-Nicolas-du-Chardonnet. Deux belles commodes du temps de Louis XV avec garnitures en cuivre ciselé et une horloge parisienne, qui se trouvent aujourd'hui dans le cabinet de M. le chef de service, seraient également conservés comme objets mobiliers utiles à l'immeuble, quelle que soit sa destination.

Avant de passer à l'examen des vitrines que contiennent les salles en question, il est un point du programme sur lequel il nous parait nécessaire que la Commission se trouve exactement fixée.

Le musée de l'hôtel Carnavalet doit-il être réservé, comme nous le pensons, aux objets concernant l'histoire de Paris, dans son acception la plus large d'ailleurs, ou doit-il comprendre également ceux qui n'ont d'autre intérêt que d'avoir été fabriqués ou vendus dans cette ville? Ainsi, pour préciser, suffira-t-il qu'une montre, par exemple, porte le nom d'un horloger de Paris, qu'une serrure soit également au nom d'un fabricant parisien, qu'une épée porte sur sa lame l'adresse d'un marchand de Paris, pour trouver place dans ces collections historiques? Cette seconde manière de voir présenterait, à notre sens, d'assez graves inconvénients : d'abord elle serait puérile la plupart du temps, et il suffit de se livrer à l'examen que nous avons fait de ces objets pour s'en convaincre; puis il arrivera bien souvent, que la montre portant le nom d'un horloger parisien aura été fabriquée à Genève; que la serrure aura été faite en Picardie; que l'épée aura été montée à Solingen.

N'ayant pas mission de décider la question, nous avons divisé notre travail en deux parties : la première comprendra tout ce qui touche l'histoire de Paris, aussi bien qu'à ses us et coutumes, et dans cette série nous comprenons tous les objets antiques, du Moyen-âge et des temps relativement modernes trouvés dans les fouilles de la Ville et dans le lit de la Seine; dans la seconde, nous avons énuméré les objets qui n'ont d'autre intérêt que de porter une indication de provenance parisienne.

Nous avions pensé tout d'abord à procéder par voie d'élimination, mais, au premier examen un peu attentif, nous avons reconnu que ce serait refaire, à nouveau, un inventaire presque complet des collections, travail qui eût été fastidieux pour la Commission. Nous avons dès lors pris le parti de procéder par voie de sélection, mais, nous le répétons, après un examen détaillé et minutieux de tous les objets compris dans ces galeries et dans les vitrines qui s'y trouvent disposées.

PREMIÈRE SÉRIE.

Objets à conserver.

Grand panneau contenant un certain nombre d'inscriptions tumulaires ou de plaques de donations retrouvées à Paris et gravées sur bronze; ce cadre occupe le fond de la deuxième salle à droite.

La collection des médailles de la Ville (1ʳᵉ salle, vitrine à gauche).

Celle des médailles données à la suite de plusieurs solennités.

Le médailler de Rollin, qui retrace l'histoire de la *frappe* parisienne (1re salle).

Le médailler de jetons de Paris (1re salle).

Dix enseignes de maisons et de boutiques, en fer forgé et repoussé (1re salle).

Un panneau des outils de charpentier de bateaux trouvés dans la Seine (2e salle).

Deux marquoirs de débardeurs aux armes de la Ville (1re salle).

Deux curieux vases en grès émaillé, de la fabrique de Raeren, aux armes de la ville de Paris (1re salle).

Deux vases en bronze trouvés dans la Seine (1re salle).

Huit chandeliers en bronze, xive au xve siècle, trouvés à Paris (1re salle).

Cinq épées antiques, trouvées à Draveil, dans les travaux de la Seine (2e salle, vitrine).

Un lot de gros poids, trouvés à Paris, et un petit poids ancien aux armes de la Ville.

Un lot de fourchettes et de cuillers de toutes époques trouvées dans la Seine.

Une râpe à tabac en bois sculpté représentant le coche d'Auxerre.

Deux aumônières brodées aux armes de la ville de Paris.

Un panneau de peintures du xiiie siècle provenant de la rue des Marmousets.

Les dessus de portes et des panneaux à figures au vernis Martin, dans le caractère chinois, provenant d'une maison de Paris.

Un drageoir en argent portant sur son couvercle le vaisseau de la ville de Paris.

Un beau chapiteau en plomb provenant d'une maison de la rue de l'École-de-Médecine.

Une tabatière du siècle dernier n° 3.386, dont le couvercle porte un fixé représentant une vue de Paris.

Un vitrail provenant des Petits-Ménages.

Deux vitrines placées dans l'antichambre du côté de la nouvelle bibliothèque et qui renferment un grand nombre d'objets en bronze, en fer, ustensiles, boucles de harnais, etc., etc., trouvés dans les travaux de Paris.

Et enfin le nécessaire de voyage de Napoléon 1er, donné à la Ville par le général Bertrand.

Tels sont les objets qui pourraient être considérés comme se rapportant à l'histoire de Paris, et leur énoncé suffit pour montrer à la Commission que nous avons été fort larges dans ces attributions.

DEUXIÈME SÉRIE.

Si maintenant nous passons aux objets dont tout l'intérêt consisterait dans une origine parisienne plus ou moins contestable, mais assez puérile, comme nous le disions plus haut, attendu qu'ils ne donneraient qu'une bien pauvre et bien insuffisante idée de la production parisienne, nous trouvons :

Sous le n° 6,086, une serrure, fort peu intéressante d'ailleurs, portant le nom d'un fabricant parisien au xviiie siècle.

Sous le n° 383, une épée de cour, avec coquille repercée à jour, du xviie siècle portant sur la lame une adresse parisienne.

Sous les n°s 6,092, 6,093 et 6,094, trois astrolabes, portant également les noms et adresses des fabricants.

Dans la même série sont plusieurs balances, quelques mesures de précision, des boussoles, dont quelques-unes sont incontestablement d'origine allemande, mais portent les noms de marchands établis à Paris.

Deux cachets anciens aux armes de la Ville, ainsi que deux ou trois poinçons en acier.

Deux montres au nom d'horlogers établis à Paris.

Une vitrine renferme quelques entrées de serrures des XVIᵉ et XVIIᵉ siècles; l'une d'elles provient, dit-on, d'une maison de Paris. Cette provenance incertaine ne saurait suffire pour motiver son classement.

Nous trouvons dans une autre vitrine un modèle de fer à repasser moderne, en cuivre gravé et doré, avec le nom de Paris; il est également de nature à donner une faible idée de notre industrie.

Tels sont les seuls objets sur lesquels nous ayons à appeler l'attention de la Commission. Nous avons tout vu, tout examiné, grâce à l'obligeance de M. de Champeaux, de M. Vacquer et de M. Tisserant, qui se sont mis avec grand empressement à notre disposition, et, si quelque objet relatif à l'histoire de Paris ou touchant l'industrie parisienne a pu nous échapper, malgré les soins que nous avons apportés à nos recherches, il sera facile de le retrouver dans le travail de classement qui sera fait et dont nous n'avons ici qu'un aperçu préparatoire.

En dehors des objets que nous venons de citer, il n'est rien, ainsi que nous le disions plus haut, qui puisse se rattacher, même d'une manière indirecte, à l'histoire de Paris, à ses usages, même à son industrie.

Les objets d'origine étrangère abondent, surtout ceux de provenance allemande, ceux des Flandres et quelques-uns de fabrication italienne.

La plupart de ces objets pourraient trouver place dans une collection qui n'aurait pas pour point de départ celui qu'il convenait d'indiquer pour l'hôtel Carnavalet; mais le public parisien s'étonnerait à bon droit, le jour où les portes du Musée municipal lui seraient ouvertes, d'y trouver, au lieu des souvenirs de son histoire qui lui sont annoncés et qu'il s'attend à y rencontrer, des collections dont rien ne saurait lui expliquer la présence et qu'il accueillerait sans nul doute avec une froideur assez légitime.

Les galeries en voie de préparation se garnissent de portraits et de vues de la Ville, qui auront par leur réunion un véritable et sérieux intérêt; c'est là la véritable voie à suivre et c'est la seule qui puisse assurer le succès du Musée municipal, — le Louvre, l'hôtel de Cluny, le Musée d'artillerie renfermant les chefs-d'œuvre de l'art et de l'industrie aux temps passés.

Les collections de l'hôtel Carnavalet doivent avoir pour but d'écrire, par les reproductions graphiques des hommes et des monuments, l'histoire de la ville de Paris. Le jour où elles seront franchement dans cette voie, les dons afflueront, retardés qu'ils étaient jusqu'ici par l'incohérence des objets acquis et par les hésitations résultant d'un manque absolu de direction.

Il nous reste à dire un mot, avant de terminer cette bien courte énumération, d'un objet qui non seulement ne touche pas à l'histoire de la Ville, mais ne se rapporte en aucune manière à l'industrie parisienne : nous voulons parler de la figure équestre de Charlemagne qui a appartenu jadis au chevalier Alexandre Lenoir, a été vendue par son fils à Mᵐᵉ Ewans Lombe et acquise à la mort de cette dernière par la ville de Paris.

Ce précieux bronze, bien qu'il ait été fort maltraité dans l'incendie de l'Hôtel de Ville, une importance archéologique qui ne saurait être contestée, et, dans le cas où M. le Préfet de la Seine se prononcerait pour la vente aux enchères des objets étrangers à l'histoire de Paris, nous aurions l'honneur de l'engager à réserver le Charlemagne, qui pourrait être conservé par la Ville ou déposé dans toute autre collection publique : car, autant le public savant applaudirait à l'élimination de tous ces objets mobiliers, ustensiles de cuisine, de ménage et autres de provenance absolument étrangère à notre histoire qui encombrent une partie de l'hôtel Carnavalet, autant il regretterait que ce petit monument, dont l'acquisition, justifiée ou non, a eu du moins l'avantage d'assurer l'immobilisation, fût exposé de nouveau aux hasards des enchères et destiné à passer entre les mains des brocanteurs ou à devenir la propriété de quelque collection étrangère. Il n'y aurait, en tout cas, nul inconvénient à surseoir en ce qui concerne cette figurine, sauf à statuer ultérieurement sur sa conservation ou sur sa cession par voie directe, cession dont il pourrait être traité avec une des collections de l'État.

Dans le rapport qui a été lu lors de la dernière séance de la Commission des beaux arts, rapport qui, par suite d'un regrettable malentendu, a soulevé certaines réclamations, il était dit que soit par voie d'échange, soit par voie d'acquisition, les objets réunis à l'hôtel Carnavalet, pourraient être cédés au musée de Cluny ou à tout autre établissement public. Il y a là, en ce qui concerne du moins l'hôtel de Cluny, une erreur sur laquelle il importe d'éclairer la Commission; l'échange n'est pas permis aux collections de l'État, il est absolument contraire aux statuts qui les régissent et il y a quelques années encore, l'hôtel des Mines, ayant traité d'un échange de ses doubles avec les collections du Muséum d'histoire naturelle, a dû réintégrer dans ses galeries les objets échangés sur l'injonction qui lui en a été faite, bien que cet échange ait été couvert de l'approbation ministérielle.

D'ailleurs, lors même que l'échange serait possible, il ne pourrait porter, au profit de l'hôtel Carnavalet, que sur des monuments relatifs à l'histoire de Paris; or, il ne faut pas oublier que le palais des Thermes est lui-même le berceau de Paris et l'un des premiers jalons de l'histoire de la Ville, que c'est là le motif qui y a fait placer tous les monuments relatifs à l'histoire de Paris à une époque où il n'était pas question de fonder un musée à l'hôtel Carnavalet et que le bon sens public n'admettrait pas qu'on enlevât ces monuments du cadre qui leur convient si bien, et qui est leur cadre naturel, pour aller les porter dans un édifice d'époque comparativement récente et dans lequel, du reste, la place ferait absolument défaut.

La Commission des monuments historiques, d'ailleurs, qui a la haute autorité sur le musée de Cluny, ne ratifierait nulle proposition d'échange dans ce sens.

Quant à la cession par la voie d'une vente directe, il faut bien reconnaître que les objets provenant de l'hôtel Carnavalet qui pourraient être acquis par l'hôtel de Cluny sont si peu nombreux qu'il serait plus avantageux pour la Ville de ne pas les détacher de l'ensemble, dans le cas où cet ensemble devrait être mis en vente publique.

Nous n'entendons pas dire que les collections en question soient dépourvues d'intérêt pour un établissement installé à un autre point de vue que celui qui doit présider à la constitution du musée de la ville de Paris; nullement, et, s'il convenait à la ville de Paris de décider que ces collections seraient déposées à l'hôtel de Cluny en son nom, et fût-ce même à titre momentané, nous nous empresserions de prendre les mesures nécessaires pour les exposer dignement; mais, quand il s'agit d'acquisition, la première condition d'une bonne direction consiste à n'employer les fonds, toujours fort restreints, qui sont mis à notre disposition qu'à rechercher les objets qui manquent aux collections déjà formées, et tel ne saurait être le cas pour les objets réunis à l'hôtel Carnavalet.

Une première vente publique a eu lieu, et, comme le rappelle le rapport de M. le chef de service des Travaux historiques, elle a donné des résultats satisfaisants.

Les objets que nous venons d'examiner n'ont été conservés à cette époque qu'à titre provisoire et en attendant une décision définitive. Si cette décision intervient aujourd'hui et si la ville de Paris prend le parti d'une aliénation définitive par voie de vente publique, il y a tout lieu de supposer, bien que la plupart de ces objets aient été acquis à des prix fort élevés, que la seconde vente pourra se faire dans des conditions non moins satisfaisantes que la première. L'expérience a d'ailleurs démontré que la vente aux enchères publiques est, de tous les modes de procéder, celui qui est le plus avantageux pour le vendeur, en même temps que, dans une circonstance comme celle qui se présente aujourd'hui, elle a l'incontestable avantage de dégager complètement sa responsabilité.

E. DU SOMMERARD.

ANNEXE N° 2

AU RAPPORT DE M. ULYSSE PARENT.

———

Deuxième rapport de M. du Sommerard sur les collections de l'hôtel Carnavalet.

Dans sa dernière séance, tenue le mois dernier à l'hôtel Carnavalet, sous la présidence de M. Bailly, vice-président de la Commission des beaux-arts, la Sous-commission des travaux historiques et du musée municipal a bien voulu approuver les conclusions qu'elle nous avait chargé de rédiger sur l'état des collections réunies dans ce monument. Elle nous a donné, en outre, mission de compléter le travail que nous n'avions fait qu'esquisser et de dresser un état exact de tous les objets qui pourraient être conservés comme se rattachant à l'histoire de Paris et pouvant par leur provenance et leur origine être jugés dignes de prendre place dans le musée municipal.

Nous nous sommes rendu, en conséquence, à l'hôtel Carnavalet où nous avons procédé à un nouvel examen, dont nous avons l'honneur aujourd'hui de soumettre le résultat à la Commission.

ÉTAT DES OBJETS A CONSERVER.

Meubles et boiseries. — Bahut du XIIIe siècle, avec ses pentures en fer forgé. On présume que ce grand et beau coffre provient de l'abbaye de Saint-Denis. Cette présomption n'a aucun fondement sérieux : toutefois, elle nous a paru suffisante pour déterminer la conservation de ce précieux meuble, ne fût-ce qu'à titre provisoire.

Grand meuble en chêne sculpté formant bibliothèque à trois corps, avec glaces, du règne de Louis XV.

Deux belles commodes du temps de Louis XIV et de Louis XV avec garnitures en bronze doré.

Lustre en bois sculpté du temps de Louis XIV, provenant de Saint-Nicolas-du-Chardonnet.

Horloge d'origine parisienne.

Grande armoire dite de Boulle avec incrustations de cuivre.

Ces cinq derniers objets se trouvent dans le cabinet de M. le chef du service des Travaux historiques.

Porte du XVIe siècle en bois sculpté à jour, provenant d'une maison de la rue Lacépède, placée dans la salle affectée au bureau des Travaux historiques.

Dessus de portes et panneaux à figure en vernis Martin dans le caractère chinois, provenant d'une maison de Paris.

Boiseries de la chambre à coucher du presbytère de Saint-Nicolas-du-Chardonnet, peintes et dorées.

Boiseries d'un salon provenant du petit hôtel d'Ormesson, avec le portrait de Mazarin.

Boiseries du temps de Louis XVI, provenant de l'hôtel d'Helvétius, rue Sainte-Anne.

Plusieurs tables imitation du XVIᵉ siècle, mais d'origine moderne, exécutées par Monbro et pouvant servir au mobilier courant.

Tapisseries. — Portières de la première salle. Tapisserie italienne et tapisserie de Gombaud et Macé.

Garnitures des grandes cheminées. — Les garnitures des grandes cheminées, telles qu'elles se comportent, avec chenêts, crémaillères, garde-feux et ustensiles de fer.

Médailles et jetons. — La collection des médailles de la Ville.

La collection des médailles données à la suite de diverses solennités.

Le médailler de Rollin qui retrace l'histoire de la *frappe parisienne.*

Le médailler de jetons de Paris.

Divers. — Buste en marbre provenant du château de Bercy, et que l'on présume être celui de Gabrielle d'Estrées.

Plaques funéraires en bronze de la maison de Sévigné, de la maison de Coulanges et de Belle-Isle, ainsi que quelques plaques de donations et d'inscriptions tumulaires retrouvées à Paris et comprises dans le même panneau.

Un panneau des outils de charpentier de bateaux trouvés dans la Seine.

Deux marquoirs emmanchés aux armes de la Ville.

Deux pots en grès émaillé de Raeren aux armes de la ville de Paris.

Trente vases ou fragments d'ustensiles en bronze trouvés dans la Seine.

Quatorze chandeliers en bronze du XIVᵉ au XVIᵉ siècle trouvés dans les travaux de Paris.

Cinq épées antiques trouvées à Draveil dans les travaux de la Seine.

Un lot de gros poids en fer et un petit poids en bronze aux armes de la Ville, trouvés à Paris.

Un lot de fourchettes et cuillers de toutes époques trouvées dans la Seine.

Une râpe à tabac en bois sculpté représentant le coche d'Arras à Paris.

Deux aumônières brodées aux armes de la Ville.

Un panneau de peintures du XIIIᵉ siècle provenant de la rue des Marmousets.

Un beau chapiteau en plomb provenant d'une maison de la rue de l'École-de-Médecine.

Un vitrage provenant des Petits-Ménages.

Un drageoir en argent portant sur son couvercle le vaisseau de la ville de Paris.

Une tabatière du siècle dernier, n° 3,386, portant à son couvercle une vue de Paris au fixé.

Cinq enseignes de maisons et de boutiques parisiennes en fer forgé et repoussé.

Quatre fragments d'ustensiles en or, dont un style, trouvés dans les fouilles de Paris.

Un cadran solaire en bronze du siècle dernier, enlevé dans un jardin de Paris.

Une épée aux armes des Exempts de la ville de Paris.

La collection de menus objets divers, bronzes, boucles de harnachement, ustensiles de toute nature des temps antiques et du moyen âge trouvés dans les travaux de Paris et contenus dans deux vitrines plates placées dans l'antichambre du côté de la nouvelle bibliothèque.

Le nécessaire de voyage de Napoléon Ier donné à la Ville par le général Bertrand.

La figure équestre, en bronze, de Charlemagne sur laquelle nous avons eu l'honneur d'appeler tout spécialement l'attention de la Sous-commission dans notre précédent rapport.

En dehors des pièces que nous venons d'indiquer et qui ont été mises de côté par les soins de M. de Champeaux, qui a bien voulu nous assister dans le nouveau classement, il n'en est pas une parmi les nombreux objets qui encombrent les deux salles de l'hôtel Carnavalet qui puisse, quel que soit le bon vouloir de celui qui les examine, se rattacher, même de la façon la plus indirecte, à l'histoire de Paris, à ses usages, à son industrie. La Commission trouvera même, sans aucun doute, que parmi les objets désignés ci-dessus, il en est qui ne présentent qu'un bien médiocre intérêt au point de vue du Musée municipal ; mais, partout où il y avait trace de provenance touchant à l'histoire de la Ville, nous avons cru devoir classer parmi les objets à conserver, sauf à la Commission à statuer sur la valeur de nos propositions et à ratifier un choix que nous aurions voulu pouvoir faire plus abondant et surtout plus intéressant au milieu d'objets de provenance étrangère de toute nature et de toute époque, qui semblent apportés par la main du hasard dans ces deux galeries de l'hôtel Carnavalet.

18 juin 1879.

E. du Sommerard.

ANNEXE N° 4.

Rapport relatif à la répartition entre les musées de Cluny, du Conservatoire des arts et métiers, de l'Observatoire et des Arts décoratifs des objets d'art et de curiosité éliminés du musée Carnavalet, comme étrangers à l'histoire de Paris, et distraits de la vente aux enchères effectuée du 24 au 29 janvier 1881.

MESSIEURS,

Par une délibération en date du 21 février 1880, le Conseil municipal a décidé qu'il serait procédé à la vente aux enchères des objets éliminés des collections du musée Carnavalet comme étrangers à l'histoire de Paris. Après avoir donné son approbation au catalogue établi par les soins d'une Commission nommée à cet effet, le Conseil a autorisé l'Administration à réserver et à distraire de la vente un certain nombre de pièces offrant un intérêt particulier au point de vue de l'art, et pouvant, à ce titre, être déposées au nom de la Ville, qui en demeurerait propriétaire, dans les autres musées publics de Paris.

La vente aux enchères a eu lieu, vous le savez, Messieurs, du 24 au 29 janvier 1881, elle s'est effectuée dans des conditions très favorables, et elle a produit la somme de 108,211 francs.

Votre 5ᵉ Commission vous propose de régler la distribution des objets retirés de la vente et de les répartir entre les divers musées de Cluny, du Conservatoire des arts et métiers, de l'Observatoire et des Arts décoratifs.

Le plus important des objets réservés est un banc d'orfèvre à étirer les métaux, chef-d'œuvre de marqueterie et de ciselure du XVIᵉ siècle, exécuté à Nuremberg et estampillé aux armes de l'électeur de Saxe. Cette pièce est surtout remarquable comme meuble d'art ; elle est ornée de marqueteries en bois de couleur très curieuses et, à ce titre, elle paraîtrait convenir mieux au musée de Cluny qu'au Conservatoire des arts et métiers, qui l'a revendiqué surtout comme modèle d'outil. Considéré sous cet aspect, cet instrument du XVIᵉ siècle ne se trouverait pas au Conservatoire à sa véritable place, et n'offrirait plus qu'un médiocre intérêt pour les visiteurs, à côté des machines perfectionnées dues au progrès de l'industrie moderne.

Il convient d'ajouter que M. le directeur du musée de Cluny offre au musée municipal, en échange de ce banc d'orfèvre, des moulages de nombreux monuments parisiens gallo-romains et autres, qui jusqu'à ce jour n'étaient pas représentés à l'hôtel Carnavalet.

Votre 5ᵉ Commission pense, Messieurs, qu'il y aurait un intérêt très sérieux à déposer de préférence au musée de Cluny le meuble d'art dont il vient d'être question. Outre le succès de curiosité qu'il obtiendrait, la Ville trouve un moyen d'acquérir pour son musée historique des moulages dont l'absence laisse un vide regrettable.

Le musée du Conservatoire des arts et métiers pourra être dépositaire :

1° D'un très beau banc de sabotier ou de tonnelier du XVII° siècle ;

2° De toute une série de balances et poids anciens ;

3° D'un curieux modèle de tour d'horloger ; .

4° D'une éprouvette d'armurier et différents objets qui ont été réservés à son intention et qui paraissent entrer dans le cadre de ses spécialités.

D'autre part, M. le directeur de l'Observatoire a demandé, pour le musée des instruments de mathématiques et d'astronomie récemment adjoint à cet établissement, pour les articles compris entre les n°ˢ 438 et 450 du catalogue de vente.

Votre 5° Commission vous propose de les lui attribuer, à l'exception toutefois du n° 443 (cadran solaire portatif), conservé dans le musée historique de l'hôtel Carnavalet, parce qu'il porte la signature d'un célèbre horloger parisien, Julien Leroy, et l'attache de la Société des arts, sorte de société philotechnique libre fondée à Paris au XVIII° siècle, sur le modèle de laquelle fut organisé plus tard l'Institut de France.

Enfin, le Conseil de direction du musée des Arts décoratifs, aujourd'hui fusionné avec l'Union centrale de la place des Vosges, a demandé la distraction à son profit d'un certain nombre d'articles qui ont été réservés et dont le détail se trouve dans le projet de délibération.

Il demeure bien entendu, Messieurs, qu'il ne s'agit, dans la répartition de ces divers lots, que de simples dépôts. La ville de Paris resterait propriétaire des objets qu'elle distribue et jouirait du droit absolu de les retirer, quand elle le jugerait nécessaire. Dans le but d'établir très exactement les droits de la Ville, une étiquette spéciale, placée d'une manière très apparente sur les objets déposés, indiquerait qu'ils appartiennent à la ville de Paris.

Sous le bénéfice de ces réserves, votre 5° Commission vous propose d'adopter la délibération suivante.

Paris, le 8 février 1882.

Le rapporteur,

REYGEAL.

ANNEXE N° **5.**

Délibération du 13 février 1882.

1881. 539. — Répartition, entre différents musées, d'objets provenant de l'hôtel Carnavalet. (M. Reygeal, rapporteur.)

Le Conseil,

Vu le mémoire, en date du 8 mars 1881, par lequel M. le Sénateur préfet de la Seine lui propose de statuer sur la répartition, entre différents musées, des objets d'art et de curiosité éliminés du musée Carnavalet comme étrangers à l'histoire de Paris et distraits de la vente aux enchères effectuée du 24 au 29 janvier 1881 ;

Sur le rapport de sa 5ᵉ Commission,

Délibère :

Article premier. — Les objets éliminés du musée Carnavalet comme étrangers à l'histoire de Paris et réservés, lors de la vente effectuée au mois de janvier dernier, pour être déposés au nom de la Ville dans les autres musées publics de Paris, seront répartis ainsi qu'il suit :

1° Au musée du Conservatoire des arts et métiers.

1. Un établi de tonnelier, bois sculpté, du xviiiᵉ siècle.
2. Vingt-huit balances anciennes de divers systèmes et une série de poids anciens.
3. Cinq balances trébuchet anciennes et séries de poids dans leurs boîtes ou étuis.
4. Un modèle de tour d'horlogerie du xviiiᵉ siècle.
5. Une éprouvette d'armurier ancienne.
6. Un laminoir à étirer les plombs de vitrage, portant la signature : *Leroux, maître vitrier à Paris, 1717.*

7. Un grand banc d'orfèvre du xvie siècle, décoré de sujets en marqueterie, avec tout son outillage ciselé.

2° Au musée de l'Observatoire.

1. Compas équerre du xvie siècle, n° 438 du catalogue de vente.
2. Instrument astronomique daté de 1584, n° 439.
3. Deux mires de pointeur du xvie siècle, n° 440.
4. Trois mires d'arpenteur du xviiie siècle, n° 441.
5. Cadran solaire allemand du xvie siècle, n° 442.
6. Autre cadran solaire allemand daté de 1567, n° 443.
7. Petit cadran solaire à couvercle décoré d'un portrait du xvie siècle, n° 444.
8. Deux cadrans et boîte du xvie siècle, n° 446.
9. Trois cadrans solaires en cuivre gravé du xviie siècle, n° 447.
10. Six cadrans solaires en ivoire des xvie et xxiie siècles, n° 448.
11. Trois instruments de mathématiques du xvie siècle, n° 449.

3e Au Musée des arts décoratifs.

1. Deux mesures à vin en faïence du xvie siècle, n° 1 du catalogue de vente.
2. Miroir avec cadre en faïence, n° 4.
3. Hanap en faïence Palissy, n° 37.
4. Peigne en ivoire sculpté du xvie siècle, n° 53.
5. Quenouille en bois sculpté du xvie siècle, n° 115.
6. Lit de poupée en bois sculpté, n° 128.
7. Fermoir d'escarcelle en acier ciselé et damasquiné du xvie siècle, n° 456.
8. Grande plaque de serrure en fer repoussé du xvie siècle, n° 478.
9. Deux plaques de verrou aux armes de Médicis du xvie siècle, n° 479.
10. Deux consoles Louis XV en fer forgé, n° 558.
11. Mortier en bronze décoré du xvie siècle, n° 669.
12. Aquamanile, lion dressé, du xiiie siècle, n° 695.
13. Bassin rond en bronze repoussé de 1554, n° 703.
14. Deux hanaps fleurdelisés du xvie siècle, n° 867.
15. Flambeau carré en étain décoré de dauphins et de fleurs de lis du xvie siècle, n° 875.
16. Coffret à bijoux Louis XIII, n° 926.
17. Guitare décorée en forme de lyre, époque Louis XVI, n° 953.
18. Miroir cadre en cuivre ciselé Louis XIII, n° 1040.
19. Berceau d'enfant en bois sculpté du xviiie siècle (réservé avant la vente).

20. Garde-feu en fer enlacé avec chiffre.

21. Courtepointe de lit brodée du xvıı^e siècle (don de M. Périlleux).

22. Fontaine en grès et deux plats de fabrique espagnole (don de M. Périlleux).

23. Deux cadres de carreaux émaillés du xve siècle, fabrique de Bourgogne (don de M. Périlleux).

24. Ciboire en cuivre repoussé et doré du xvıı^e siècle (don de M. Piot).

25. Porte-huilier en faïence (don de M. Parmentier).

26. Bassinoire en cuivre estampé du xvı^e siècle (don de Mme de Rothschild).

Art. 2. — Cette attribution aura le caractère d'un simple dépôt, la Ville restant propriétaire de tous ces objets, qu'elle pourra retirer à volonté et à première réquisition. Lesdits objets devront porter une étiquette bien apparente indiquant qu'ils appartiennent à la ville de Paris.

ANNEXE N° 6.

Rapport présenté par M. Pierre Baudin, au nom de la 4ᵉ Commission (1), relatif : 1° à la prise de possession par la Ville de la galerie construite à travers le lycée Victor-Hugo et destinée à relier l'hôtel Carnavalet à l'hôtel Lepeletier de Saint-Fargeau; 2° à la présentation d'un règlement relatif à la Bibliothèque et au Musée.

INSTALLATIONS DÉFINITIVES.

Messieurs,

Les travaux que vous avez ordonnés pour l'aménagement de l'hôtel Lepeletier de Saint-Fargeau, en vue d'y installer la bibliothèque historique de la Ville, seront bientôt terminés. Votre Sous-commission des musées les a inspectés dernièrement. Elle aura quelques observations à vous présenter sur leur exécution. Nous y reviendrons tout à l'heure. L'objet de ce rapport est d'envisager l'ensemble des services installés rue de Sévigné et de prévoir leur fonctionnement pour le jour très prochain où ils auront trouvé leur place définitive.

Rappelons tout d'abord que le Conseil municipal a successivement décidé :

1° L'achat de l'immeuble n° 25 ;

2° La location, en attendant l'achat, de l'hôtel Lepeletier de Saint-Fargeau ;

3° L'installation, à travers les bâtiments du lycée de filles malencontreusement ouvert par l'État entre nos deux propriétés, d'une galerie établissant communication entre le musée Carnavalet et la Bibliothèque et assez large pour être utilisée elle-même pour nos collections.

Examinons chacune des parties de notre domaine :

1° L'hôtel Carnavalet, dès que la Bibliothèque sera déménagée, sera consacré uniquement au Musée.

_____

(1) La 4ᵉ Commission (*Enseignement — Beaux-arts*) était composée en 1897 de MM. Levraud, *président;* Hattat, *vice-président;* Archain, *secrétaire;* Pierre Baudin, Bellan, Blondel, Chausse, Clairin, Fournière, Gay, Lampué, Marsoulan, Alfred Moreau, Parisse, Piperaud, Vorbe.

Les objets, les tableaux et les estampes devront enfin recevoir leur place définitive. Ils sont aujourd'hui tout en désordre. Un très grand nombre emplissent deux greniers. Et il se trouve là des choses de valeur, des documents précieux.

2° L'immeuble n° 25 est, tel qu'il est, inutilisable.

Six locataires qui l'occupent jouissent de baux assez longs. Vous en trouverez l'état en annexe à ce rapport.

Nous ne pensons pas qu'il soit nécessaire de provoquer la résiliation de ces baux.

L'immeuble serait-il vide, que nous ne pourrions tout de même pas l'adapter à notre usage. Il faudrait très probablement démolir et reconstruire. Or les évictions et la reconstruction demanderaient une assez grosse somme. C'est d'un autre côté que nous pensons vous demander un sacrifice d'argent.

Cependant il importe dès maintenant de nous assurer à travers cette maison un passage nous permettant d'utiliser la galerie du lycée et de faire communiquer nos services.

Cette opération fait l'objet d'un mémoire du Préfet de la Seine, imprimé à la suite de ce rapport.

Nous vous proposons d'accueillir favorablement ses conclusions. Il s'agit d'obtenir, moyennant le paiement d'une indemnité de 1,000 francs, le déplacement d'un de nos locataires, qui consent à échanger son logement actuel, nécessaire à notre passage à travers l'immeuble, contre un autre logement voisin du précédent.

3° Hôtel Lepeletier de Saint-Fargeau.

Vous savez, Messieurs, que ce superbe immeuble n'est pas encore entré dans le domaine communal.

La Ville le détient en vertu d'un bail de 12 années à partir de 1895, mais elle est substituée aux propriétaires dans tous leurs droits et charges. Elle a, en outre, la faculté d'en devenir propriétaire à toute époque dans ce délai de 12 années.

Vous avez pensé qu'il convenait d'aménager immédiatement toute la place laissée disponible par l'expiration de certains baux pour l'installation de la bibliothèque. Cette mesure s'imposait.

La confusion des salles de bibliothèque et des salles de musée dans l'ancien hôtel Sévigné est la raison première du désordre qui règne dans ces deux fonds. Elle diminue singulièrement l'intérêt qu'ils devraient offrir au public.

S'il n'y a pas de catalogue, si les recherches sérieuses sont difficiles et longues à la bibliothèque, si la curiosité des visiteurs est déconcertée par le mélange extraordinaire des objets exposés, c'est à ce désordre général qu'il faut s'en prendre.

C'est donc un acte de bonne gestion que de transporter la bibliothèque au premier étage de l'hôtel Lepeletier de Saint-Fargeau.

Mais cette installation a été très mal conduite.

Votre Commission n'a point dissimulé son mécontentement lors de sa récente visite.

Dans ces salles, d'un si parfait caractère architectural, on a placé un papier peint d'un goût détestable. Un petit salon de style s'est vu doter d'une cheminée vulgaire, article courant de marbrier. Tant il est vrai qu'un homme de talent, quand il travaille pour l'Administration, peut s'abandonner à la routine et perdre le souci de bien faire.

Enfin, une faute a été commise, dont les conséquences sont très menaçantes. Les salles de travail et les salles de rayons se composent d'une série de chambres dont les portes ont été enlevées. Elles sont de dimensions diverses et possèdent chacune une cheminée.

L'architecte a pensé utiliser ces cheminées pour le chauffage, si bien qu'il faudra entretenir cette multitude de foyers : c'est déplorable, d'abord parce que ces cheminées ouvertes n'offrent aucune sûreté et multiplient les risques d'incendie, puis parce qu'il faudra un personnel spécial pour les surveiller et les entretenir, enfin parce que, malgré une dépense énorme, les locaux seront mal chauffés. Des courants contraires s'établiront, les travailleurs recevront dans les jambes des jets d'air froid et probablement seront enfumés avec les livres.

On aurait dû installer un calorifère. C'était d'autant plus facile que l'immeuble est bâti sur des caves superbes et que les murs sont admirablement sains.

Pour réparer cette lourde bévue, il faudra défaire une partie de ce qui vient d'être fait, c'est-à-dire entreprendre des travaux de maçonnerie et de fumisterie dans des salles dont les boiseries et les planchers sont tout neufs.

Nous n'hésitons pas, cependant, à vous proposer d'inviter l'Administration à vous présenter un devis, car il y aurait encore bien plus d'inconvénients à faire ces travaux une fois les livres placés sur les rayons.

Nous en aurons fini avec ces questions d'aménagement, quand nous aurons appelé votre attention sur un dernier point.

L'hôtel Lepeletier de Saint-Fargeau n'est occupé qu'en partie par nos services. Les Travaux historiques y fonctionnent depuis quelques mois à l'entresol. Il conviendrait de mettre à leur portée tous les volumes des publications de la Ville, dont le dépôt est au musée Galliera.

Nous vous proposons d'inviter l'Administration à faire cette étude.

Mais quelques parties de l'immeuble, et non des moins importantes, vont rester occupées par des locataires. Un fabricant de produits chimiques, notamment, va exploiter son industrie au-dessous de notre bibliothèque.

Il faut qu'un service d'incendie y soit installé (l'architecte ne l'a pas prévu).

Ces opérations faites, vous ne serez pas au bout de votre effort.

Nous manquerons longtemps encore de place.

Notre bienfaiteur, M. Liesville, nous a laissé une collection de céramique de premier ordre. Elle n'est composée que de pièces très belles. Elle ne se rattache pas à l'histoire de la Ville et est, par conséquent, en dehors de la spécialité de Carnavalet. Mais la Commission est unanime à penser qu'il convient de la placer le plus tôt possible sous les yeux du public. Elle pourra trouver sa place, en attendant mieux, dans une dépendance de Carnavalet.

C'est donc du côté de l'hôtel Lepeletier de Saint-Fargeau que nous vous demanderons plus tard de porter vos efforts pour réaliser une nouvelle amélioration de cette œuvre, qui est à la fois une des curiosités les plus rares de notre ville et un des outillages les plus précieux pour les travailleurs.

PERSONNEL ET FONCTIONNEMENT.

Il faut maintenant examiner le fonctionnement des services et définir le rôle de chacun des hommes auxquels ils sont confiés.

15

Ces services sont de trois ordres :

1° Les Travaux historiques ;

2° La Bibliothèque ;

3° Carnavalet.

Vous vous rappelez qu'à la mort du regretté M. Lucien Faucou il fut convenu d'un commun accord, entre le Préfet de la Seine et le Conseil, représenté par sa commission, que le chef du bureau des Travaux historiques serait chargé, à titre provisoire, des trois services.

Cette combinaison offrait des avantages de toutes sortes. M. Le Vayer est un homme dont la valeur scientifique est hors de conteste.

Il recevait ainsi une marque d'estime très méritée. En outre, il tenait une place très sollicitée et que nous étions déterminés à ne confier qu'à un homme réunissant un ensemble de qualités et de compétences assez rares.

Nous avons dernièrement, d'accord avec le préfet de la Seine, donné un titulaire à ce poste en créant un titre de conservateur-adjoint.

Pour la bonne entente qui doit régner entre les personnes et pour le bien de l'œuvre que le Conseil a à cœur de voir s'élargir et s'enrichir, nous pensons utile de définir le rôle et les fonctions du conservateur et du conservateur-adjoint.

La compétence très caractérisée de chacun rend la chose facile.

M. Le Vayer gardera tout naturellement la direction des Travaux historiques et prendra la Bibliothèque dans ses attributions.

Tels sont, du reste, les services qui occuperont l'hôtel Lepeletier de Saint-Fargeau.

M. Georges Cain, conservateur-adjoint, dirigera le musée Carnavalet.

Il convient de définir le musée d'une façon plus précise. Il doit comprendre, à notre avis, tous les objets qui offrent quelque intérêt pour l'histoire de Paris, soit comme documents, soit comme pièces artistiques. Il en est bien peu qui ne soient pas à la fois l'un et l'autre. Il semble qu'il y ait quelque hésitation dans l'Administration pour la classification des estampes.

La Commission n'a pas hésité à les ranger du côté du musée. Les estampes ne sont-elles pas du même ordre que les tableaux, des documents parlants et vivants? Leur acquisition n'offre-t-elle pas les mêmes difficultés, n'exige-t-elle pas la même compétence? Comme les peintures et les dessins, elles doivent présenter un caractère d'authenticité qu'il n'est pas donné à tout le monde de reconnaître.

Pour Carnavalet ce qui est à craindre, c'est l'envahissement des œuvres de reconstitution toujours fantaisistes, les exemplaires en double, les acquisitions de valeur douteuse. L'introduction d'une pièce inutile ou apocryphe a deux effets des plus fâcheux, elle emploie des ressources qui manqueront pour une œuvre de réelle valeur et elle prend une place très précieuse qu'on ne regagnera plus. Malheureusement votre Commission a constaté que Carnavalet n'a pas échappé à ce danger.

Pour toutes ces raisons, nous vous proposons de rattacher les estampes au musée. Cette disposition nous permettra de réaliser un projet excellent dont nous allons vous entretenir en examinant le fonctionnement du musée.

RÈGLEMENT.

1° *Bibliothèque*. — Dès que la bibliothèque sera installée, il conviendra de lui donner un règlement plus conforme aux besoins du public.

Aujourd'hui, elle ouvre à 11 heures et ferme à 4 heures.

Nous vous proposons de décider qu'il sera institué un double régime : régime d'hiver et régime d'été.

En été, la bibliothèque serait ouverte à 9 heures et fermée à 5 heures. En hiver, on ouvrirait à la même heure et on fermerait à 4 heures.

Il n'y aurait pas de vacances complètes; on réserverait seulement quinze jours, du 1er au 15 août, pour les réparations nécessaires.

2° *Carnavalet*. — Le musée n'est accessible au public que le jeudi et le dimanche. C'est tout à fait insuffisant. Dès qu'il sera mis en ordre, il conviendra de l'ouvrir tous les jours.

Seulement, un jour devra être réservé aux écoles, aux patronages de jeunes gens, sociétés d'instruction populaire, etc. Ces jours-là des causeries seraient organisées autour des salles. Rien ne vaut l'explication orale pour un public qui vient là pour apprendre.

Un autre jour sera réservé pour la mise en ordre ou pour les expositions particulières. Voici ce que nous entendons par ces derniers mots. Les richesses de Carnavalet sont plus considérables qu'on ne le croit généralement. Les dessins et les estampes emplissent des cartons et n'en sortent que pour quelques chercheurs; combien, cependant, il serait intéressant d'exposer ces pièces, certaines de la plus grande beauté, d'autres des plus curieuses ! On pourrait les assembler selon leur auteur ou les événements dont elles témoignent, ou selon le quartier de Paris qu'elles reproduisent sous ses différents aspects historiques.

Jointes aux tableaux et aux objets qui s'y rapportent, elles fourniraient une série inépuisable d'expositions spéciales, assez restreintes pour être instructives. Ainsi le musée cesserait d'être un assemblage de bric-à-brac et de chefs-d'œuvre, il sortirait de la poussière des nécropoles, il s'animerait et nous donnerait le sentiment d'une évolution sans terme, au lieu de nous retenir dans l'imitation du passé.

Paris, le 29 juin 1897.

Le rapporteur,
Pierre BAUDIN.

ANNEXE N° 7.

Rapport présenté par M. John Labusquière, conseiller munici-pal, au nom de la 4ᵉ Sous-commission (1) du Comité du budget et du contrôle, sur les dépenses du projet de budget de 1900, chap. IV, art. 35 (Musée Carnavalet).

MUSÉE CARNAVALET.

Messieurs,

Il est presque superflu d'entrer dans de grands développements sur le musée Carnavalet, de retracer l'histoire de cette admirable et admirée collection de documents, d'œuvres d'art, de souvenirs qui, avec une si vive et parfois si poignante éloquence, évoquent le passé de Paris, de sa vie publique et intime.

Dès que le musée, dans ce merveilleux hôtel qui lui forme un cadre incomparable, a été constitué avec autonomie, sa vie propre, sous l'action passionnée, l'artistique impulsion de M. Georges Cain, il a pris un aspect et un développement dignes d'être notés en quelques lignes.

Cet aspect, ce développement, la popularité très grande conquise par le musée, ont justifié éclatamment l'heureuse et éclairée résolution du Conseil municipal, proposée par notre prédécesseur M. Pierre Baudin, appuyée par la 4ᵉ Commission ; ils justifient aussi le choix du conservateur, M. Georges Cain, qui avec tant de goût et de méthode a classé, réparti, exposé d'inappréciables richesses naguère entassées, au grand détriment des travailleurs et du public.

Notre musée a, aujourd'hui, sa place marquée parmi ceux qui sont cités et pris comme modèles. Les savants, les collectionneurs, les artistes, tous les épris de ce qui fait revivre le passé, le visitent et l'admirent ; le public s'y porte en foule et en sort avec une admiration plus forte, un amour plus grand pour Paris, dont la vie d'autrefois, avec ses épisodes pittoresques ou charmants, ses heures grandioses, glorieuses ou tragiques, vient de passer sous ses yeux en une succession d'estampes, de toiles, de documents, d'œuvres, de souvenirs ordonnés avec art.

---

(1) La 4ᵉ Sous-commission (*Enseignement—Beaux-arts*) était composée en 1899 de MM. Clairin, *président ;* Hattat, *vice-président ;* Archain, *secrétaire ;* Bellan, Blondel, Paul Brousse, Chausse, Gay, John Labusquière, Lampué, Marsoulan, Louis Mill, Alfred Moreau, Parisse, Piperaud, Vorbe.

Mais ce ne sont pas seulement les visiteurs que le musée appelle, ce sont aussi les dons et les legs qui affluent, comme s'ils étaient attirés par un fluide irrésistible. N'est-il pas tentant, en effet, pour un amateur ou un collectionneur, de voir, par la pensée, la place qu'occuperaient les objets qu'il a recueillis, parfois à grand prix, parmi tous ces souvenirs, véritables reliques, en des salles claires, aménagées avec un goût exquis, et de se dire que le public pourrait les connaître et sûrement saurait les apprécier, les admirer, manifester par une réflexion, une exclamation, la reconnaissance la plus vive, la plus sincère, pour la générosité du donateur ?

C'est le phénomène qui se produit et, pour constater son intensité vraiment remarquable, il suffit de parcourir l'état des dons et legs que nous publions en annexe de ce rapport. La liste est longue ; parmi ces dons et ces legs, tous sont intéressants à des titres divers ; il en est de vraiment précieux. C'est à la nouvelle organisation du musée que nous la devons ; elle a mis en lumière des souvenirs, des documents, des œuvres qui ont encore rendu plus forte l'affection que tous doivent à Paris, dont le rôle dans l'histoire et dans le monde a été et reste encore si puissant, si passionnant. Trait caractéristique, à ce musée où certaines salles sont consacrées à la glorification juste et nécessaire de cette grande et féconde époque qui s'appelle la Révolution française, sans distinction de parti, de nuance politique, des personnes appartenant à toutes les classes de la société apportent leur offrande. Il semble que soit née et que chaque jour se développe une émulation touchante. Il ne s'écoule pas de mois, pour ainsi dire de semaine, sans qu'un don soit apporté, venant enrichir notre musée, établir sa puissance attractive, affirmer le rayonnement de la Cité.

Il faut s'empresser de reconnaître que le conservateur, M. Georges Cain, s'emploie avec un zèle, un tact et une activité que rien ne lasse et que la plus stricte équité nous commande de mettre en lumière, à accueillir les visiteurs, à les guider, à les intéresser à cette œuvre et qu'il y réussit largement.

Sur notre proposition, le Conseil municipal a décidé qu'une médaille sera attribuée à toute personne qui aura fait un don important. Cette décision va recevoir son exécution. En attendant, nous sommes certain par avance d'être l'interprète de l'unanimité de l'Assemblée communale et de la population en remerciant vivement tous ceux qui ont enrichi notre musée, pour l'attachement qu'ils marquent à nos belles collections, pour le témoignage si touchant d'affection qu'ils manifestent à notre cher Paris.

Paris, le 23 décembre 1899.

Le rapporteur,

John LABUSQUIÈRE.

II

Hôtel de Lauzun.

ANNEXE N° 8.

(Extrait du procès-verbal du 30 mars 1901.)

. . . .

67. — RÉSOLUTION RELATIVE A L'AFFECTATION DE L'HÔTEL DE LAUZUN.

M. JOHN LABUSQUIÈRE, au nom de la 4ᵉ Commission. — Messieurs, vous vous souvenez que les crédits nécessaires ont été inscrits au budget de 1901 pour l'exécution de différents travaux à l'hôtel de Lauzun, acquis par la ville de Paris, et qu'une somme de 7,500 francs a été prélevée sur le budget supplémentaire pour les travaux les plus urgents.

Il s'agit de savoir maintenant quelle sera l'affectation que nous donnerons à l'hôtel de Lauzun.

De l'avis de tous ceux qui ont visité cet hôtel si intéressant, et qui ont quelque compétence et quelque goût, cet hôtel doit être réservé tel qu'il est.

M. QUENTIN-BAUCHART. — Vous avez absolument raison.

M. JOHN LABUSQUIÈRE, rapporteur. — On reconstituerait ainsi l'intérieur de l'époque avec des meubles acquis suivant les circonstances et les occasions. Nous espérons même que les collectionneurs qui aiment Paris et l'hôtel de Lauzun voudront bien détacher quelques objets de leurs collections particulières.

M. QUENTIN-BAUCHART. — C'est la véritable solution.

M. John Labusquière, rapporteur. — Ce sera la reconstitution de cette maison merveilleuse, q i deviendra ainsi un véritable musée du xviie siècle.

Peut-on encore l'utiliser autrement ?

Nous avons pensé que, sans détruire l'harmonie intérieure des chambres, il serait possible d'y établir des petites expositions volantes des estampes que nous possédons à Carnavalet et qui, actuellement enfermées dans des cartons, ne peuvent être consultées utilement que par des curieux ou des érudits.

Les collections, classées méthodiquement par catégories ou par époques et renouvelées tous les mois ou tous les deux mois, seraient commentées par un conférencier qui pendant une heure ou deux, tous les dimanches, expliquerait également au public ce qu'était l'hôtel Lauzun.

Il y aurait là une œuvre éducatrice au premier chef.

Maintenant, que faire pendant la période d'organisation? Il est certain qu'en ce qui concerne l'exposition du meuble de l'époque, les collections ne peuvent être constituées que par voie de donation ou d'achat. C'est donc une question de circonstance.

Il suffira certainement de demander aux collectionneurs, pendant un mois ou deux, de prêter de beaux meubles de l'époque, et la ville de Paris pourrait faire, dans ce milieu artistique, une exposition rétrospective merveilleuse.

Il y aurait ainsi une expérience intéressante réalisée et une exposition instructive.

Nous ferions de l'hôtel de Lauzun un musée du xviie siècle qui serait une annexe de Carnavalet. Ainsi nous aurions une économie de personnel et, avec le temps, nous constituerons un musée du meuble qui pourrait être ouvert les jours où Carnavalet est fermé. (*Très bien!*)

Je présente, Messieurs, la délibération suivante :

« Le Conseil,

« Vu le mémoire, en date du 19 mars 1900, par lequel M. le Préfet de la Seine lui propose d'affecter l'hôtel de Lauzun à l'installation d'un musée municipal dit « Musée du xviie siècle »,

« Délibère :

« Article premier. — L'hôtel de Lauzun sera affecté à l'installation d'un musée qui sera dénommé « Musée du xviie siècle » et à des expositions temporaires des estampes qui, au musée Carnavalet, ne peuvent être accessibles au public.

« Art. 2. — La conservation du Musée du xviie siècle sera assurée par le personnel du Musée historique de la ville de Paris (musée Carnavalet).

« Art. 3. — L'Administration est invitée à organiser à l'hôtel de Lauzun une exposition publique de meubles, tableaux et armes d'art de l'époque. »

M. Quentin-Bauchart. — Je viens appuyer les conclusions de M. Labusquière avec d'autant plus de plaisir que j'ai été l'un des partisans les plus chauds de l'achat de l'hôtel de Lauzun et que, depuis cette époque, j'aime à suivre l'avenir de mon enfant avec une certaine sollicitude.

C'est sur ma proposition que la 4e Commission a voté l'installation à Lauzun d'une exposition rétrospective du meuble au xviie siècle, afin de reconstituer en quelque sorte le logis d'un grand seigneur à cette époque.

Les boiseries qui décorent les murs sont, en effet, dans un admirable état de conservation, et il serait presque criminel d'y planter des clous pour accrocher des tableaux. Mais, d'autre part, les meubles anciens, que l'on trouverait facilement chez nos collectionneurs les plus éminents, formeraient une très intéressante exposition.

Lauzun n'est pas assez connu encore du gros public, et cette exhibition attirerait sûrement un certain nombre de curieux amateurs des belles choses.

Pour l'avenir, les idées de M. Labusquière sont absolument excellentes.

Il existe, en effet, dans les cartons du musée Carnavalet, de nombreuses estampes aussi bien d'un grand intérêt que d'une grande valeur, connues seulement des chercheurs et des travailleurs. Il sera très utile de les mettre sous les yeux du public.

C'est donc avec la plus grande énergie que j'appuie les conclusions de la 4e Commission.

Ces conclusions sont adoptées (1900 ; 608).

III

Maison Victor-Hugo

———

ANNEXE N° **9.**

———

Extrait du procès-verbal de la séance du 21 juin 1901.

———

. . . .

ACCEPTATION D'UNE OFFRE DE M. PAUL MEURICE RELATIVE A LA CRÉATION
DE LA « MAISON DE VICTOR HUGO ».

M. FROMENT-MEURICE. — Messieurs, j'ai une mission fort agréable auprès de vous. Mon oncle, M. Paul Meurice, qui fut, comme vous le savez, un des amis les plus chers de Victor Hugo et qui est son exécuteur testamentaire, a bien voulu me charger de transmettre au Conseil municipal la lettre suivante, dont je vous demande la permission de donner lecture (*Mouvement d'attention*) :

« 12 juin 1901.

« Messieurs les Conseillers municipaux de Paris,

« L'Angleterre a la maison de Shakespeare à Strafford-sur-Avon, l'Allemagne a la maison de Gœthe à Francfort. Au nom des petits-enfants de Victor Hugo et au mien, je viens offrir à Paris de donner à la France la maison de Victor Hugo.

« La maison de Shakespeare et la maison de Gœthe ne possèdent guère de leurs grands hommes que des reliques et des souvenirs. La maison de Victor Hugo serait, de plus, un musée, un musée dont la plus grande richesse serait l'œuvre dessiné, peint et sculpté de Victor Hugo lui-même.

« Nous y pourrons, en effet, réunir de lui plus de 500 dessins, aquarelles et sépias, des dessins de maître admirés par les maîtres, et l'une des salles du musée tout entière, panneaux, cheminée, meubles, et jusqu'au plafond, aurait une décoration d'oiseaux, fleurs,

16

chimères et figures, sculptée, incisée et peinte par lui dans le goût le plus charmant et le plus rare.

« A côté de cet œuvre personnel du poète nous apporterions au musée une collection de tableaux et de dessins inspirés par ses poèmes, ses romans et ses drames, et signés : Raffet, Decamps, Louis Boulanger, Paul Baudry, Cabanel, Jean-Paul Laurens, Benjamin-Constant, Fantin-Latour, Maignan, Frémiet, Roll, Rochegrosse, Henri Pille, Tony Robert-Fleury, Daniel Vierge, Willette, etc. Je ne puis énumérer tout, mais je mentionnerai le buste en marbre de Victor Hugo jeune, par David d'Angers, le buste en bronze de Victor Hugo vieux, par Rodin, le masque de Victor Hugo, mort, par Dalou.

« De plus, à l'exemple du British Museum, dans ses salles consacrées à Shakespeare, nous avons rassemblé pour Victor Hugo une bibliothèque et une collection d'estampes. La bibliothèque contient toutes ses œuvres dans toutes les éditions, dont les éditions princeps, avec dédicaces, vignettes, variantes ; — 31 de ces volumes en épreuves, avec corrections, additions et bons à tirer de l'auteur ; — les traductions en toutes langues ; tous les ouvrages critiques et biographiques relatifs à Victor Hugo. La collection d'estampes comprend plus de 5,000 pièces, avec états divers, dont 900 portraits de Victor Hugo, sans compter les charges et les photographies.

« Enfin, Georges et Jeanne, pour leur donner les noms qu'a consacrés le « grand-père », reconstitueront dans la maison de Victor Hugo sa chambre de l'avenue d'Eylau, avec le lit où il est mort, la table haute où il écrivait debout, son bureau, tout ce qui garnissait la pièce et qui a été religieusement conservé.

« Maintenant, quelle sera cette maison de Victor Hugo ?

« Ce sera, si vous le voulez bien, Messieurs les Conseillers municipaux, la maison qu'il a habitée le plus longtemps à Paris, de 1833 à 1848, la maison de la période romantique où il a écrit ses grands drames, livré ses grandes batailles, la maison du n° 6 de la place Royale, aujourd'hui place des Vosges. La ville de Paris n'aurait pas à l'acheter, elle appartient à la Ville. Elle forme un des bâtiments d'un important groupe scolaire, et il n'y aurait qu'à déplacer deux classes et un atelier. Pour les frais d'aménagement et d'installation du musée, nous mettons à la disposition de la Ville une somme de 50,000 francs. Nous offrons le musée à Paris, nous demandons à Paris le cadre pour le musée.

« Le 26 février 1902 sera célébré le centenaire du poète. Ce jour-là, sur la place qui porte son nom, on inaugurera le monument de Victor Hugo. Si le Conseil municipal veut bien accepter notre offre et notre requête, on pourrait inaugurer aussi la maison de Victor Hugo. Le soir, la Comédie-Française donnera la reprise des *Burgraves*. Ce serait là une journée historique et poétique qui honorerait à la fois Victor Hugo, Paris et la France.

« *Signé :* Paul MEURICE. »

(*Très bien ! Très bien ! — Applaudissements.*)

M. LE PRÉSIDENT. — Vous venez, Messieurs, d'entendre la lecture de la belle lettre de M. Paul Meurice que vient de nous faire son neveu, M. Froment-Meurice, notre collègue.

L'offre qui nous est transmise est trop rare et précieuse pour que nous ne l'acceptions pas par acclamation (*Très bien !*) et vous vous associerez certainement aux remerciements que j'adresserai en votre nom et au nom du Bureau à M. Paul Meurice.

J'espère, Messieurs, que l'Administration nous apportera tout son concours pour lever les légères difficultés que nous pourrions rencontrer dans l'exécution de ce beau projet.

Dans les remerciements et dans l'expression de la gratitude que nous envoyons à M. Paul Meurice, je vous demande, Messieurs, de ne pas oublier les petits-enfants du poète, M. Georges Hugo et Mme Jeanne Charcot. (*Très bien!*)

M. LE PRÉFET DE LA SEINE. — J'ai reçu une lettre par laquelle M. Paul Meurice m'annonçait la donation généreuse qu'il voulait faire à la ville de Paris.

J'ai immédiatement soumis au Conseil un mémoire par lequel je lui demande de se prononcer en principe sur la création de la maison de Victor Hugo et de renvoyer la question à l'Administration pour l'étude des voies et moyens.

Le local du futur musée est occupé par une école qu'il faudra installer ailleurs.

Je prie donc la Commission de faire son rapport le plus tôt possible.

M. Henri GALLI. — Messieurs, en ma qualité de représentant du quartier de l'Arsenal, je m'empresse de remercier le généreux donateur. Le IVe arrondissement sera fier de conserver dans une de ses plus vieilles demeures, dans un de ces beaux hôtels de la place des Vosges, les souvenirs du grand poète, du Maître, qui fut une des gloires de la Patrie.

Il y aura lieu, Messieurs, d'étudier les questions d'exécution de ce projet, qui nous rallie tous, et de voir dans quelles conditions seront transformés le groupe scolaire de la place des Vosges, actuellement déjà insuffisant, et particulièrement l'école maternelle.

J'appuie le renvoi de la proposition à la 4e Commission.

M. FROMENT-MEURICE. — En présence des sentiments unanimes de l'assemblée, je vous prie, Messieurs, de vouloir bien adopter le projet de délibération suivant, pour lequel je demande l'urgence :

« LE CONSEIL,

« Vu la lettre de M. Paul Meurice, en date du 20 juin 1901 ;

« Désireux de rendre un hommage solennel à la mémoire de Victor Hugo,

« Accepte avec reconnaissance l'offre généreuse formulée par son exécuteur testamentaire et ses héritiers,

« Et charge sa 4e Commission d'assurer, d'entente avec l'Administration, l'organisation de la Maison de Victor Hugo et de prendre les mesures nécessaires pour que son inauguration puisse avoir lieu le 2 février 1902. »

L'urgence est prononcée.

Le projet de délibération, mis aux voix, est adopté à l'unanimité (1901 ; C. 554).

ANNEXE N° **10.**

Délibération du 13 décembre 1901.

1901. 3140. — Installation du musée victor-hugo (M. John Labusquière, rapporteur).

Le Conseil,

Vu sa précédente délibération, en date du 21 juin 1901, acceptant une proposition par laquelle l'exécuteur testamentaire et les héritiers de Victor Hugo ont offert à la ville de Paris une somme de 30,000 francs pour les frais d'installation et d'aménagement du musée Victor-Hugo dans la maison qu'il habita place des Vosges, 6, à charge par la municipalité de fournir ce local ;

Vu le mémoire, en date du 7 novembre 1901, par lequel M. le Préfet de la Seine lui soumet le projet de l'installation du musée dont il s'agit dressé par M. Foucault, architecte de l'Administration centrale, et lui demande l'autorisation : 1° de passer avec M. Firmin-Didot, propriétaire de l'immeuble sis place des Vosges, 8, un bail pour la location, au mieux des intérêts de la Ville, d'une boutique [et d'un appartement au premier étage dépendant de cet immeuble et nécessaire à l'installation de ce musée ; 2° de faire exécuter les travaux prévus au projet susmentionné par les entrepreneurs de l'entretien (période 1901-1904) aux clauses et conditions de leurs marchés ;

Vu ledit projet comprenant quatre plans, un devis descriptif, deux devis estimatifs, s'élevant ensemble, rabais déduits et honoraires compris, à 115,000 francs, savoir :

1° Aménagement du musée, 50,000 francs, y compris 3,541 fr. 13 c. pour honoraires et frais d'agence ;

2° Transformation des locaux scolaires du groupe scolaire place des Vosges, 6, en vue de l'installation du musée, 65,030 francs, y compris 4,310 fr. 99 c. pour honoraires et frais d'agence ;

Total égal, 115,000 francs,

Délibère :

Article premier. — Est approuvé, dans la limite d'une dépense totale, rabais déduits, de

115,000 francs, le projet susvisé dressé par M. Foucault, architecte, pour l'installation du musée Victor-Hugo dans un immeuble municipal sis place des Vosges, 6, et dans une boutique et un appartement au premier étage dépendant de l'immeuble contigu sis place des Vosges, 8, et appartenant à M. Firmin Didot.

Art. 2. — L'Administration est autorisée : 1° à passer avec M. Firmin Didot un bail de six années au moins pour la location de cette boutique à partir du 1er juillet 1902 et moyennant un loyer annuel de 500 francs, et pour la location de l'appartement du premier étage un bail de six, neuf, douze, quinze ou dix-huit années, à partir du 1er janvier 1902, moyennant un loyer annuel de 2,300 francs ; 2° vu l'urgence, à faire exécuter les travaux prévus au projet susvisé par les entrepreneurs de l'entretien (période 1901-1904) aux clauses et conditions de leurs marchés.

Art. 3. — La dépense d'exécution du projet dont il s'agit, soit 115,000 francs (y compris les honoraires et frais d'agence susindiqués), sera imputée, savoir :

Jusqu'à concurrence de 65,000 francs sur le chap. 63, § 23, article unique, du budget supplémentaire de l'exercice 1901, avec rattachement au chap. 68, § 28, art. 10/1°, et pour le surplus sur la somme de 50,000 francs à recouvrer sur M. Paul Meurice et à inscrire en recette au chap. 46, § 32, art. 39, et en dépense au chap. 68, § 28, art. 10/2°.

IV

Musée Galliera.

Pour le musée Galliera, prière de se reporter (en dehors de l'Annexe n° 11 ci-contre consacrée à l'inauguration de l'Exposition de l'ivoire) aux annexes de mon rapport sur les expositions périodiques d'art industriel (imprimé n° 67 de 1902).

ANNEXE N° 11.

Inauguration, au musée Galliera, de l'Exposition de l'ivoire artistique moderne et des industries qui s'y rattachent.

Le samedi 20 juin 1903, à quatre heures, a eu lieu l'inauguration de l'Exposition de l'ivoire artistique, au musée Galliera, sous la présidence de M. Bellan, syndic du Conseil municipal, au lieu et place de M. Deville, président du Conseil municipal, empêché, et de M. de Selves, préfet de la Seine.

Assistaient à cette cérémonie : MM. Laurent, secrétaire général de la Préfecture de police, représentant M. le Préfet de police, Alpy, Chausse, Dausset, Paul Escudier, Froment-Meurice, Armand Grébauval, Marsoulan, Gaston Méry, Quentin-Bauchart, conseillers municipaux, M. Coche, maire de Dieppe, Armand Bernard, directeur du Cabinet du préfet de la Seine, Quennec, directeur du Personnel, Brown, chef du service des Beaux-arts, Georges Cain, conservateur du musée Carnavalet.

Après une visite de l'exposition, M. Bellan, syndic du Conseil municipal, a prononcé le discours suivant :

Mesdames,

Messieurs,

Tout d'abord, permettez-moi d'excuser M. Deville, président du Conseil municipal, qui aurait été très heureux d'assister à cette inauguration.

Malheureusement, il en est empêché. Mais il n'a pas voulu, cependant, laisser passer cette cérémonie sans qu'un membre du Bureau vienne, au nom du Conseil municipal, apporter à nos collaborateurs de près ou de loin, travailleurs de la veille ou travailleurs de la dernière heure, le tribut d'hommages et de reconnaissance auquel ils ont droit, et remercier bien sincèrement et bien vivement tous les artistes, les collectionneurs, les industriels, les ouvriers, qui nous ont permis d'assister aujourd'hui à un spectacle que vous ne trouverez pas exagéré que je qualifie d'inoubliable..... *(Très bien! Très bien!)*

Dans nos remercîments je n'oublie pas l'Administration préfectorale, M. le Préfet de la Seine et ses principaux, mais si modestes collaborateurs, MM. Brown et Veyrat, et le sympathique et nouveau conservateur de ce musée, M. Eugène Delard, qui nous ont fait voir comment on savait à la Ville, organiser les choses avec goût. (*Vive approbation. — Très bien ! Très bien !*)

C'est votre première organisation, mon cher conservateur, vous avez agi en maître, votre réputation est faite ! (*Applaudissements*).

Je serai bref, Messieurs, et laisserai la parole à mon ami Quentin-Bauchart, qui est l'initiateur de cette belle exposition, car c'est lui qui a eu l'idée d'organiser, dans ce bijou qu'est le musée Galliera, des expositions d'art industriel. Il a pensé qu'il était utile de réchauffer le zèle de certains de nos industriels qui croient que, là où l'on travaille pour vivre, le beau est exclu. C'est lui qui est la cheville ouvrière de ces expositions, c'est donc à lui qu'il appartient de vous faire connaître celle de ce jour dans tous ces détails. (*Applaudissements.*)

Ce n'est pas à une inauguration que nous procédons aujourd'hui, puisqu'il y a deux ans, sous la présidence de M. Dausset, et l'année dernière, sous la présidence de M. Paul Escudier, de semblables expositions ont été ouvertes ; mais, comme il faut donner un nom à ce que nous venons d'admirer, je crois que nous serons tous d'accord en disant que nous venons d'assister à une véritable révélation artistique ! (*Applaudissements et bravos. — Très bien ! Très bien !*)

C'est à cette révélation, Messieurs, que je bois, en renouvelant nos remercîments à nos précieux collaborateurs pour les efforts qu'ils font en faveur de l'art industriel, dont le relèvement est si nécessaire à Paris plus que partout ailleurs ! (*Vifs applaudissements.*)

M. le Préfet de la Seine a pris la parole en ces termes :

J'ai tenu, moi aussi, Messieurs, à venir inaugurer cette Exposition.

Il m'était agréable d'y constater le grand succès dû à l'initiative hardie du Conseil municipal, qui a voulu cette Exposition ;

De rendre hommage aux efforts éclairés de M. le Président du jury de Galliera, Quentin-Bauchart, qui, avec le concours de ses collègues du jury, a si puissamment aidé à sa réussite ;

Et de dire au distingué conservateur de ce musée qui, dans le peu d'espace de temps passé parmi nous, a su déjà se faire aimer et apprécier, l'estime en laquelle nous le tenons et la satisfaction que nous ressentons de saluer par un aussi réel succès son arrivée à Galliera.

Lorsqu'il y a quelques mois on parla d'une Exposition d'ivoires, nous rencontrâmes beaucoup de curiosité, de sympathies, mais aussi quelque incrédulité.

Pour bien des gens, l'ivoire d'art ou l'art de travailler l'ivoire était un art du passé, la formule d'artistes disparus, dont les œuvres devaient être gardées comme des reliques d'autant plus précieuses que désormais on ne les devait plus égaler.

L'art moderne en ivoire était assez ignoré pour que quelques sourires sceptiques aient parfois accueilli l'annonce de notre Exposition, lorsque son vrai caractère a été connu.

Aussi, Messieurs, combien sommes-nous joyeux de ce qu'elle révèle aujourd'hui et combien reconnaissants à tous ceux qui nous ont permis de la faire aboutir !

M. Corroyer, membre de l'Institut, qui nous a permis de faire admirer une part, la part moderne de ses collections, a droit à nos plus vifs remercîments.

MM. Barrias, Allouard, Théodore Rivière, Dampt, Armand Point, Gardet, Caron, Froment-

Meurice voudront bien les agréer aussi, car à eux tous revient la plus large part de notre succès.

Ils sont des créateurs pour cet art de l'ivoire qui constitue depuis Moreau Vauthier une véritable renaissance artistique.

Messieurs,

Je suis fier pour mon pays de cette nouvelle affirmation de sa puissance artistique et je vous demande de lever mon verre en l'honneur de l'Exposition de l'ivoire.

Je bois à ses organisateurs,

A ses exposants,

Je bois à la prospérité grandissante de l'art français. (*Applaudissements prolongés.*)

Messieurs,

M. Bellan et moi-même avons, tout à l'heure, félicité M. Eugène Delard, conservateur de ce musée. Je suis heureux de compléter ces félicitations en lui conférant, au nom de M. le ministre de l'Instruction publique et des Beaux-arts, la rosette d'officier de l'Instruction publique. (*Applaudissements.*)

M. Quentin-Bauchart, président du jury permanent du musée Galliera, prononce ensuite le discours suivant :

Mesdames,

Messieurs,

Mes premières paroles seront des paroles de remerciements émus que je veux adresser tout d'abord à mon collègue et ami M. Bellan, représentant M. le président du Conseil municipal, ainsi qu'à M. le Préfet de la Seine, pour les éloges par trop bienveillants qu'ils viennent de m'adresser.

Permettez-moi en même temps, en qualité de président du jury des expositions de Galliera, de vous souhaiter, en quelques mots, la bienvenue à tous et de vous remercier d'avoir répondu en si grand nombre à notre appel. (*Applaudissements.*)

Vous avez compris notre but, et vous avez tenu — n'est-il pas vrai — à nous encourager une fois de plus dans la tâche que nous nous sommes tracée.

Depuis que, sur ma proposition, le Conseil municipal de Paris a décidé la création d'expositions périodiques d'art industriel, il m'est agréable de reconnaître que notre jury n'a eu qu'à se louer des marques d'approbation qui lui sont parvenues de toutes parts.

Cette Exposition est la troisième que nous inaugurons. Est-il besoin de vous rappeler le succès des deux précédentes, particulièrement celui de l'Exposition de la reliure moderne qui, organisé l'an dernier par les soins de M. Béraldi, non seulement eut le suffrage de tous les bibliophiles, je dirai même de tous les lettrés, mais qui, s'adressant à un public restreint, attira pendant toute sa durée un concours inattendu de visiteurs.

Aujourd'hui, poursuivant notre but, nous vous présentons l'ivoire dans toutes ses applications ; l'ivoire, cet art si français, qui porta jadis dans le monde entier la grande renommée de notre chère Patrie, cet art tombé à présent — il faut bien l'avouer — dans un quasi oubli, qui n'attend qu'un peu d'encouragement pour — nouveau phœnix — renaître de ses cendres et, sur les débris du passé, se raviver dans une éclatante renaissance. (*Applaudisssements nourris.*)

Cette renaissance, la manifestation actuelle va sans aucun doute en donner le branle; car vous avez pu juger avec nous que notre appel n'a pas été sans écho, et que même la réalité a dépassé toutes les espérances...

A vrai dire — je puis l'avouer aujourd'hui, et pas un membre du jury ne me démentira — à vrai dire nous n'étions pas sans trembler un peu de notre audace. A peine espérions-nous cinq ou six vitrines, et voici que la grande salle de Galliera semble trop petite, bien qu'une sélection sévère ait écarté un très grand nombre d'envois.

C'est que nous avons pu, Mesdames et Messieurs, allier en quelque sorte l'art pur à l'art industriel, c'est qu'une fois de plus il est permis de déclarer que l'art est un et ne doit point se renfermer dans des limites surannées.

Je l'ai déjà dit, et je le répète aujourd'hui encore bien haut: est-ce que l'ouvrier qui façonne la matière, celui qui donne au fer, au bois, au cuir, à l'ivoire, la forme rêvée, est-ce que le ciseleur, le tourneur, l'ébéniste, le doreur, le relieur ne sont point des artistes à l'égal des peintres et des sculpteurs, ne produisent-ils pas aussi des chefs-d'œuvre ? Oui, Mesdames et Messieurs, l'art, comme le disait M. Paul Escudier, président du Conseil municipal, à l'ouverture de l'Exposition de la reliure, « l'art ne comporte d'autre hiérarchie que celle du talent et du génie! » (Vifs applaudissements.)

Cette vérité, vous pourrez vous en convaincre en examinant avec attention les objets de nos exposants. Aussi bien n'en citerai-je aucun, il faudrait les citer tous, et me contenterai-je de les remercier en votre nom d'avoir répondu à notre appel.

Je veux cependant accorder une mention spéciale aux ivoiriers de Dieppe, qui ont su conserver pieusement depuis des siècles le culte de cette industrie autrefois si florissante et qui, dès la première heure, se sont mis à notre disposition pour nous envoyer quantité d'œuvres intéressantes, sorties de leurs ateliers ou de leurs musées, œuvres que vous avez pu voir renfermées dans une vitrine spéciale.

Je veux remercier en particulier M. le maire de Dieppe, qui, avec une bonne grâce parfaite, s'est entremis entre nous et ses administrés pour mener à bien notre entreprise.

J'adresse également nos remerciements aux collectionneurs parisiens; vous avez tous admiré, n'est-il pas vrai, à côté de l'incomparable envoi de Mgr le duc de Chartres, l'admirable vitrine de M. Corroyer, membre de l'Institut, qui a consenti à se séparer momentanément des plus belles pièces de son inappréciable collection?

Nous avons adressé également un pressant appel à nos colonies ; l'Asie et l'Afrique nous ont fait parvenir la note personnelle de leur fabrication, souvent naïve, mais si curieuse et d'un si réel intérêt.

Ajouterai-je que si vous avez constaté, comme moi-même, l'heureuse disposition de la salle, d'une ordonnance si parfaite et si délicate (qu'on dirait que des doigts de fée y ont présidé) nous le devons au goût très sûr et à l'activité de notre nouveau conservateur, M. Eugène Delard, continuateur de M. Charles Formentin, aidé par son jeune collaborateur, M. Gaston Derys, que je me garderai bien d'oublier, sous la direction habile de MM. Brown et Veyrat.

M. Eugène Delard a su donner dans un harmonieux groupement un cachet d'élégance et d'originalité qui, j'en suis persuadé, a réuni tous les suffrages.

J'ai terminé, Mesdames et Messieurs ; encore une fois merci, et permettez-moi de vous dire, s'il plaît à Dieu : A l'année prochaine ! (Applaudissements unanimes.)

V

Musée Cernuschi.

ANNEXE N° 12.

Acceptation du legs Cernuschi.

LE PRÉFET DE LA SEINE,

Vu le testament olographe, en date du 23 janvier 1896, déposé pour minute à Me Duplan, notaire à Paris, aux termes duquel M. Henri-Auguste Cernuschi, en son vivant propriétaire, demeurant à Paris, avenue Velasquez, 7, décédé à Menton (Alpes-Maritimes), le 11 mai 1896, a notamment fait la disposition suivante :

« J'institue mon héritier universel mon frère Constantin à charge des legs ci-après : je lègue à la ville de Paris mon immeuble à Paris, 7, avenue Velasquez, avec tout ce qui s'y trouve d'objets de provenance asiatique. Ces objets ne devront être exportés de l'immeuble que s'ils sont cédés gratis au musée du Louvre. Si cette cession a lieu, la ville de Paris pourra vendre l'immeuble que je lui lègue, mais à condition de verser cinquante mille francs au musée du Louvre, à titre d'indemnité pour les frais d'installation des objets asiatiques qu'il recevra de la Ville. »

Vu l'acte de décès du testateur ;

Vu la lettre de Me Duplan, notaire à Paris, en date du 26 mai 1896, faisant savoir que le de cujus a laissé pour seuls héritiers connus :

1° Son frère M. Constantin Cernuschi, par lui institué son légataire universel, demeurant à Menton (Alpes-Maritimes);

2° Sa sœur Mme Erminia Cernuschi, épouse de M. Charles Corbetta, demeurant à Mons, près Milan (Italie);

Vu la lettre, en date du 2 juin 1896, aux termes de laquelle M. Constantin Cernuschi a donné son consentement à l'exécution du legs fait à la ville de Paris ;

Vu le procès-verbal constatant la notification faite à M. et Mme Corbetta le 15 juin 1896, ensemble la déclaration de non-opposition signée par eux à la même date ;

Vu les pièces constatant l'accomplissement des formalités prescrites à l'égard des héritiers inconnus par l'art. 3 du décret du 1er février 1896 ;

Vu le procès verbal estimatif de l'immeuble légué à la ville de Paris ;

Vu le certificat de non-inscription délivré par M. le Conservateur du 1er bureau des hypothèques de la Seine, le 11 septembre 1896 ;

Vu la délibération du Conseil municipal en date du 3 juillet 1896, votant l'acceptation par la ville de Paris du legs dont il s'agit ;

Vu l'art. 910 du Code civil ;

Vu l'ordonnance du 2 avril 1817 et le décret du 1er février 1896 ;

Vu les lois des 18 juillet 1837 et 24 juillet 1867 ;

Vu les décrets des 25 mars 1852, janvier et avril 1861 ;

Considérant que le délai de trois mois imparti aux héritiers inconnus pour se révéler et produire leurs moyens d'opposition est expiré depuis le 17 septembre 1896, et qu'aucune réclamation n'a été formulée pendant la période de temps qui a précédé cette date,

ARRÊTE :

ARTICLE PREMIER. — La délibération susvisée du Conseil municipal de la ville de Paris, en date du 3 juillet 1896, est approuvée.

En conséquence, est accepté au nom de la ville de Paris le legs fait au profit de cette dernière par M. Henri-Auguste Cernuschi, aux termes de son testament olographe en date du 23 janvier 1896, ledit legs consistant en un immeuble sis à Paris, avenue Velasquez, 7, avec tous les objets de provenance asiatique qui s'y trouvent.

ART. 2. — Ampliation du présent arrêté sera adressée :

En double expédition à MM. les directeurs des Finances et des Affaires municipales ;

Et en simple expédition à M. l'inspecteur des Beaux-arts et des Travaux historiques de la ville de Paris ;

Lesquels sont chargés, chacun en ce qui le concerne, d'en assurer l'exécution.

Paris, le 19 octobre 1896.

J. DE SELVES.

ANNEXE N° 13.

Extrait du procès-verbal du 15 juin 1896.

. . . .

COMMUNICATION D'UNE LETTRE DE M. LE PRÉFET DE LA SEINE RELATIVE
AU LEGS DE M. CERNUSCHI.

M. LE PRÉSIDENT. — J'ai l'honneur de donner communication au Conseil de la lettre suivante qui m'a été adressée par M. le Préfet de la Seine :

« Paris, le 11 juin 1896.

« Monsieur le Président,

« Dans une lettre en date du 2 juin courant, M. Constantin Cernuschi m'a fait connaître son consentement à l'exécution du legs fait par son frère M. Henri-Auguste Cernuschi à la ville de Paris. Il a bien voulu me charger d'être l'interprète de ses sentiments vis-à-vis du Conseil municipal, et je ne crois pouvoir mieux faire que de rapporter ici-même les termes de sa lettre :

« Je prends cette occasion, Monsieur le Préfet, écrit-il, pour vous prier d'être l'interprète « auprès de la Municipalité de Paris de ma reconnaissance envers elle, d'avoir bien voulu se « faire représenter à la cérémonie funèbre par le président du Conseil municipal et par « plusieurs de ses membres, ainsi que pour l'envoi de sa superbe couronne, et pour le cortège « municipal qui suivait le corbillard, et qui ont tant rehaussé la pompe funèbre du transport « de mon frère.

« Votre présence, Monsieur le Préfet, et celle du président du Conseil municipal et de « plusieurs de ses membres aux funérailles de mon frère m'ont profondément touché et « rempli de satisfaction dans ma douleur.

« Signé : Constantin Cernuschi. »

« Veuillez agréer, Monsieur le Président, l'assurance de ma haute considération.

« *Le Préfet de la Seine,*

« J. DE SELVES. »

Le Conseil ne peut que renouveler l'expression des regrets que lui a causés la mort de M. Cernuschi et il associe à ces regrets le témoignage de sa reconnaissance pour le legs magnifique fait à la ville de Paris. (*Assentiment.*)

— 133 —

ANNEXE N° **14.**

Extrait du procès-verbal du **22** octobre **1897.**

. . . .

INSTALLATION ET AMÉNAGEMENT DÉFINITIF DU MUSÉE CERNUSCHI.

M. LEVRAUD, au nom de la 4ᵉ Commission. — Vous savez, Messieurs, que jusqu'ici les conditions dans lesquelles se trouvait installé le musée Cernuschi empêchaient qu'il fût ouvert au public, aucune précaution n'étant prise pour préserver les collections qui, par suite, couraient les plus grands risques. La question a été étudiée par le service des Beaux-arts, ainsi qu'un ensemble de travaux ayant pour objet : 1° la peinture et la décoration des salles du rez-de-chaussée de l'hôtel; 2° les réparations de couverture de châssis vitrés, ainsi que quelques travaux d'aménagement.

Les vitrines dans lesquelles les collections seront placées sont conformes au modèle adopté pour les installations du musée Guimet. La dépense totale est évaluée à 23,600 francs.

Nous exprimons l'espoir que ce musée si intéressant ne tardera pas à être ouvert au public.

M. LOUIS MILL. — Espérons que l'Administration activera les travaux, afin que le musée soit ouvert prochainement.

Les conclusions de la Commission sont adoptées (1897 ; 2385).

VI

Musées des collections artistiques. Musée d'Auteuil.

ANNEXE Nº **15.**

Délibération du 2 août 1886.

1886. 1281. — CONSTRUCTION D'UN BATIMENT DESTINÉ A RECEVOIR LES COLLECTIONS ARTISTIQUES DE LA VILLE DE PARIS (M. DELHOMME, RAPPORTEUR).

LE CONSEIL,

Vu le mémoire, en date du 23 juillet 1886, par lequel M. le Préfet de la Seine lui soumet un projet de travaux à exécuter pour la construction, sur les terrains communaux situés rue Boulainvilliers, 15, d'un bâtiment destiné à recevoir les collections artistiques appartenant à la ville de Paris et en assurer la conservation ;

Vu le devis desdits travaux dressé par M. l'architecte de l'Administration centrale, s'élevant en dépense, rabais déduits, à la somme totale de 45,000 francs, ensemble les plan, coupe et élévation de ladite construction,

DÉLIBÈRE :

ARTICLE PREMIER. — Est autorisée, dans la limite d'une dépense de 45,000 francs, l'exécution des travaux indiqués au devis susvisé et ayant pour objet la construction, sur les terrains communaux situés rue Boulainvilliers, 15, d'un bâtiment destiné à recevoir les collections artistiques appartenant à la ville de Paris.

ART. 2. — Ladite dépense sera imputée, jusqu'à concurrence de 15,000 francs, sur le chap. XIII, art 35, du budget de 1886, avec rattachement au sous-détail 12° dudit article, et, pour le surplus, sur le crédit correspondant à inscrire au budget de l'exercice 1887.

VII

Palais des Beaux-arts (Petit-Palais).

ANNEXE N° **16**.

Procès-verbal de remise du Petit-Palais à la ville de Paris.

L'an mil neuf cent un, le deux mars, à deux heures de l'après-midi,

Les soussignés :

1° Charles Girault, architecte du Petit-Palais à l'Exposition universelle des Champs-Élysées, représentant le Commissariat général de l'Exposition de 1900 ;

2° Ulysse Gravigny, architecte de l'Administration centrale de la ville de Paris, représentant M. le Préfet de la Seine,

Délégués à l'effet de procéder à la remise par l'État à la ville de Paris du Petit-Palais construit sur l'avenue nouvelle des Champs-Élysées, conformément à la convention passée entre l'État et la ville de Paris le 18 novembre 1895 et annexée à la loi du 13 juin 1896, relative à l'Exposition universelle de 1900,

Vu l'article 2 de ladite convention, ainsi conçu :

« La Ville recevra, en remplacement du pavillon qu'elle possède au Cours-la-Reine, la totalité du Petit-Palais à construire sur la gauche de la nouvelle promenade des Champs-Élysées à l'esplanade des Invalides »,

Se sont transportés sur les lieux et, après avoir vérifié l'état des constructions exécutées par les soins et aux frais du Commissariat général de l'Exposition universelle de 1900,

Déclarent :

Charles Girault fait remise au nom de l'État et Ulysse Gravigny prend possession au nom de la ville de Paris du Petit-Palais de l'avenue nouvelle des Champs-Élysées.

En foi de quoi ils ont signé le présent procès-verbal les jour, mois et an que ci-dessus.

Signé : Ch. GIRAULT et Ulysse GRAVIGNY.

Vu et proposé :
Paris, le 4 mars 1901.
Le Commissaire général,
Signé : A. PICARD.

Vu et approuvé :
Paris, le 5 mars 1901.
Le ministre du Commerce, de l'Industrie.
des Postes et des Télégraphes,
Signé : A. MILLERAND.

Vu et approuvé :
Paris, le 4 mars 1901.
Le Préfet de la Seine,
Signé : J. de SELVES.

ANNEXE N° 17.

Extrait du « Bulletin municipal officiel » du 8 mars 1901.

INAUGURATION DU PETIT-PALAIS DE LA VILLE DE PARIS AUX CHAMPS-ÉLYSÉES.

L'inauguration du Petit-Palais de la ville de Paris aux Champs-Élysées a eu lieu le jeudi 7 mars 1901, à deux heures et demie.

Les invités de la Municipalité ont été reçus par M. Armand Grébauval, président du Conseil municipal de Paris, entouré des membres du Bureau et d'un grand nombre de conseillers; par M. le Préfet de police; M. Autrand, secrétaire général de la Préfecture de la Seine, représentant M. le Préfet de la Seine, qui, empêché, n'est arrivé qu'au cours de la cérémonie; MM. Bouvard, directeur des services d'Architecture et des Promenades et plantations; Hyérard, directeur du Cabinet du Préfet de la Seine, et un grand nombre de hauts fonctionnaires de l'Administration.

M. le Président du Conseil municipal a prononcé le discours suivant :

« Mesdames,

« Messieurs,

« Au nom de la ville de Paris, le Conseil municipal a l'honneur de prendre possession de ce palais, construit pour l'Exposition universelle et destiné à lui survivre.

« Dès le 18 novembre 1895, en même temps qu'ils ratifiaient la participation municipale à la manifestation projetée pour 1900, nos prédécesseurs réglaient avec l'État les conditions dans lesquelles nous nous trouverions au lendemain de cette association. L'article 2 de la convention disait :

« La Ville recevra, en remplacement du pavillon qu'elle possède au cours la Reine, la « totalité du petit palais à construire sur la gauche de la nouvelle promenade des Champs- « Élysées à l'esplanade des Invalides. »

« Nous savions, dès l'origine, que les hommes de haute valeur qui allaient apporter leur concours au Commissariat général, et qui ne cessaient pas de le donner à la ville de Paris, sauraient nous assurer une œuvre digne de la capitale. Le jury choisit M. Charles Girault entre tous les concurrents; les travaux commencèrent en octobre 1896; le Petit-Palais apparut dans toute sa beauté au printemps de 1900.

« Ce qu'il est? Tous les Parisiens, tous nos visiteurs, l'univers entier pourraient nous le dire; on fut unanime à en proclamer la délicatesse et l'harmonie, l'élégance et l'intimité. Parmi tant d'autres, le Petit-Palais attirait et retenait. Tout l'art du passé y reparut au soleil dans un cadre digne de lui. L'art d'aujourd'hui et celui de demain en seront également les hôtes. Ils y rentreront précédés par la bienfaisance, car le Conseil municipal a voulu y recevoir, après ses invités, les défenseurs de l'enfance, et le sourire des petits planera sur le monument.

« Je suis heureux de féliciter ici le grand organisateur de nos merveilles, M. Bouvard, directeur des services d'Architecture de la ville de Paris (vifs applaudissements), M. Girault, dont la conception heureuse fut si bien réalisée par l'exécution. (Applaudissements.) Je félicite leurs collaborateurs, MM. de Saint-Marceaux, Injalbert, Hugues, Fagel, Peynot, Desvergnes, Moncel, Ferrary, Convers, Lefeuvre, grands artistes, qui ont mis, chacun, de leur âme avec leur signature dans la pierre de cet édifice. (Bravos.) Je félicite les entrepreneurs, les ouvriers, tous en un mot. La ville de Paris a été bien servie par ses enfants. (Très bien!)

« Il ne m'appartient pas de me prononcer ici sur la destination définitive, mais nous serons tous d'accord pour exprimer le vœu que le Conseil municipal profite de cet héritage afin de faire connaître à la population tant d'œuvres ignorées, tant de richesses enfouies dans nos magasins, tant de trésors auxquels il ne manque que d'apparaître en pleine lumière.

« Mesdames, Messieurs, l'Exposition a laissé des souvenirs. Ce fut une magistrale explosion d'activité intellectuelle et artistique, d'industrie et de travail. Elle a passé comme un rêve. Ses vestiges emportent avec eux, sous les pluies de l'hiver, un peu de nos illusions.

« Il nous reste l'orgueil d'avoir vu la France redevenue le rendez-vous du monde et tenant dignement tête à ceux auxquels elle ouvrait en même temps les bras.

« Il en demeure aussi cet ensemble dont la maîtrise fut proclamée dès la première heure : les deux palais, le pont Alexandre-III, les Champs-Élysées réunis à la rive gauche, l'avenue triomphale allant de la Concorde au dôme d'or des Invalides, deux grands siècles se rejoignant pour l'apothéose d'un troisième. (Bravos.)

« Nous reverrons longtemps les foules accourues, les jardins aux palmiers d'Orient, les parterres et les bosquets, les statues et les fleurs, et aussi reviendra dans notre esprit, comme préface, l'inoubliable date où fut posée la première pierre par une main amie. Ce sont des spectacles qu'il est bon d'évoquer, ils nous rendent plus fiers et plus confiants.

« Mesdames, Messieurs, le Petit-Palais, propriété de la ville de Paris, qui lui a fait honneur dès sa naissance, perpétuera l'enchantement sous une forme digne de cette ville et de la République. (Applaudissements prolongés.) »

À l'issue du concert qui eut lieu ensuite, M. le Président du Conseil municipal et M. le Préfet de la Seine ont félicité MM. Pessard, E. Lefèvre, Duteil d'Ozanne, Alex. Georges, Noté, Mlle Chabry et tous les artistes qui s'y étaient fait applaudir.

Un lunch a terminé la cérémonie, qui a pris fin à cinq heures et demie.

ANNEXE N° **18.**

Extraits du rapport de M. Quentin-Bauchart sur l'affectation du Petit-Palais

(Imprimé n° 23 de 1901.)

. . . .

Avant de vous proposer l'utilisation complète du Petit-Palais telle que nous la comprenons, nous désirons répondre à certaines objections qui ont pu être faites au système adopté par nous.

On a dit que les réserves d'Auteuil étaient absolument insuffisantes pour meubler le Petit-Palais : on a même ajouté que les acquisitions faites par la ville de Paris, sauf quelques rares exceptions, n'étaient point dignes de figurer dans un grand musée comme celui que nous devons organiser.

Cette manière de voir serait, pour l'ancienne majorité de la 4ᵉ Commission, une sanglante critique. Nous ne serons pas injuste à ce point.

Il existe à Auteuil une grande quantité de bons tableaux ; l'énumération faite par M. Pierre Despatys dans son rapport (voir p. 21 et suiv.) en est la preuve.

En outre, comme le fait très bien remarquer M. Brown, il y aurait intérêt à adopter les dispositions admises dans la plupart des musées de l'étranger, à la National gallery de Londres, par exemple, c'est-à-dire à ne placer les toiles qu'à hauteur de cimaise.

Il ne faut pas oublier non plus qu'un musée en formation n'est jamais trop grand. C'est ainsi qu'actuellement l'État est obligé d'aménager de nouveaux locaux pour le musée du Luxembourg, en raison de l'étroitesse de l'immeuble à ses débuts.

Enfin, nous avons vis-à-vis des artistes dont nous achetons les œuvres une sorte d'obligation morale : exposer celles-ci aux yeux du public. Je n'en ai pour preuves que les lettres de MM. Jean-Paul Laurens et Carolus Duran, au nom des deux grandes Sociétés des artistes contemporains, adressées au président de la 4ᵉ Commission, et toutes deux concluent dans le même sens.

C'est ainsi que M. Jean-Paul Laurens s'exprime en ces termes :

« Le vœu des artistes que nous représentons est de voir créer d'une façon définitive dans ce palais si merveilleusement situé un musée municipal dont les portes seront librement ouvertes au public.

« Les collections importantes de la ville de Paris, qui sont destinées à s'augmenter chaque année, y prendront place.

« Car nombre d'œuvres importantes qui restent actuellement dans les réserves d'Auteuil sont perdues pour le public, et par ce fait un préjudice réel est porté aux artistes qui en sont les auteurs.

« C'est au nom de ceux auxquels le Conseil municipal prodigue si largement ses encouragements que nous venons vous demander de défendre cette cause, afin d'obtenir la création du musée municipal. Nous sommes assurés de son succès, tout à la gloire de Paris. »

De son côté, M. Carolus Duran dit également :

« J'espère que le Conseil tiendra compte de l'opinion des artistes et que nous aurons bientôt un beau musée de plus. »

Enfin, dans un rapport des plus intéressants que nous publions en annexe, rapport dû à la plume autorisée de M. Girault, qui a construit le Petit-Palais, l'éminent architecte conclut également à l'affectation en palais des Beaux-arts, faisant remarquer l'admirable situation du monument des Champs-Élysées avec ses échappées sur la promenade qui fait la gloire de Paris, sur le Cours-la-Reine, ainsi que sur la perspective de la Seine vers le Louvre ou le Trocadéro. M. Girault demande également avec juste raison que si la ville de Paris, à l'instar des grandes villes de France, adopte le Petit-Palais pour y installer son musée municipal, il soit tenu compte dans l'aménagement des vastes galeries établies à l'intérieur, et que cet intérieur soit respecté le plus possible dans sa large conception.

Cette opinion émise par le créateur du Petit-Palais devra être, à notre avis, d'un grand poids dans son aménagement futur.

.   .   .   .

RÉSUMÉ.

En résumé, il y a lieu d'adopter pour le Petit-Palais, si l'on accepte son aménagement en musée des Beaux-arts, la disposition actuelle des vastes galeries éclairées par le plafond, où les tableaux de grandes dimensions pourront prendre place à hauteur de cimaise. De petits cabinets en forme de demi-lunes, comme ceux du musée de Vienne, pourront être installés en face des fenêtres et serviront aux esquisses, eaux-fortes, médailles, etc.

Utilisation du Petit-Palais.

Ces observations une fois présentées, voici comment nous comprenons l'utilisation du Petit-Palais.

Le Petit-Palais prendrait le nom de Palais des Beaux-arts de la ville de Paris.

Une Commission spéciale, composée de la 4e Commission du Conseil municipal et d'une Commission administrative des beaux-arts, serait chargée d'établir une sélection entre les œuvres d'art actuellement déposées dans les réserves d'Auteuil ou placées dans les différentes salles de l'Hôtel de Ville ou de ses annexes.

Les œuvres d'art qui ne seraient pas transportées au Petit-Palais seraient destinées à orner les vingt mairies de la ville de Paris ou les salles de l'Hôtel de Ville désignées pour les recevoir.

L'aménagement du Palais des Beaux-arts comprendrait, en outre des galeries réservées aux tableaux et aux sculptures :

1° Une ou plusieurs salles réservées aux dessins, propriété de la ville de Paris ;

2° Une ou plusieurs salles réservées soit aux gravures, eaux-fortes (en différents états), médailles, commandées par la ville de Paris, soit à des objets d'art ou à des souvenirs historiques ;

3° Une salle réservée pour les expositions des concours ouverts par la ville de Paris ou par le Département.

Des expositions rétrospectives temporaires pourraient être organisées dans les salles demeurées libres, au fur et à mesure des besoins, soit par la ville de Paris, soit par des particuliers, mais après délibération du Conseil municipal prise sur le rapport de sa 4e Commission.

Un salon de repos serait aménagé au rez-de-chaussée et pourrait servir de salle de commissions.

L'aménagement des sous-sols sera ultérieurement décidé. Provisoirement un atelier de réparations y sera installé, dans lequel on transportera chaque année, suivant le désir de M. Brown, les œuvres de peinture et de sculpture acquises au Salon, en attendant soit leur placement, soit leur envoi chez le praticien ou le fondeur chargé de la reproduction définitive.

Il y aurait lieu d'étudier également l'aménagement d'une bibliothèque des Beaux-arts dans une salle du second étage.

L'affectation du Petit-Palais, telle que nous le comprenons, aurait cet avantage d'éviter, quant à présent, la nomination d'un conservateur, la conservation pouvant fort bien être exercée, au moins à titre d'essai, par le service des Beaux-arts, auquel seraient joints les conservateurs actuels des musées de la ville de Paris en exercice.

Il y aurait là à réaliser une économie qui ne serait pas à dédaigner.

Pour le reste du personnel, deux attachés au plus (un des deux pourrait prendre dans l'avenir le titre de bibliothécaire, si l'organisation d'une bibliothèque était décidée) suffiraient amplement pour servir de trait d'union entre le service des Beaux-arts et le petit personnel.

ANNEXE N° 19.

Arrêté préfectoral portant nomination de la Commission d'organisation du Petit-Palais.

Le Préfet de la Seine,

Vu la délibération du Conseil municipal en date du 5 juillet 1901,

Arrête :

Article premier. — Le Petit-Palais des Champs-Élysées portera le nom de Palais des Beaux-arts de la ville de Paris.

Art. 2. — Il est créé une Commission spéciale qui sera chargée d'établir une sélection entre les œuvres d'art actuellement déposées dans les réserves d'Auteuil ou placées dans les différentes salles de l'Hôtel de Ville ou de ses annexes et qui donnera son avis sur celles de ces œuvres d'art qui doivent être transportées au Palais des Beaux-arts de la ville de Paris.

Art. 3. — Cette Commission se composera de :

MM. les membres de la 4e Commission du Conseil municipal,

Et de MM. Bonnat, Benjamin Constant, Detaille, Carolus Duran, Fremiet, Gérôme, Jean-Paul Laurens, Mercié.

Art. 4. — Cette Commission sera présidée par M. le Préfet de la Seine ou à son défaut par M. Quentin-Bauchart, conseiller municipal, qui remplira les fonctions de vice-président.

Art. 5. — Provisoirement les fonctions de secrétaire de la Commission seront remplies par M Girardon, sous-chef de bureau au Cabinet du Préfet de la Seine.

Art. 6. — Le Secrétaire général de la préfecture est chargé d'assurer l'exécution du présent arrêté.

Fait à Paris, le 3 décembre 1901.

Signé : J. de Selves.

ANNEXE N° **20.**

Extrait du procès-verbal de la séance du 18 août 1902.

M. LE PRÉFET DE LA SEINE. — J'ai l'honneur de donner lecture au Conseil de l'arrêté de convocation suivant :

« Le Préfet de la Seine,

« Vu les lois des 5 mai 1855 et 14 avril 1871 ;

« Vu l'urgence,

« Arrête :

« Article premier. — Le Conseil municipal de la ville de Paris est convoqué, en session extraordinaire, le lundi 18 août 1902, à l'effet de délibérer sur l'affaire spéciale suivante :

« Legs Dutuit.

« Art. 2. — Le secrétaire général de la Préfecture est chargé de l'exécution du présent arrêté.

« Fait à Paris, le 8 août 1902.

« *Signé :* J. de SELVES. »

Par le Préfet :

« *Le secrétaire général de la Préfecture,*

« *Signé :* Autrand. »

Je déclare donc la session ouverte.

Mais, Messieurs, avant que le Conseil municipal ne délibère sur l'affaire qui lui est soumise, j'aurai à lui faire certaines communications qui ne lui prendront pas beaucoup de temps.

Je lui demande donc de se réunir en Comité du budget pour recevoir ces communications avant la séance publique.

M. LE PRÉSIDENT. — Il n'y a pas d'opposition? Le Conseil va se réunir en Comité du budget.

La séance est suspendue à trois heures quarante minutes.

La séance est reprise à cinq heures cinquante-cinq minutes.

ALLOCUTION DE M. LE PRÉSIDENT.

M. LE PRÉSIDENT. — Avant de donner la parole à M. Quentin-Bauchart, je tiens, Messieurs, à nous féliciter de l'occasion qui réunit le Conseil municipal et à saluer la mémoire de M. Dutuit. (*Très bien!*)

Ce généreux donateur a voulu que le bénéfice de ses richesses artistiques profitât à l'instruction des travailleurs, à l'éducation de leur goût, et il a laissé dans ce but à la ville de Paris les collections magnifiques que son frère et lui avaient consacré leur vie à réunir.

La 4e Commission va vous proposer de reconnaître par un hommage solennel les libéralités de M. Dutuit, mais il convenait que les premières paroles prononcées dans cette séance fussent pour exprimer la gratitude que méritent une noble pensée et un exemple précieux. (*Très bien! — Applaudissements.*)

La parole est à M. Quentin-Bauchart, rapporteur.

ACCEPTATION DU LEGS FAIT A LA VILLE PAR M. DUTUIT.

M. QUENTIN-BAUCHART, rapporteur. — Vous n'ignorez pas, Messieurs, les raisons pour lesquelles nous sommes réunis aujourd'hui en session extraordinaire.

Un riche amateur de Rouen, M. Auguste Dutuit, dont les collections avaient depuis longtemps une réputation universelle, décédé récemment à Rome, a, par différentes dispositions testamentaires, institué la ville de Paris comme légataire des richesses artistiques qu'il possédait.

Et, tout d'abord, Messieurs, permettez-moi de m'associer aux paroles que vient de prononcer M. le Président du Conseil et d'adresser un adieu ému à cet homme de bien pour la bonne pensée qu'il a eue d'offrir à Paris, la Ville-Lumière, Paris, le centre des lettres et des arts, un cadeau de cette importance; permettez-moi de rendre également hommage à sa mémoire en notre nom à tous, au nom de la grande cité dont nous sommes les représentants élus, et de lui adresser le témoignage public de notre profonde reconnaissance. (*Assentiment.*)

Je désirerais également associer dans nos remerciements la digne compagne de sa vie, qui connaissait depuis longtemps les intentions du défunt et qui s'est appliquée, avec une bonne grâce dont nous avons été témoins, à aplanir toutes les difficultés. (*Applaudissements.*)

Dans les mémoires, en date des 12 et 18 août 1902, transmis d'urgence à la 4e Commission qui vient de les étudier, M. le Préfet de la Seine nous explique en détail les clauses de cette donation véritablement exceptionnelle.

C'est ainsi que le legs de M. Dutuit comprend notamment :

1° Toutes les collections artistiques du testateur ;

2° Deux immeubles situés à Paris, rue Cadet et boulevard des Filles-du-Calvaire ;

3° Cinq cent quarante-deux actions de la Banque de France.

Les charges et conditions du legs consistent dans la quadruple obligation pour la Ville :

1° De prendre parti sur l'acceptation ou le refus du legs dans un délai de deux mois ; dans ce même délai de choisir un local central où les collections seraient installées sous le nom de « Collections Dutuit » et où le public pourrait les visiter gratuitement ;

2° Le legs accepté, d'installer dans les quatre mois suivant lesdites collections dans le local choisi, d'admettre le public à les visiter, enfin d'en assurer le parfait fonctionnement ;

3° De faire face aux frais d'installation, d'entretien et d'administration de la collection ainsi qu'à son accroissement, au moyen des revenus de la dotation ;

4° Enfin d'entretenir à perpétuité la sépulture de la famille Duclos-Dutuit sise au cimetière du Père-Lachaise.

Faute par la ville de Paris d'exécuter les deux premières conditions dans les délais prescrits par le testament, le legs doit revenir en totalité à la ville de Rome.

Il y a donc un intérêt capital pour la ville de Paris à procéder d'urgence.

Et, à ce sujet, j'ai le devoir de rappeler à M. le Préfet de la Seine la part de responsabilité qui lui incomberait si, après la délibération que vous allez certainement prendre, les collections n'étaient pas installées dans les délais exigés.

Votre Commission est d'accord, en effet, avec l'Administration pour vous proposer comme local le Palais des Beaux-arts de la ville de Paris, connu sous le nom de Petit-Palais, aux Champs-Elysées. Nul doute que vous n'acceptiez nos conclusions.

Le Petit-Palais est situé dans un quartier suffisamment central pour répondre au vœu du testateur : il se trouve desservi par une gare du Métropolitain qui permettra à tous les Parisiens sans exception de venir admirer les richesses qui y seront exposées et étudier tous les éléments qu'elles fournissent pour l'enseignement de l'art.

Les collections Dutuit y trouveront admirablement leur place à côté des œuvres d'art appartenant à la ville de Paris, qui doivent former notre musée municipal et dont la sélection a été récemment faite par les soins de la Commission administrative nommée par M. le Préfet de la Seine, et que j'ai eu l'honneur de présider.

Or, les travaux d'aménagement du Petit-Palais ont marché jusqu'ici avec une lenteur désespérante, et je ne saurais trop recommander aux architectes chargés de ces travaux, et en particulier à M. Bouvard qui dirige nos services d'Architecture, combien sont urgents aujourd'hui les aménagements nécessaires. Je suis persuadé qu'en raison de l'intérêt parisien, je dirai même patriotique, ils jugeront qu'il est de leur devoir de se hâter. Nous le leur rappellerons au besoin. (Assentiment. — Très bien !)

Dès qu'il connut l'importance du legs, M. le Préfet de la Seine, d'accord avec le président du Conseil municipal, que nous ne saurions trop féliciter de son initiative, s'est immédiatement préoccupé de la question de savoir en quoi consistaient les collections et quelle valeur pouvaient avoir les deux immeubles légués.

A cet effet, il a prié M. Georges Cain, conservateur du musée Carnavalet, et M. Bouvard, directeur des services d'Architecture, de le renseigner en ce qui concernait ces deux points.

Au dossier que j'ai entre les mains figurent les rapports de MM. Bouvard et Georges Cain.

M. Bouvard a procédé à un premier examen, duquel il résulte que les revenus de la dotation sont suffisants pour couvrir les frais d'installation, d'entretien et d'administration du futur musée, sauf certaines charges et conditions qu'il n'y a pas lieu de discuter en ce moment.

Du revenu, il faudra défalquer la somme nécessaire à l'entretien, au Père-Lachaise, de la tombe de la famille Duclos-Dutuit.

M. Georges Cain, dans son rapport à M. le Préfet de la Seine, s'exprime en ces termes :

« La collection Dutuit est une des plus complètes qu'il nous ait été donné de rencontrer.

« Toutefois, il convient dès à présent de constater que ce n'est pas une de ces collections d'allure décorative qui, dès le premier coup d'œil, peuvent séduire le grand public. C'est une collection choisie et précieuse qui représente deux existences d'études patientes et d'incessantes recherches mises au service d'une grande fortune.

« MM. Dutuit (car M. Auguste Dutuit, le testateur, avait un frère, M. Eugène Dutuit, décédé il y a quelques années, auquel on doit l'achat d'un grand nombre de ces incomparables richesses, particulièrement les livres), MM. Dutuit, dis-je, avec un éclectisme admirable, se sont en effet préoccupés de réunir dans leurs cabinets les plus beaux, les plus complets spécimens de chacun des arts qu'ils étudiaient successivement. C'est ainsi que la céramique est représentée par une cinquantaine de majoliques italiennes et de plats siculo-arabes, tels que les plus riches musées du monde ne renferment rien de supérieur, par trois des plus beaux spécimens connus de la rarissime faïence d'Oiron, par des plats de Rhodes, des faïences de Rouen, des porcelaines de Sèvres, de Saxe, et par une incomparable série de porcelaines de Chine de toutes marques et de toutes époques.

« La verrerie comporte un certain nombre de plats et de verres émaillés de Venise, quelques pièces hispano-mauresques, et enfin des lampes de mosquée et des vases orientaux.

« Antiquités et objets d'art. — La collection des antiquités nous offre trois grandes séries : l'art étrusque et égyptien, l'art grec et l'art romain, représentés par leurs vases, leurs terres émaillées, leurs pâtes de verre, leurs camées, leurs bronzes, dont notamment le merveilleux ensemble du trésor d'Annecy, leurs médailles et leurs bijoux si précieux.

« Émaux. — Les émaux, qui sont l'une des plus grandes richesses de cette belle collection, comptent une trentaine de pièces hors de pair. Ce sera sûrement l'un des émerveillements du futur musée.

« Je note enfin, dans ce sommaire rapport, les gemmes, les bijoux de la Renaissance, les boîtes précieuses, les montres, les baisers de paix, les médailles florentines et françaises qui, avec une admirable et presque complète collection de numismatique grecque, romaine et française, forment un ensemble absolument remarquable.

« Tableaux et dessins. — Cette collection de tableaux, composée seulement d'une soixantaine de pièces, en renferme une trentaine de tout premier ordre, pour la plupart de l'école hollandaise. Je citerai notamment : le *Portrait de Rembrandt*, par lui-même, les deux *Paysages*, de Hobbéma, dont un incomparable, un Pieter de Houghe, cinq Teniers, un Ruysdaël, un Van Goyen, un Van der Neer, deux Ostade, deux Van de Velde, deux Wouwermans, deux Terburg, un Cuyp, un Claude Lorrain, un Lancret, trois Hubert-Robert, un

19

Boucher, un Géricault, un Diaz, etc. ; un carton de dessins et aquarelles originales de Rembrandt, Ostade, Van Dyck, Metsu-Maës, Mieris, une délicieuse feuille de tête aux deux crayons de Watteau, comparable aux plus belles du Louvre, une sepia de Greuze : *l'Accordée de village*, une sepia de Fragonard : *l'Allée ombreuse*, un dessin de Prudhon, etc., etc.

« Estampes. — Les estampes forment une série sans rivale. La majeure partie de l'œuvre de Rembrandt y figure avec plus de 600 eaux-fortes originales, dans les plus beaux états.

« Aucune de nos collections publiques ne pourrait, je crois, offrir une telle variété. C'est pour mémoire que je note : deux états de *la Pièce aux cent florins*, deux états de *l'Ecce homo*, deux états du *Christ guérissant les malades*, trois états du *Calvaire*, deux états de *Six à la fenêtre*, trois états du *Rembrandt à la toque*, deux états du *Portrait de Saskia*, deux états de *Jésus présenté au Temple*, etc., etc.

« L'œuvre d'Albert Dürer, l'œuvre de Mantegna, celles de Callot, de Silvestre, d'A. Bosse, de Claude Lorrain, de Nanteuil et de grands graveurs allemands et français, complètent cet ensemble par sa richesse et sa rareté.

« Livres et reliures. — Cette collection contient plus de 800 pièces vraiment incomparables.

« Il faut citer en première ligne une douzaine de manuscrits ornés de scènes et d'enluminures où se manifeste l'art si précieux des Primitifs :

« *L'Histoire du Grand Alexandre*, xve siècle ;

« Trois *Horæ beatæ Virginis Mariæ* ;

« Une *Relation des funérailles d'Anne de Bretagne*, etc.

« Des missels, etc., qui sont autant de magnifiques objets d'art, dont tout, jusqu'à l'étui, est un sujet d'admiration ; puis, c'est un choix nombreux de volumes reliés, aux armes des rois et des reines et des plus grands noms de France, des Grollier, des Masoli, le tout formant un ensemble qui honore grandement l'érudition, le goût et le discernement de MM. Dutuit.

« Les laques et les ivoires. — A côté de ces œuvres considérables, MM. Dutuit ont réuni une très précieuse collection de laques de Chine, de la meilleure époque, et d'ivoires du plus grand prix. Ces deux catégories d'objets rares sont en nombre suffisant pour former deux vitrines qui ne seront pas les moins remarquées.

« Pour n'être pas très nombreux, les ivoires n'en sont pas moins précieux, et leur réunion ne manquera pas d'intéresser les amateurs. Elle comporte des crosses, des boîtes, des reliquaires, des statuettes, des colliers, etc.

« Meubles, tapisseries et objets divers. — Ici, sauf quelques belles exceptions, il faut convenir que le choix en est inférieur. Notons cependant un certain nombre de pendules, dont une forte belle (de Lepautre), cuivre, porcelaines et brillants provenant de la collection Double.

« Trois panneaux décoratifs des Della-Robia, des vases de Sèvres, des urnes de porphyre, une statue de marbre du xviie siècle et enfin trois charmantes terres cuites de Clodion ; quelques meubles en vernis Martin ; deux jolies commodes en marqueterie ; quelques consoles, quelques pièces d'argenterie du xviiie siècle, des fauteuils et des chaises.

« Telle est en peu de mots, ajoute M. Cain, l'impression dominante que donne la collection Dutuit. »

Votre 4ᵉ Commission, en présence de l'émotion causée dans le public par l'annonce de cet événement si heureux pour la ville de Paris, a voulu se rendre compte par elle-mêmes des richesses en question. Elle a désigné une délégation qui s'est rendue à Rouen et qui a pu reconnaître qu'il n'y avait rien d'exagéré.

Elle tient particulièrement à vous signaler l'excellent accueil qu'elle a reçu de toutes les personnes chargées de la liquidation de la succession. Parmi elles M. Talbot, administrateur-séquestre, et M. Fenardent, exécuteur testamentaire, qui avait conservé une partie des collections avec le plus scrupuleux dévouement, se sont mis avec une bonne grâce inlassable à la disposition de la délégation et de M. Georges Cain, chargé par M. le Préfet de la Seine de procéder à l'inventaire. Je tiens également à vous dire le dévouement apporté par M. Georges Cain et ses jeunes collaborateurs MM. Robiquet, Hénard et Fauchier-Magnan, dévouement dont votre rapporteur a été témoin et auquel il lui est très agréable de rendre hommage.

La délégation de la 4ᵉ Commission, dont je faisais partie, m'avait en effet désigné officiellement pour représenter à Rouen le Conseil municipal et accompagner ces messieurs dans les dernières expertises. Je suis très heureux de faire connaître à cette tribune le zèle de chacun d'eux.

En résumé, Messieurs, votre 4ᵉ Commission estime, comme l'avait estimé M. le Préfet de la Seine, que le legs de M. Dutuit doit être accueilli avec reconnaissance par la ville de Paris; elle vous propose en outre d'autoriser M. le Préfet à l'accepter aux charges et conditions imposées.

Votre Commission soumet donc à votre approbation les projets de délibération qui suivent :

1° « Le Conseil,

« Vu les dispositions testamentaires déposées chez Mᵉ Édouard Lefebvre, notaire à Paris, et chez Mᵉ Guérin, notaire à Rouen, aux termes desquelles M. Auguste Dutuit, en son vivant demeurant à Rouen (Seine-Inférieure), décédé à Rome (Italie), le 11 juillet 1902, a notamment légué à la ville de Paris sous diverses charges et conditions :

« 1° Toutes ses collections artistiques ;

« 2° Diverses dotations consistant notamment en deux immeubles sis à Paris rue Cadet, 9 et 11, et boulevard des Filles-du-Calvaire, à l'angle de la rue Commines, et 542 actions de la Banque de France ;

« Vu les mémoires de M. le Préfet de la Seine en date des 12 et 18 août 1902 ;

« Vu le rapport de M. Georges Cain, conservateur du musée Carnavalet ;

« Vu le rapport de M. le directeur des services d'Architecture ;

« Vu le rapport du géomètre du service des Cimetières et l'avis du bureau des Inhumations en date des 4 et 5 août 1902 ;

« Vu les lois du 18 juillet 1837 et du 24 juillet 1867 ;

« Vu le rapport présenté par M. Quentin-Bauchart, au nom de la 4ᵉ Commission ;

« Le Comité du budget entendu,

« Délibère :

« Article premier. — M. le Préfet de la Seine est autorisé à accepter, au nom de la ville de Paris, aux charges, clauses et conditions qui résultent des dispositions testamentaires sus-visées, les legs faits à la ville de Paris par M. Dutuit de ses collections et des dotations y affectées.

« Art. 2. — M. le Préfet de la Seine est autorisé, en conséquence, à poursuivre immé-diatement par toutes les voies de droit la délivrance desdits legs et leur remise à la ville de Paris.

« Art. 3. — Conformément aux volontés du testateur, la ville de Paris prend à sa charge l'entretien à perpétuité de la sépulture de la famille Duclos-Dutuit, au Père-Lachaise. »

M. le Président. — Je mets ce premier projet de délibération aux voix.

Ce projet de délibération est adopté à l'unanimité (1902, 2452 et 2453).

M. Quentin-Bauchart, rapporteur. — Voici le deuxième projet de délibération :

« Le Conseil

« Délibère :

« Article premier. — Les collections léguées par M. Dutuit seront installées au palais des Beaux-arts (Petit-Palais) que la Ville possède aux Champs-Élysées.

« La partie qui leur sera affectée prendra le nom de « Collections Dutuit ».

« Art. 2. — Les sommes provenant des revenus des dotations affectées par M. Dutuit à l'ins-tallation, à l'entretien, à l'accroissement, à la garde de ces collections, figureront chaque année à un article spécial du budget des recettes et à un article spécial du budget des dépenses; il ne pourra en être fait aucun emploi sans une délibération du Conseil municipal.

« Art. 3. — Une somme de 60,000 francs est mise, à titre de provision, à la disposition de M. le Préfet de la Seine pour être employée d'accord avec la 4e Commission à l'installation des « collections Dutuit ».

« Aucune autre dépense ne pourra être engagée sans une délibération du Conseil municipal, prise sur le rapport de sa Commission compétente, et sans justification de cette dépense.

« Art. 4. — Le Petit-Palais devra être mis intégralement, le 20 septembre au plus tard, à la disposition du service des Beaux-arts; il devra être à cette époque évacué complètement par les services d'Architecture. »

M. le Président. — Je mets aux voix le deuxième projet de délibération.

Ce projet de délibération est adopté à l'unanimité (1902, 2452 et 2453 bis).

M. LE PRÉFET DE LA SEINE. — Je ne monte pas à cette tribune pour retenir longtemps votre attention ni pour m'élever contre les projets de délibération qui vous ont été soumis. Mais il a été adressé par M. le président du Conseil municipal et par M. le rapporteur de la 4e Commission un public hommage à la mémoire de M. Dutuit, hommage auquel le préfet de la Seine demande à s'associer de tout cœur.

Permettez-moi d'exprimer également mes remerciements chaleureux à M. Feuardent, exécuteur testamentaire ; à Me Duplan, avoué de la Ville ; à M. Georges Cain, conservateur du musée Carnavalet, et de les complimenter du zèle éclairé dont ils ont fait preuve.

J'envoie en même temps l'assurance de notre profonde gratitude à MM. les membres du corps judiciaire, à M. Talbot, président de la Chambre des avoués de Rouen, administrateur judiciaire de la succession, à MM. les officiers ministériels, notaires et avoués, à M. le commissaire-priseur de Rouen, à tous ceux, en un mot, qui ont témoigné dans cette circonstance de leur dévouement aux intérêts de la ville de Paris. (*Applaudissements.* — *Très bien !*)

M. QUENTIN-BAUCHART, rapporteur. — Il vous reste, Messieurs, à vous prononcer sur un troisième projet de délibération dont voici le texte :

« Article premier. — En raison de l'importance du legs fait par M. Dutuit, le Conseil municipal, au nom de la ville de Paris, tient à rendre publiquement hommage à la mémoire du généreux donateur et à témoigner de la profonde reconnaissance qu'il en ressent.

« Art. 2. — Il est ouvert un crédit de 8,000 francs, sur la réserve, pour l'exécution de deux bustes des frères Dutuit, qui seront placés dans le Petit-Palais, au milieu des collections léguées à la ville de Paris.

« Art. 3. — Le nom de Dutuit sera donné à une voie publique de Paris. »

(*Très bien ! Très bien !*)

Ce projet de délibération est adopté à l'unanimité (1902 ; 2452 et 2453 ter).

ANNEXE N° **21.**

Extrait du « Bulletin municipal officiel » du 14 décembre 1902

INAUGURATION DU MUSÉE DE LA VILLE DE PARIS ET DE LA COLLECTION DUTUIT.

L'inauguration du musée de la ville de Paris et de la collection Dutuit a eu lieu au Palais des Beaux-arts, avenue Alexandre-III, le jeudi 11 décembre, à deux heures de l'après-midi, en présence de M. Émile Loubet, président de la République.

M. le président de la République, accompagné de M. le général Dubois, secrétaire général, chef de la maison militaire, et de M. Combarieu, secrétaire général civil de la Présidence, a été reçu au bas de l'escalier du Palais par M. Paul Escudier, président du Conseil municipal, par M. de Selves, préfet de la Seine, et par M. Lépine, préfet de police.

Assistaient à la cérémonie : MM. le comte Tornielli, ambassadeur d'Italie ; Chaumié, ministre de l'Instruction publique et des Beaux-arts ; Trouillot, ministre du Commerce et de l'Industrie ; Maruéjouls, ministre des Travaux publics ; le général Florentin, grand-chancelier de la Légion d'honneur ; le général Faure-Biguet, gouverneur militaire de Paris ; Hémard, président du Conseil général : René Piault et Le Menuet, vice-présidents du Conseil municipal ; Maurice Quentin et Jousselin, secrétaires ; Gay, syndic ; Dausset, président, et Quentin-Bauchart, vice-président de la Commission municipale de l'enseignement et des beaux-arts, président de la Commission d'organisation ; Autrand, secrétaire général de la Préfecture de la Seine ; Laurent, secrétaire général de la Préfecture de police ; Leblond, maire de Rouen ; Roujon, directeur des Beaux-arts ; Bruman, directeur des Affaires départementales et communales au ministère de l'Intérieur ; Kaempfen, directeur des Musées nationaux ; Bouvard, directeur des services d'Architecture de la ville de Paris ; Armand Bernard, directeur du Cabinet du préfet de la Seine ; Brown, chef du service des Beaux-arts ; Georges Cain, conservateur du musée Carnavalet ; Feuardent, exécuteur testamentaire de M. Dutuit ; Talbot, administrateur judiciaire de la succession ; Duplan, avoué de la Ville ; un grand nombre de conseillers municipaux et généraux, de sénateurs et de députés, de chefs de service des ministères et des deux préfectures.

Après que M. le président de la République eut visité la collection Dutuit et le musée de la Ville, les discours suivants ont été prononcés.

Discours de M. Paul Escudier, président du Conseil municipal.

Monsieur le Président de la République,

Je vous remercie d'avoir bien voulu accepter l'invitation du Conseil municipal. Votre présence ne rehausse pas seulement l'éclat de cette cérémonie, elle en souligne aussi l'importance et, pourrais-je dire, le caractère national.

A cette heure même, en effet, les collections de M. Dutuit entrent définitivement dans le patrimoine artistique de la France. Léguées à la ville de Paris sous la condition résolutoire qu'elles seraient installées et ouvertes au public dans les six mois du décès du testateur, cette inauguration consacre officiellement l'accomplissement de la condition : notre propriété est désormais parfaite et irrévocable.

Messieurs,

Vous venez de visiter les merveilles de la collection Dutuit. Devant les trésors de la donation, le souvenir du donateur s'est certainement associé à votre admiration, et je répondrai sans doute à un sentiment unanime en adressant à la mémoire de M. Dutuit le tribut de notre profonde gratitude.

Une rue portera son nom. Un buste placé dans ce palais perpétuera ses traits. Mais en voulant que tant de chefs-d'œuvre servissent à l'instruction des Parisiens, en faisant de Paris son héritier, il s'est dressé à lui-même le monument le plus durable, — et simplement parce qu'il fut riche, intelligent et bon, il bénéficiera d'une immortalité presque aussi enviable que celle du génie.

Les Goncourt disaient : « Il y a des collections d'œuvres d'art qui ne montrent ni une passion, ni un goût, ni une intelligence : rien que la victoire brutale de la richesse. »

Un siècle avant eux, le préfacier du catalogue du marchand-bijoutier ordinaire du roi Louis XV s'écriait : « Délivre-nous, grand Dieu, de ces amateurs sans amour, de ces connaisseurs sans connaissances! Car ceux-là plus que tous autres contribuent à la corruption du goût et nuisent au progrès des arts. »

MM. Dutuit, eux, étaient de la grande famille des collectionneurs illustres qui n'ont acquis leur expérience et leur sûreté de jugement qu'au prix de recherches lentes et passionnées, guidés par une érudition entretenue et accrue sans cesse. L'amour du document et du bibelot, la passion de l'œuvre parfaite étaient pour eux les formes rares du culte de la tradition. Félicitons-nous de cette curiosité exquise, de cette fidélité délicate au passé qui nous vaut aujourd'hui de posséder une collection vraiment unique.

Cet hommage aux frères Dutuit serait incomplet, si j'en séparais le nom de celle qui fut la compagne de notre bienfaiteur. Mme Dutuit nous a prêté le concours le plus empressé et le plus gracieux et, non contente d'avoir servi la générosité de son mari, nous savons qu'elle est disposée à la continuer. Je suis heureux de lui renouveler publiquement nos remerciements et la respectueuse sympathie du Conseil municipal.

Je dois enfin exprimer la reconnaissance de la ville de Paris à MM. Feuardent, Talbot, Duplan qui ont été dans cette circonstance nos dévoués auxiliaires, nos conseils avisés; à M. Brown, à M. Georges Cain, les ingénieux metteurs en scène de ces richesses inestimables. Je ne le fais que d'un mot, désirant laisser à M. le Préfet de la Seine le plaisir d'insister sur l'importance de leur concours, dont nous avons apprécié les difficultés et tout le mérite.

Messieurs, à côté des œuvres léguées à la ville de Paris et qui sont autant de superbes expressions d'art du passé, ce palais contient des œuvres contemporaines acquises par le Conseil municipal.

Nous possédons enfin un musée des Beaux-arts qui, s'il n'est pas encore tel que nous voudrions qu'il fût, constitue déjà un centre d'études précieux pour les amateurs, les savants et les artistes et, pour tout le monde, un large foyer d'enseignement.

Il plait de penser que des milliers et des milliers de visiteurs traverseront ce musée; enfants au cerveau frais et impressionnable où s'éveillera l'idée du Beau, idée qui est toujours une haute leçon de morale quand elle n'est pas le germe fécond d'une vocation; hommes de tout âge et de toute condition, venant chercher ici un noble délassement du travail quotidien ou l'oubli des heures fâcheuses.

La ville de Paris, qui se préoccupe depuis longtemps de ce qu'on a appelé « la seconde éducation du peuple », voudra, certes, tirer le meilleur parti de l'admirable instrument de vulgarisation et de propagande qu'elle a en mains. Et dans les salles encore vides de ce palais, sur ces murs blancs qui font signe au génie, elle aura à cœur de placer des œuvres directement inspirées des idées, des intérêts et des passions de la vie. N'est-ce pas méconnaître la destination d'un musée, son objet essentiel, que d'y admettre des artistes plus soucieux de plaire aux yeux du public que de parler à son esprit et à son cœur en traduisant des émotions d'humanité? Je souhaite que le Conseil municipal, sans bannir les fidèles attardés du culte exclusif de la forme, les disciples trop souvent stériles de l'art pour l'art, encourage les esprits originaux à renoncer définitivement à cet idéal de convention qui nous a si longtemps séparés du monde réel et à faire communier dans un art social l'intelligence de l'artiste et l'âme des foules.

Je souhaite aussi qu'il veuille reprendre l'idée de ces réunions du soir où des hommes de bonne volonté dégageraient devant un auditoire populaire l'avertissement esthétique et la portée morale des belles œuvres, qui sont d'abord de splendides actes de foi.

La ville de Paris couronnerait ainsi le magnifique ensemble d'institutions enseignantes édifié par les assemblées successives de l'Hôtel de Ville pour faire de la population parisienne une force intelligente, réfléchie et généreuse au service de la République.

Messieurs, Paris consacre ce palais aux Beaux-arts. Paris, cité propice au génie, bonne hôtesse de tous ceux qui chevauchent superbement la chimère, qui n'attire les hommes de talent que pour les mettre en lumière et dont les premières faveurs sont déjà de la gloire, dédie ce monument aux maîtres qui ont illustré son nom dans le passé; il y appelle l'élite brillante de leurs successeurs, rêveurs du plus noble rêve, ouvriers de l'œuvre toujours meilleure, interprètes exquis du sourd bourdonnement des choses et de la vie silencieuse des âmes, puissants créateurs d'idéal qui relèvent les cœurs et, sur la route infinie où chemine l'Humanité, trompent nos impatiences et notre lassitude par les mirages fuyants de l'éternelle Beauté.

Discours de M. de Selves, préfet de la Seine.

Monsieur le Président de la République,

Mesdames,

Messieurs,

Depuis que les maîtres du xviiie siècle accrochèrent pour la première fois leurs tableaux aux murs de la place Dauphine, en plein vent, le jour de la petite Fête-Dieu, la tradition s'est perpétuée qu'au mois de mai, les artistes dont la France s'honore, comme pour saluer le printemps et chanter à leur tour la nature qui renaît à la vie, offrent à Paris la fête du vernissage.

Dans ce merveilleux jardin des Champs-Élysées tout sourit, tout est gai alors, et quel cadre enchanteur font autour du palais qui contient les chefs-d'œuvre des maîtres nos grands arbres verdoyants, nos beaux marronniers dont les bourgeons s'entr'ouvrent!

Quel contraste aujourd'hui!

Nous sommes en plein hiver.

Comment se peut-il donc que ce soit une froide journée de décembre que Paris ait choisie pour ouvrir son Palais des Beaux-arts?

Vous en avez deviné la raison :

Un homme dont le nom est désormais lié à l'histoire de Paris et dont le souvenir évoque notre plus profonde gratitude, M. Auguste Dutuit, est mort à Rome au mois de juin, nous léguant ses richesses d'art, mais en précisant que, enfouies un peu partout, à Rouen, près de Rouen, à Paris, au Havre, elles devaient dans un délai très court être réunies et présentées au public.

Avant cette époque, je ne connaissais pas M. Dutuit et ceux qui devant moi avaient pu prononcer son nom s'étaient bornés à cette réflexion :

C'est un original!

De combien grande allure cette originalité qui avait consisté à travailler patiemment, obstinément à amasser, avec le sens artistique le plus sûr, des trésors d'art, dans le but qu'un jour, livrés au public, ils servent à former son goût et à éclairer la marche de ceux qui se consacrent à la recherche du Beau!

Originalité du cœur qui pousse à faire le bien et qui engendre après soi une longue traînée de reconnaissance!

L'esprit de M. Dutuit devait être également ouvert à l'observation et confiner peut-être parfois à l'ironie.

Car il faut que je vous le dise, Monsieur le Président de la République (et dans ma bouche cela ne saurait être banal), il se défiait de l'Administration, se disant que, s'il n'y mettait bon ordre, elle noircirait beaucoup trop de papier avant d'être à même d'ouvrir son musée au public.

Aussi ne nous donnait-il que six mois pour accepter son legs, classer, réunir, transporter et mettre en pleine lumière ses trésors, qui depuis tant d'années avaient dormi dans l'ombre.

Avec un dévouement auquel il m'est doux de rendre hommage et une sorte de coquetterie véritable, mes collaborateurs ont voulu témoigner que l'Administration ne méritait pas toujours les critiques et ils ont tenu à devancer le terme fixé.

20

C'était, au surplus, pour eux, une manière d'honorer la mémoire du bienfaiteur de Paris.

Permettez-moi, Monsieur le Président de la République, à mon tour, de citer ou de répéter devant vous les noms de M. Cain, de M. Brown et de M. Veyrat.

Ceux de M. Duplan, de M. Feuardent et de M. Talbot.

A chacun, à des titres divers, vont mes remerciements, car c'est à leurs efforts, à leur sagacité et à leur bonne grâce que nous devons cette cérémonie et votre présence.

Je voudrais que citer leurs noms devant vous fût pour eux et aux yeux de tous comme le glorieux ordre du jour que leur dévouement justifie.

Qu'ils sachent du moins le cas que nous faisons de leur intelligent concours et l'estime reconnaissante en laquelle nous les tenons.

Avec la collection Dutuit, c'est aussi le musée de la ville de Paris que vous venez d'inaugurer.

Les tableaux que nous possédons, et dont les acquisitions nouvelles vont chaque année accroître le nombre, sont fiers de se trouver dans ce beau palais que le talent d'un grand architecte a édifié.

C'est que, Monsieur le Président de la République, ils ont connu bien des péripéties et, s'ils n'ont rien perdu pour attendre, ils ont du moins longtemps attendu.

Après une hospitalité éphémère au pavillon du cours la Reine, ils avaient pris le chemin de l'exil et avaient dû se réfugier dans les réserves municipales d'Auteuil.

Il y a vraisemblablement pour toutes choses une justice immanente, car les voilà installés désormais ici et salués dès leur arrivée par vous, Monsieur le Président, et l'assistance aussi choisie qu'aimable qui forme votre cortège.

Nous espérons et nous tâcherons que ce musée de la ville de Paris soit un musée nouveau par sa conception, procédant un peu de tous les musées qui sont l'orgueil de Paris, et ne fasse double emploi avec aucun.

Nous nous efforcerons de faire que cette journée, que votre venue marque d'une date, soit une date aussi pour l'art.

Le nom des frères Dutuit la consacrera.

Grâce à eux, notre chère cité, dès ce moment, possède un attrait, un charme, une richesse de plus.

La nouvelle année approche et, sans attendre qu'elle ait sonné, Paris, la maîtresse aimée de tous ceux qui ont au cœur le culte du Beau, a reçu de ces deux amoureux de l'art le don de leurs plus chers souvenirs.

A ce culte, Monsieur le Président de la République, nous vouons aujourd'hui ce petit Palais.

Puisse-t-il devenir de plus en plus le temple où, avec l'hymne éternel de la beauté et de l'art, se chante aussi celui de la reconnaissance!

Un lunch a terminé la cérémonie.

En quittant le Palais, M. le président de la République a exprimé à M. le président du Conseil municipal et à M. le préfet de la Seine toute sa satisfaction.

DEUXIÈME PARTIE

DOCUMENTS RELATIFS AU SERVICE DES BEAUX-ARTS

ANNEXE N° **22.**

——

Organisation administrative du service des Beaux-arts (1844-1903) (1).

————

1844

La division du Secrétariat général et des Beaux-arts (M. Varcollier, chef de division) comprend trois bureaux, dont le premier a pour attributions : secrétariat, personnel et beaux-arts (M. Baudot, chef de bureau).

1848

La première division a pour attributions : beaux-arts, commerce et agriculture, statistique (M. Varcollier, chef de division).

1850

La première division (M. Varcollier, chef de division) comprend cinq bureaux, dont le premier a pour attributions : secrétariat, personnel et beaux-arts (M. J.-B Barbier, chef de bureau).

1852

La première division (même chef) comprend cinq bureaux, dont le premier a pour attributions : secrétariat général, beaux-arts, commerce et agriculture (M. Lefébure, chef de bureau).

1853

Le bureau des Beaux-arts, matériel et fêtes (M. Buffet, chef de bureau) relève du Cabinet du Préfet.

———————

(1) Ce tableau a été dressé par M. Coyecque, sous-archiviste du département de la Seine.

1855

Le Cabinet du préfet (M. Ferrier de Tourettes, chef) a pour attributions : correspondance particulière, beaux-arts, fêtes.

1857

M. Ferrier de Tourettes est remplacé par M. Laurent, premier secrétaire.

1863

Le Cabinet du préfet (M. Laurand, chef) comprend trois bureaux, dont le troisième a pour attributions : beaux-arts, fêtes et réceptions (M. Michaux, chef).

1867

La direction du service des Travaux d'architecture, des Beaux-arts et des Fêtes (M. Baltard, directeur) comprend une section administrative, dont le chef (M. Michaux) dirige le premier des trois bureaux que comporte la section ; ce premier bureau a, entre autres attributions, les beaux-arts, les fêtes et les cérémonies publiques.

1872

La direction des Travaux (M. Alphand, directeur) comprend quatre divisions, dont la première (M. Michaux, chef de division) est divisée en *deux bureaux*, le premier (M. Tisserand, chef de bureau) ayant pour attributions ; beaux-arts, fêtes, musées municipaux, études techniques.

1877

M. Michaux, chef de la première division de la direction des Travaux, dirige le premier bureau (beaux-arts, musée municipal, fêtes et cérémonies publiques, études techniques, travaux historiques), en remplacement de M. Tisserand, nommé inspecteur principal des Travaux historiques.

1879

Le premier bureau de la première division de la direction des Travaux, dirigé par M. Michaux, chef de division, a pour sous-chef M. de Champeaux.

1881

La première division de la direction des Travaux, placée sous les ordres immédiats du directeur M. Alphand, comprend deux bureaux, dont le deuxième, ayant les mêmes attributions que précédemment, a pour chef M. Renaud et pour sous-chef M. Brown.

1883

Création, à la direction des Travaux (M. Alphand, directeur), d'un service des Beaux-arts et des Travaux historiques (M. Renaud, inspecteur en chef), comprenant : 1° un bureau administratif, ayant pour attributions : beaux-arts, expositions, musées d'art, fêtes et travaux historiques (dirigé par l'inspecteur en chef et par M. Brown, sous-chef) ; 2° les services actifs des beaux-arts et des travaux historiques (M. de Champeaux, inspecteur ; M. Bonnardot, sous-inspecteur des Travaux historiques).

1885

Le service des Beaux-arts et des Travaux historiques (M. Renaud, inspecteur en chef), dépendant de la direction des Travaux (M. Alphand, directeur), comprend une première section : Beaux-arts (commandes, concours, expositions, fêtes publiques, conservation et inventaire des objets d'art), M. Brown, chef du bureau administratif ; M. de Champeaux, inspecteur du service actif et technique, qui disparaît en 1887.

1892

Même organisation, sous l'autorité de M. Huet, sous-directeur.

1893

Même organisation, sous les ordres immédiats du préfet.

1897

Service des Beaux-arts, sous les ordres immédiats du préfet, dirigé par M. Brown, inspecteur des Beaux-arts, chef de service.

1903

Même organisation.

ANNEXE N° **23.**

Note pour M. le Rapporteur général du budget du Département (année 1899).

Par note en date du 21 janvier dernier, M. le Rapporteur général du budget du Département a demandé un historique succinct de l'extension progressive du service des Beaux-arts, depuis l'année 1838 jusqu'à l'année 1899.

Voici cet historique :

Origine et progression du service.

Dans l'origine, il n'y avait pas de budget distinct pour les travaux artistiques de la ville de Paris et pour ceux du Département. Mais, toutefois, il résulte de l'examen des budgets antérieurs que, déjà pour l'exercice 1828, figure au budget du Département une somme de 4,000 francs ayant pour objet la décoration artistique des églises du département de la Seine.

On voit également figurer aux budgets suivants, avec une affectation analogue, des crédits variant de 3,000 à 6,000 francs.

De 1838 à 1862, ce crédit varie de 4,000 à 6,000 francs. Il est porté à 10,000 francs en 1863 et ne varie plus jusqu'en 1867. Il convient de constater que, dès 1866, ce crédit de 10,000 fr. n'est plus exclusivement réservé à la décoration des églises et qu'il porte cette rubrique nouvelle : « Restauration, achat ou exécution d'objets d'art ».

A partir de 1868 jusqu'à la présente année, les crédits affectés aux Beaux-arts varient chaque année d'une façon sensible.

En 1868, le Conseil général vote un crédit de 44,374 fr. 51 c. pour « travaux d'art et d'expertise » qui, en 1869, est ramené à 36,447 fr. 31 c. et porté, en 1870, à 37,521 fr. 47 c.

En 1871, le crédit est de 15,000 francs.

En 1872, le crédit est de 25,758 francs.

De 1873 à 1876, il reste fixé à 15,000 francs.

En 1877 et 1878, il est de 20,000 francs, et de 25,000 francs de 1879 à 1883.

En 1884, il est porté à 31,000 francs et, depuis 1886 jusqu'à 1899, à 32,500 francs.

Il y a lieu de remarquer que cette somme est notoirement insuffisante maintenant que de nombreuses mairies nouvelles et de proportions monumentales s'élèvent dans la périphérie parisienne, offrant de vastes surfaces murales pour lesquelles le Conseil général vote, chaque année, d'importantes décorations picturales.

Principales commandes.

En ce qui concerne les principaux travaux artistiques exécutés au moyen des divers crédits ci-dessus énumérés, on citera, jusqu'en 1876, quelques commandes, notamment celle ayant pour objet la décoration du Tribunal de commerce en 1863 et 1864 (Denuelle, Chauvin, Robert-Fleury, Jobbé-Duval, etc.) et de nombreuses copies d'après les principaux tableaux du Louvre pour la décoration des églises de la banlieue suburbaine.

Le système des copies, qui produisait des résultats peu satisfaisants et donnait prise à des critiques justifiées, est complètement abandonné l'année suivante et fait place exclusivement à la commande d'œuvres d'art originales, ayant encore presque toujours pour objet la décoration des édifices religieux.

Parmi ces dernières on peut mentionner :

Un tableau de M. Camille Bellanger pour l'église de Dugny ;
Des décorations de M. Lameire à l'église de Boulogne ;
La décoration du tympan de l'église de Champigny, par M. Chartran ;
Un tableau de M. Rixens pour l'église d'Ivry ;
— M. Benjamin Constant pour l'église de Clichy ;
— M. Desportes pour l'église de Colombes ;
— M. Mathieu pour l'église de Vanves ;
— M. Philippoteaux pour l'église de Montreuil ;
— M. Dupain pour l'église de Maisons-Laffitte ;
— M. Debat-Ponson pour l'église de Pierrefitte ;
— M. Jules Garnier pour l'église de la Courneuve.

En sculpture on citera les commandes faites à MM. Damé et Albert Lefeuvre pour l'église de Clamart ; à MM. Chatrousse, Lafrance, Schoenwerck et Lequien pour le Palais de justice ; à MM. Cabet, Michel Pascal, Maindron, Chapus, Elias Robert, Samson et Carrier-Belleuse pour le Tribunal de commerce.

Monuments commémoratifs.

En 1872 un concours est ouvert pour l'érection, autour de Paris, de monuments commémoratifs de la guerre de 1870 au Bourget, à Épinay, à Bagneux, à Bonneuil, à Châtillon, à Chevilly, à l'Hay, à Champigny.

Il convient de rappeler ici que, dès 1876, une modification sensible s'opère dans le système des commandes, qui s'appliquent déjà plus spécialement à la décoration des édifices civils du Département.

En 1876 M. Bonnat exécute pour le Palais de justice l'importante décoration de la salle des Assises.

21

En 1879-1880 le Conseil général ouvre un concours pour l'érection d'un monument commémoratif de la Défense de Paris. M. Barrias obtient le prix d'exécution de ce monument, qui est'érigé à Courbevoie, au rond-point dit « de la Demi-Lune ».

Concours de peinture.

La décoration picturale des mairies, inaugurée par les travaux commandés en 1877 à M. Oscar Mathieu pour la mairie de Clichy, fait ensuite l'objet de concours successifs ouverts par le Département. En voici l'énumération par ordre chrologique :

1882.	— Décoration de la mairie de	Saint-Maur par M. Baudoin.
1885.	—	Courbevoie par M. Séon.
1886.	—	Pantin par M. Schommer.
1887.	—	Arcueil par M. Baudoin.
1888.	—	Nogent par M. Karbewsky.
1892.	—	Montreuil par M. Bourgonnier.
1893.	—	Bagnolet, par M. P. Vauthier.
1898.	—	Vincennes par M. Maurice Chabas.

D'autre part, des commandes sont faites aux artistes ci-après qui avaient obtenu des primes dans les concours précédents :

1885. — Mairie de Montrouge, M. Chartran.
1885. — Mairie de Saint-Denis, M. Delahaye.
1886. — Mairie de Pantin, M. Lévy.
1887. — Mairie de Pantin, M. Lafon.
1888. — Mairie des Lilas, MM. Bramtot et Vimont.
1893. — Mairie de Maisons-Alfort, M. Debon.
1893. — Tribunal de commerce, M. Delance.
1894. — Mairie de Charenton, M. G. Roussel.
1895. — Mairie d'Alfortville, M. Arus.
1895. — Mairie d'Issy-les-Moulineaux, M. Prouvé.
1895. — Mairie du Perreux (vitrail), M. Caret.
1896. — Mairie de Créteil, M. Simas.
1896. — Mairie de Suresnes, MM. J. Ferry et Michel Lauson.
1897. — Mairie de Vincennes, M. H. Dupray.
1898. — Mairie de Montrouge, M. Schmitt.

Commandes de sculpture.

M. Hercule exécute, en 1892, une statue représentant un marin défendant le drapeau pour Choisy-le-Roi et, en 1896, le même artiste reçoit la commande d'un buste en marbre de la République pour la mairie de Maisons-Alfort.

En 1895, un monument est élevé à Saint-Maurice à la mémoire du peintre Eugène Delacroix. Ce monument est composé d'une stèle, dessinée par M. l'architecte Lequeux, ornée d'attributs modelés par M. Hercule et surmontée du buste de Delacroix, œuvre de M. Dalou décorant le jardin du Luxembourg.

En 1898, M. Camille Lefebvre est chargé d'exécuter un bas-relief en marbre pour la mairie d'Issy-les-Moulineaux et un autre bas-relief en marbre, *la Seine*, est acquis à M. Denys Puech, pour la salle du Conseil du Tribunal de commerce, et le Conseil général acquiert, en outre, à M. Marie Cadoux, une petite figure, *l'Esclave*, destinée à un square de la banlieue.

D'autre part, des vases décoratifs, dont les modèles sont la propriété de la ville de Paris, sont exécutés en bronze pour les nouveaux squares de Clichy (1896) et de Levallois-Perret (1898).

En dernier lieu (1898), un tableau, *le Bois de Meudon*, est acheté à M. Desmarquais en vue de la décoration d'une salle d'un édifice départemental.

Collections artistiques du Département.

Il résulte de l'énumération qui précède qu'en réalité le Département n'a pas, comme la ville de Paris, des collections propres à former un musée, car toutes les œuvres d'art ci-dessus indiquées ont été commandées ou acquises avec une destination spéciale et sont, pour ainsi dire, immeubles par destination.

Attributions administratives du service des Beaux-arts.

Mais, comme, en vertu d'un règlement spécial, le Département, de même que la ville de Paris, exige la production d'études préparatoires en vue des travaux qu'il commande, le service des Beaux-arts possède, de ce fait, une importante collection d'esquisses qui a figuré déjà au musée d'Auteuil et dans le pavillon des collections artistiques des Champs-Élysées et qui retrouvera sa place dans le futur musée permanent des Champs-Élysées.

On peut voir par ce qui précède que, depuis sa création, le service des Beaux-arts est un service essentiellement technique, à la fois municipal et départemental, placé sous l'autorité immédiate du préfet de la Seine, centralisant dans ses attributions toutes les commandes et acquisitions ayant trait aussi bien aux édifices départementaux dans Paris et *extra muros* qu'aux édifices municipaux, et ayant comme annexe une Commission administrative composée d'artistes peintres, sculpteurs, architectes et graveurs, appelée à donner son avis sur les commandes de travaux d'art, à en surveiller l'exécution et à procéder à leur réception définitive.

Inventaire général des œuvres d'art.

On complétera ce rapide historique en rappelant que, par délibération du Conseil général de la Seine du 2 février 1876, le service des Beaux-arts a été chargé de publier l'inventaire et le catalogue des œuvres d'art qui sont la propriété du département de la Seine.

Ce travail, déjà ancien, et qui aurait besoin, par suite, d'une réédition si le service disposait d'un crédit spécial à cet effet, comprend déjà trois volumes : l'un consacré à l'arrondissement de Saint-Denis, l'autre à l'arrondissement de Sceaux, et le troisième aux édifices départementaux situés dans Paris et hors du département de la Seine.

Paris, février 1899.

ANNEXE N° **24.**

Composition de la Commission des beaux-arts depuis 1858 jusqu'en 1903 (1).

1858

MM. Mérimée, Frémy, de Nieuwerkerke, de Mercey, Duret, Hittorff, l'abbé Coquand, Foucher (Victor), Eck, Picot, Gatteaux, Flandrin (Hippolyte), Cogniet (Léon), Michaux, *secrétaire*.

1859

Pas de changement.

1860

En plus des précédents : MM. Delaborde, Baltard.

1863

MM. Mérimée, de Nieuwerkerke, l'abbé Coquand, Foucher (Victor), Eck, Flandrin (Hippolyte), Baltard, Courmont, Jouffroy, Fleury (Robert), Martinet, Signol, Merruau, Gilbert, Chaix d'Est-Ange, Lesueur, Ségaud, Michaux, *secrétaire*.

1864

En plus : MM. Frémy, Delaborde.
En moins : MM. Eck, Flandrin (Hippolyte), Baltard.

1865

MM. Frémy, de Nieuwerkerke, Cogniet (Léon), Delaborde, Courmont, Jouffroy, Fleury (Robert), Martinet, Signol, Merruau, Gilbert, Chaix d'Est-Ange, Lesueur, de Saulcy, l'abbé Deguerry, le Préfet de la Seine, *président ;* le Secrétaire général, *vice-président ;* Michaux, *secrétaire*.

---

(1) Ce tableau a été dressé par M. Coyecque, sous-archiviste du Département de la Seine.

1866

En plus : MM. Gatteaux, Duban.
En moins : MM. Courmont. Lesueur.

1867

En plus : MM. Lehmann, Gérôme, Guillaume.
En moins : MM. Signol, Merruau.

1868

En plus : MM. Dumont, Forster, Lefuel.
En moins : MM. Jouffroy, Martinet, Gilbert.

1869

En plus : MM. Baltard, Lamy (Eugène).
En moins : M. Frémy.

1872

MM. Gatteaux, Michaux, Martinet, Merruau, Perrin (Émile), Jobbé-Duval, Lehmann, Gérôme, Hesse, Dumont, Guillaume, Cavelier, Duc, Labrouste, Vaudoyer, Bailly, Blanc (Charles). de Longpérier, Delisle, Beulé, Hauréau, Cocheris, le Préfet de la Seine, *président;* Alphand, Baltard, *vice-présidents ;* Tisserand, *secrétaire.*

1873

Pas de changement.

1874

MM. Gatteaux, Michaux, Jouffroy, Signol, Merruau, Perrin (E.), Jobbé-Duval, Gérôme, Dumont, Guillaume, Labrouste, Bailly, de Longpérier, Delisle, Hauréau, Cocheris, Bonnat, Delzant, Ohnet, Dupont (Henriquel), de Chennevières, Clément de Ris, le Préfet de la Seine, *président;* Alphand, Duc, *vice-présidents :* Tisserand, *secrétaire.*

1875

En plus : MM. Viollet-le-Duc, Baudry, Dubois, du Sommerard, Magne,
En moins : MM. Merruau, Gérôme, Dumont, Ohnet,

1876

En plus : MM. Cavelier, Cabanel, Chapu.
En moins : MM. Gatteaux, Labrouste, Baudry.

1877

En plus : MM. Beudant, Hébert, Reiset, Ballu, Davioud.
En moins : MM. Signol, Delzant.

1878

En plus : M. Thomas.

1879

En plus : MM. Gréard, Huet, le Secrétaire général, *vice-président*, avec MM. Alphand et Bailly.
En moins : M. Jobbé-Duval.

1880

COMMISSION DES BEAUX-ARTS ET DES TRAVAUX HISTORIQUES.

En plus : MM. de Ronchaud, Barbet de Jouy, de Rozière.
En moins : MM. de Chennevières, Reiset.

1882

COMMISSION DES BEAUX-ARTS.
(Réorganisée en vertu de l'arrêté du 10 février 1881.)

MM. Bailly, Dubois, Hébert, Ballu, Laurens (Jean-Paul), Lavastre, Falguière, Dalou, Lisch, François, Chaplain, Liouville, le président du Conseil municipal, le directeur des Travaux, le directeur du Cabinet et du Personnel ; six membres du Conseil municipal : MM. Hattat, *vice-président*, Collin, Cernesson, Vauthier, Boll, Delhomme ; le Préfet de la Seine, *président ;* le Secrétaire général, *président* en remplacement du Préfet ; Renaud, *secrétaire ;* Brown, *secrétaire-adjoint.*

1883

En plus : MM. Crauk, Bracquemond.
En moins : MM. Dubois, François.

1884

En plus : MM. l'inspecteur en chef des Beaux-arts et des Travaux historiques (des Beaux-arts seulement à partir de 1896), de Champeaux, *adjoint avec voix consultative*.

1885

Pas de changement.

1886

En plus : MM. Puvis de Chavannes, Vaudremer.
En moins : M. le directeur du Cabinet et du Personnel.

1887

En moins : MM. Vauthier, de Champeaux.

1888

Pas de changement, en dehors de la disparition des six membres du Conseil municipal.

1889 et 1891

Pas de changement.

1892

En plus : MM. Baudouin (Paul), Aubé, Ginain.
En moins : M. Bailly.

1893

Pas de changement, M. Lisch, *vice-président*.

1894

En moins : MM. Lavastre, Liouville.

1895

En plus : M. l'inspecteur général des services municipaux d'Architecture.
En moins : M. le président du Conseil municipal.

1896

En moins : M. Renaud, sous-inspecteur en chef des Beaux-arts et des Travaux historiques, remplacé comme *secrétaire* par M. Brown, inspecteur des Beaux-arts.

1897

Pas de changement.

1898

En plus : MM. le directeur administratif de la Voie publique, des Eaux et égouts ; le directeur des services municipaux d'Architecture, et des Promenades et plantations ; le directeur des Affaires départementales : Veyra et Bourgeois, *secrétaire* et *secrétaire-ad,oint*.
En moins : MM. Ginain et l'inspecteur général des services municipaux d'Architecture.

1899

En plus : M. Formigé.

1901

En plus : MM. Bonnat, Barrias, Daumet, Jacquet, Waltner, Sirouy.

1902

En plus : M. le directeur administratif des Travaux.
En moins : MM. Falguière, le directeur administratif de la Voie publique et des Eaux et égouts.

1903

Membres de droit : MM. le Préfet de la Seine, le Secrétaire général, le directeur administratif des Travaux, le directeur des services municipaux d'Architecture et des Promenades et plantations, le directeur des Affaires départementales, l'inspecteur chef du service des Beaux-arts.
Membres nommés par l'Administration : MM. Laurens (J.-P.), Baudouin (P.), Carolus Duran, Bonnat, Barrias, Crauk, Aubé, Lisch, Dannet, Vaudremer, Formigé, Chaplain, Braquemond, Waltner, Jacquet, Sirouy, N...
Bureau : MM. le Préfet de la Seine, *président* ; Lisch, *vice-président* ; Veyral, *secrétaire* ; Bourgeois, *secrétaire-adjoint*.

ANNEXE N° **25.**

Extrait des procès-verbaux des séances du 16 mars et du 23 mars 1887 (1).

Séance du 16 mars.

DÉCORATION PICTURALE DE L'HÔTEL DE VILLE. — RENVOI A LA PROCHAINE SÉANCE DE LA SUITE
DE LA DISCUSSION.

L'ordre du jour appelle la discussion du rapport présenté par M. HATTAT au nom de la
5ᵉ Commission, dans la séance du 19 juillet 1886, sur la décoration picturale de l'Hôtel de Ville.

Ce rapport a été imprimé et distribué.

M. HATTAT, rapporteur. — Messieurs, en 1884, la Commission administrative des beaux-
arts fut saisie par M. Ballu, architecte en chef de l'Hôtel de Ville, d'un projet pour la décoration
picturale du palais municipal.

Cet avant-projet ne pouvait être considéré que comme une simple indication destinée à nous
guider, à nous éclairer pour l'ensemble de la décoration du monument. C'était, nous sommes
en mesure de l'affirmer, la pensée de l'éminent architecte.

Mais jamais il n'entra dans son esprit l'idée d'imposer son programme, le choix des artistes
et des sujets. Responsable devant vous, responsable devant l'opinion publique, chargé de la
direction générale de tous les travaux de l'édifice, n'était-il pas logique, n'était-il pas conforme
au bon sens qu'il fît connaître ses desiderata et ses vues, afin d'assurer l'unité désirable à une
œuvre dont il avait assumé tout le poids ?

La Commission administrative des beaux-arts, je tiens à insister sur ce point, ne crut pas
devoir prendre de délibération sur l'avant-projet de M. Ballu. La question reste donc entière
et le Conseil, qui n'est nullement engagé, reste maître absolu de ses décisions.

---

(1) J'ai tenu à donner en entier la discussion devant le Conseil municipal sur la décoration picturale de l'Hôtel de
Ville en raison de l'intérêt que cette discussion présente.

22

Pour prendre ces décisions, quelles sont les considérations qui doivent nous inspirer ? Ici, Messieurs, je suis obligé de vous présenter quelques observations préliminaires.

On a beaucoup parlé des sujets qui doivent être choisis pour la décoration picturale de l'Hôtel de Ville. Et, à ce propos, on s'est particulièrement élevé contre l'abus des plafonds, des légendes, des compositions allégoriques tirées de la mythologie, contre les réminiscences inspirées du Moyen-âge et de l'époque scolastique.

Je suis tout prêt à le reconnaître, ces critiques ont quelque chose de fondé et, personnellement, je serais heureux de voir délaisser un peu ces formules idéales qui ne synthétisent ni les tendances, ni les idées modernes.

Les murs de l'Hôtel de Ville ne doivent-ils nous parler que de la Révolution française, que du siège de 1871, que des scènes de la vie municipale, telle qu'elle se passe de nos jours? Certes, ces sujets ont droit de cité dans le palais communal ; mais ne serait-il pas exagéré, contraire aux intérêts de l'art, contraire à la bonne harmonie de la décoration générale d'un monument aussi grandiose que l'Hôtel de Ville, de s'en tenir exclusivement à cette réalité ?

D'ailleurs, et c'est là un argument décisif, toutes les parties du monument ne se prêteraient pas à de pareilles compositions qui, le plus souvent, pour être traitées à l'aise, nécessitent de vastes panneaux.

C'est sous l'empire de cette préoccupation que M. Ballu avait proposé les sujets suivants : pour l'escalier d'honneur « la Paix », pour le premier salon sur le quai « les Sciences », pour le deuxième salon « les Arts », pour le troisième salon « les Lettres »; pour la galerie reliant les trois salons, des sujets ayant trait aux premières découvertes: pour le salon d'angle du quai et la façade Lobau, des scènes de la vie d'Étienne Marcel; pour la grande salle à manger, les fêtes de la nature : « la Chasse, la Pêche, la Vendange, la Moisson, la Cuisine, le Dessert, la Céramique, l'Orfèvrerie »; pour la bibliothèque du Conseil municipal, des sujets se rapportant à Paris, etc.

Toutes ces propositions sont-elles également justifiées ?

On peut évidemment en critiquer quelques-unes, mais nous pensons que ce serait une faute grave que de vouloir bannir de l'Hôtel de Ville tel ou tel genre, tels ou tels sujets de peinture ; tous peuvent y figurer, à la condition qu'ils soient appropriés à leur milieu, aux dimensions, aux formes des surfaces et aux effets de lumière.

Cette manière de voir n'est pas seulement la nôtre, c'est aussi celle de M. Strauss. Dans la séance du 17 mars 1884, notre collègue a déposé la proposition suivante :

« La 5e Commission est invitée à mettre immédiatement à l'ordre du jour de ses travaux l'étude d'un projet de décoration artistique qui, sans répudier aucun genre, fasse à l'histoire de Paris et de la Révolution française la part qui lui convient. »

Nos conclusions, vous le voyez, donnent absolument satisfaction à M. Strauss, et sa proposition est, en définitive, adoptée par votre 5e Commission.

Il nous reste à examiner le point le plus délicat de notre tâche, nous voulons parler de la question d'exécution.

Nous nous trouvons en présence de trois systèmes :

1° Le « concours libre », préconisé par M. Hovelacque, dont la proposition a été reprise par M. Réty ;

2° Le concours dans les conditions où le Conseil municipal l'a pratiqué jusqu'à ce jour ;

3° Enfin la commande directe aux artistes.

Comment MM. Hovelacque et Réty comprennent-ils ce que l'on a appelé le « concours libre » ?

Le texte de leur proposition joint à mon rapport vous l'expliquera ; mais, en résumé, les concurrents font choix eux-mêmes des surfaces qu'ils souhaitent décorer ; ils font choix du sujet qui leur paraît le mieux convenir à l'emplacement. A une époque indiquée, ils viennent offrir leurs esquisses au Conseil et celui-ci, libre de tous engagements, traite, ou non, pour l'exécution définitive.

Tout en se montrant partisan du système proposé par M. Hovelacque, M. Vaillant le restreint pour ainsi dire. Tandis que M. Hovelacque laisse une grande latitude aux concurrents pour le choix des sujets, M. Vaillant veut que toutes les compositions soient réservées aux divers actes de la vie des citoyens, aux faits réels de l'histoire de Paris, et spécialement de la période révolutionnaire.

Nous avons déjà démontré plus haut, — nous l'espérons du moins, — comment une pareille conception était inapplicable à certains salons de l'Hôtel de Ville. Sans insister davantage, nous nous bornerons à passer en revue les diverses objections qu'ont soulevées ici le concours en général — et en particulier « le concours libre ».

Dans la pensée de MM. Hovelacque, Réty et Vaillant, les artistes devraient, cela va sans dire, produire des esquisses de dimensions restreintes ; mais ces esquisses ne donneront et ne pourront donner qu'une idée imparfaite de l'œuvre.

Le charme d'une ébauche rapide est-il une garantie du mérite de l'exécution définitive ? Nous ne le pensons pas.

Remarquez que, dans nos précédents concours, nous avons exigé des artistes primés lors de la première épreuve un morceau de peinture grandeur d'exécution, de manière à juger et de sa capacité et de l'effet produit. Montrerez-vous la même exigence à l'égard des peintres qui prendraient part au « concours libre » ? Vous ne le sauriez ; ce serait leur imposer une dépense devant laquelle beaucoup reculeraient.

Ce système serait-il favorable à l'unité, à l'harmonie que doit présenter la décoration picturale de l'Hôtel de Ville ? Assurément non.

Chaque artiste, ayant la faculté de faire son choix dans l'état des surfaces, se décidera naturellement pour les emplacements placés dans les meilleures conditions au point de vue de la forme, de l'espace et de la lumière : les autres seront délaissés. Vous aurez ainsi, d'une part, abondance et même surabondance de projets, et, d'autre part, disette absolue.

Enfin, si la proposition de M. Hovelacque était adoptée, vous risqueriez d'engendrer des réunions étranges, des juxtapositions bizarres La même salle pourrait être décorée par des peintres de tempéraments les plus opposés. Ce serait, permettez-moi de vous le dire, livrer notre Hôtel de Ville à l'inconnu.

La 5e Commission repousse donc d'une manière absolue l'idée du « concours libre ». Il y a plus, nous estimons que le concours, comme nous l'avons pratiqué jusqu'à présent, ne doit pas être adopté pour la décoration picturale de l'Hôtel de Ville.

· Le nombre et la variété des emplacements, leurs formes, les effets de lumière, la multiplicité des aspects sont tels que le concours introduirait dans l'ensemble des éléments disparates dont les conséquences seraient funestes.

Le concours a encore un autre inconvénient, et non des moins graves.

Lors des précédents essais, presque tous nos grands artistes se sont abstenus : quelques-uns, parce qu'ils réprouvaient un programme qui ne répondait pas à leur conception; la plupart, parce qu'ils n'ont pas voulu risquer leur réputation et soumettre à une expérience publique, sur la production d'une simple esquisse, leur talent consacré par des œuvres antérieures.

Il en serait de même, croyez-le, si le concours était adopté pour les peintures de l'Hôtel de Ville : nous nous trouverions ainsi privés de la collaboration de ceux-là mêmes qui seraient le plus dignes de décorer le palais municipal.

Quelles conclusions tirer des arguments qui viennent d'être présentés, si ce n'est que le Conseil, pour éviter tout aléa, tout inconnu, tout danger, a le devoir, en adoptant un plan de répartition raisonné, d'imprimer une direction générale à cet important travail, afin d'assurer l'unité et l'harmonie qui lui sont indispensables ?

Pour assurer cette direction, la meilleure méthode est à nos yeux la commande directe aux artistes. Vous serez appelés à juger leurs esquisses : vous pourrez les modifier, les changer à votre guise, jusqu'à ce qu'elles remplissent les conditions requises. Pouvez-vous obtenir ce résultat avec le concours? Non, puisque le programme imposé lie tout le monde, et que personne n'a le droit de s'en écarter.

On craint qu'avec les commandes directes on n'arrive à favoriser telle ou telle école.

Rien de moins fondé : d'abord, Messieurs, est-ce que vous ne serez pas toujours maîtres de vos décisions? Est-ce que vous n'aurez pas à vous prononcer en dernier ressort sur la répartition des emplacements, le choix des sujets, les noms des artistes?

Pour nous, ce que nous désirons, ce que le Conseil, j'en suis certain, désire avec nous, c'est que toutes les écoles, sans restriction aucune, soient représentées dans le palais municipal; on devra y trouver comme un reflet des diverses productions de l'art moderne.

Telles sont les considérations qui ont guidé votre 5e Commission, et c'est après avoir longuement examiné, longuement discuté la question que, restant sur le terrain des principes, nous venons vous soumettre le projet de délibération suivant :

« Article premier. — Les commandes de peinture pour la décoration de l'Hôtel de Ville seront faites directement aux artistes.

M. Réty. — Par qui?

M. Hattat, rapporteur. — Par le Conseil. M. Réty, je l'espère, n'a jamais pensé que la 5e Commission réclamerait pour elle cette désignation.

Je continue :

« Art. 2. — Des sujets se rattachant à l'histoire de Paris, à l'affranchissement des communes, à la vie d'Étienne Marcel et aux grands événements de la Révolution seront imposés pour toutes les surfaces verticales présentant un développement suffisant.

« Art. 3. — La répartition des surfaces, le choix des sujets, les noms des artistes, le prix alloué pour l'exécution de chacune des commandes, seront ultérieurement arrêtés par le Conseil, sur le rapport de sa 5ᵉ Commission.

M. Maurice BINDER. — La Commission s'opposerait-elle à ce que certains emplacements fussent réservés pour être donnés au concours?

M. HATTAT, rapporteur. — Dans le projet de rapport de M. Ballu, il n'est pas question de la salle du Conseil.

Si le Conseil veut qu'elle reçoive une décoration picturale, je ne m'opposerai pas, pour ma part, à la mise au concours; car notre salle des séances est indépendante du reste de l'Hôtel de Ville.

Les observations de la 5ᵉ Commission ne visent que l'ensemble de l'édifice dans lequel l'harmonie doit régner.

M. DESPRÉS. — Le plafond de la salle du Conseil exclut des peintures sur les murs.

M. HATTAT, rapporteur. — Le Conseil est libre d'en ordonner la décoration.

M. DESPRÉS. — Il ferait une bêtise. (*Bruit.*)

M. STRAUSS. — Messieurs, j'ai été profondément étonné d'entendre, au début de cette discussion, le rapporteur de la 5ᵉ Commission faire l'apologie du passé. M. Hattat a plaidé les circonstances atténuantes en faveur de l'avant-projet de M. Ballu, avant-projet qui, en 1884, avait excité une grande émotion. Et je m'étonne qu'il ne soit pas allé plus loin et qu'il n'ait pas dit que l'architecte en chef de l'Hôtel de Ville était désigné pour mener à bien la décoration picturale et en assumer la responsabilité.

M. HATTAT, rapporteur. — J'ai dit que l'architecte en chef était seul responsable devant l'opinion, et qu'il avait le droit et le devoir de nous présenter un projet; je n'ai fait aucune apologie.

M. STRAUSS. — Je retire le mot apologie, puisqu'il excite vos susceptibilités, mais je maintiens que vous avez plaidé les circonstances atténuantes pour le projet de M. Ballu.

Il ne s'agit pas, d'ailleurs, de rechercher si M. Ballu avait le droit de présenter un projet, mais bien de savoir si, comme il le prétendait dans une note de 1884, il était seul responsable et si l'Administration était investie du droit de régler la décoration de l'Hôtel de Ville.

Lorsqu'en 1884 j'ai déposé ma proposition, lorsque M. Hovelacque formulait la sienne, on avait annoncé — on l'a démenti depuis — que les travaux à exécuter étaient déjà distribués.

C'est une vieille querelle sur laquelle je ne veux pas insister.

M. HATTAT, rapporteur. — Vous savez qu'il y a eu un second avant-projet de M. Ballu.

M. STRAUSS. — Je le connais et l'ai même discuté avec M. Ballu devant la 5ᵉ Commission.

On trouvait dans cet avant-projet une distribution du choix des sujets, une attribution aux artistes, une estimation des dépenses.

Je ne veux pas m'occuper du droit de l'architecte; mais une question se posait, celle de savoir si le Conseil ne devait pas reprendre et mener à bonne fin le projet de décoration de l'Hôtel de Ville.

Aujourd'hui, vous nous apportez des conclusions conformes à cette thèse. Je regrette seulement — et ici je m'adresse non à M. le Rapporteur, mais à la Commission ou à l'Administration — je regrette, dis-je, qu'on ait mis trois ans à nous saisir de la question de principe, étant donné que cette décoration ne peut, d'après M. Ballu lui-même, être achevée dans un délai inférieur à sept années.

Nous espérions qu'elle serait complètement terminée pour le centenaire de 1889 ; nous ne pouvons conserver maintenant une telle illusion.

Que la responsabilité de cette situation remonte à l'Administration ou à la 5e Commission, peu m'importe. Je tenais seulement à manifester mon profond regret de ce retard, survenu malgré nos vives sollicitations pour une solution rapide.

J'en arrive aux observations de M. Hattat relatives au choix des sujets.

M. le Rapporteur, avec beaucoup de douceur et de modération, comme toujours, a montré que ce choix n'avait pas été inspiré par les idées que nous avions combattues ; qu'on avait admis tous les genres et tenu compte de notre critique sur le trop grand nombre des surfaces plafonnées.

Ce n'est pas cette abondance de surfaces plafonnées que nous avons critiquée, car elle résultait d'une situation de fait que nous devions accepter. Nous ne nous sommes plaints que de l'exclusion des faits concernant l'histoire de Paris, les événements de la Révolution, tout ce qui concerne la vie morale et matérielle du Paris contemporain.

Je sais qu'on répondait : On veut faire des allégories et les interpréter dans le sens le plus naturaliste. Vous avez voulu établir tout à l'heure que nos craintes avaient été mal fondées.

Lors de la divulgation du premier avant-projet soumis à la Commission des beaux-arts, pourquoi ni M. le directeur des Travaux, ni aucun autre membre de l'Administration, ne m'a-t-il opposé une fin de non-recevoir?

Je me rappelle avoir donné lecture de ces sujets allégoriques dans la séance du 17 mars 1884. En voici quelques-uns : les fêtes de Mars et de Cérès, la poésie, la musique, la danse, les méditations et les inspirations, les quatre éléments, les quatre points cardinaux, etc., etc.

M. HATTAT, rapporteur. — Pourquoi parler de cet avant-projet, puisqu'il n'est pas en discussion ?

M. STRAUSS. — J'affirme que cet avant-projet existait.

M. HATTAT, rapporteur. — Il y a un avant-projet qui est signé ; vous n'avez qu'à vous occuper de celui-là.

M. STRAUSS. — C'est un deuxième avant-projet qui a été complètement remanié. A cette époque, le *Moniteur des arts* avait publié le détail complet du projet, tel qu'il était soumis à la Commission des beaux-arts.

M. Hattat, rapporteur. — Je vous répète qu'il n'est plus question de ce projet ; quel intérêt dès lors y a-t-il à s'en occuper ?

M. Strauss. — J'ai bien le droit d'incriminer ceux qui, en 1883 ou en 1884, ont eu la pensée de décorer l'Hôtel de Ville de la façon indiquée dans le premier projet. On ne peut nier qu'alors l'allégorie nous dominait et débordait de toutes parts.

De violentes protestations se sont produites. Et c'est parce qu'on a senti qu'il y avait une majorité hostile qu'on a reculé et toujours ajourné l'affaire. Et déjà les artistes travaillaient ; ils avaient reçu des commandes officieuses.

Certes, je ne m'en prends pas aux personnes malheureusement disparues. Je m'en prends à M. le directeur des Travaux et à M. le Préfet de la Seine, seuls responsables.

Voilà donc ce qu'on voulait faire et ce qu'on n'a pu faire avec la complicité du Conseil.

On dit qu'il n'est pas possible, pour les voussures, pour les tympans, de demander des décorations historiques.

Il est certain qu'il doit être apporté certains tempéraments dans le choix des sujets. Mais ce n'est pas une raison pour rejeter tous les sujets se rattachant à l'histoire de Paris, et d'autres concernant le présent. J'ai eu l'honneur de citer plusieurs de ces sujets, tels que les Halles, la Seine, le pavage en bois, un retour des courses, le marché aux fleurs, etc., et cette nomenclature a prêté à l'hilarité.

Mais je ne m'en défends point, je ne la regrette pas et je persiste encore aujourd'hui dans les vues que j'avais, à cette époque, développées à la tribune.

Je crois encore aujourd'hui que, si pour certaines voussures, pour les tympans, il peut être intéressant de faire appel aux sujets allégoriques, ces sujets doivent, d'une façon générale, n'être admis que comme complément et figurer en seconde ligne dans l'ensemble de la décoration, car ils sont manifestement en contradiction avec les tendances artistiques contemporaines.

Je sais bien, Monsieur le Rapporteur, que vous êtes actuellement de cet avis ; nous sommes donc d'accord, tant mieux ! Mais certaines paroles du début de votre discours avaient éveillé mon attention et j'ai cru nécessaire d'entrer dans les explications que je viens de vous soumettre.

J'arrive maintenant au troisième point soulevé par le rapport ; je veux dire le procédé à employer pour réaliser la décoration picturale de l'Hôtel de Ville.

Certains de nos collègues considèrent le concours, en matière artistique, comme étant un principe. J'ai le regret de ne pas être de leur avis.

Le concours soulève d'abord une objection pratique. Lorsqu'on veut décorer de vastes salles où se trouvent à la fois des panneaux verticaux, des voussures et des tympans, des plafonds, il est bien évident que le même artiste ne peut être chargé de la décoration entière de chaque salle ; cela étant, il faut s'arranger de façon à établir entre les différents sujets confiés à divers artistes une harmonie absolument nécessaire ; il faut, en un mot, avoir un plan d'ensemble.

Or, si nous confions ces travaux à des lauréats de concours, il est à craindre que le plan d'ensemble ne puisse être réalisé, que l'on se heurte à l'impossibilité d'exercer la direction utile, indispensable, sans laquelle il n'y aurait dans cette grande œuvre de la décoration picturale de l'Hôtel de Ville que manque d'harmonie et de symétrie.

M. le Rapporteur a, de son côté, fait ressortir les inconvénients qu'il y aurait, par le fait du concours, à se trouver privé des œuvres des représentants les plus illustres de l'art. M. le Rapporteur a parfaitement raison. Il est certain que peu de maîtres illustres consentiront à s'exposer à l'aléa du concours. En supposant même qu'ils viennent à ce concours, il ne faut pas oublier la différence qui existe entre une simple esquisse et la réalisation complète d'un sujet.

Or, nul n'ignore que tel débutant capable de faire une belle et attrayante esquisse peut fort bien manquer du souffle nécessaire et du coup de patte indispensable pour mener à bien la réalisation de sa conception.

L'histoire des concours prouve suffisamment ce que j'avance. Certains grands artistes ont peut-être été mis en lumière par des concours, mais ils ne sont pas nombreux. Qui de vous ne connaît cet épisode de la vie d'Eugène Delacroix : En 1849, je crois, ce grand artiste fut battu, dans un concours, par M. Vinchon, peintre fort respectable, d'ailleurs, et membre de l'Institut, mais qui ne laissera vraisemblablement pas, dans l'histoire de l'art, une trace aussi glorieuse que son illustre concurrent.

Le concours risque non seulement de nous faire perdre le bénéfice des concurrents de premier ordre dont nous avons besoin, mais encore de se retourner contre ceux qui y prendront part. L'exemple de Claude Bernard, dans l'ordre scientifique, confirme celui de Delacroix dans l'ordre artistique. Il montre qu'une seule épreuve n'est pas suffisante toujours pour permettre d'apprécier le mérite d'un homme.

M. LEVRAUD. — Et Courbet, éliminé de partout, et Dalou !

M. STRAUSS. — Parfaitement : ces exemples sont très topiques. S'il s'agissait d'un concours de sculpture, Dalou éprouverait probablement quelque appréhension à entrer en lice avec d'autres artistes ; s'il a émergé grâce à un concours, il n'a pas eu à se louer d'autres épreuves, en dépit de son grand talent.

Si, d'autre part, le concours peut se justifier pour un objet unique, il n'en va plus ainsi quand il s'agit d'interpréter la pensée d'une assemblée.

En ordonnant le concours, vous renoncez par avance au bénéfice de l'influence que vous avez le droit d'exercer. Car, dans le jury du concours, vous n'entrez que pour un tiers, les deux autres tiers étant formés par l'élément artistique et par l'élément administratif. Etes-vous bien certains que, dans ces conditions, votre idéal en matière d'art triomphera au sein du jury? Ce serait donc pour vous une diminution d'influence, une renonciation à votre autorité, un recul véritable que d'instituer le concours quand il s'agit de synthétiser vos aspirations et celles de la démocratie républicaine.

Le choix des sujets a, lui aussi, une importance capitale, qui ne s'allie pas avec le concours, même libre, préconisé par M. Hovelacque.

Ne croyez-vous pas qu'il est plus facile d'atteindre le même but par le concours sur titres?

Renseignez-vous sur la valeur des artistes à l'aide de leurs antécédents, de leurs œuvres précédemment exposées. Vous avez là les éléments de votre jugement. Mais une épreuve éphémère, qui peut trahir l'effort de l'artiste, ne sera pas la représentation exacte de son talent.

Le concours qui n'a pas lieu après examen des titres des concurrents est une sorte d'élimination à rebours, puisque vous écartez de prime abord les plus éminents, les plus grands parmi les artistes contemporains, ceux qui ne veulent pas prendre part à l'épreuve unique.

Messieurs, je pense que lorsqu'il s'agit de l'Hôtel de Ville, de la maison commune de Paris, l'idée maîtresse qui doit guider le Conseil, diriger les élus de la cité, ne peut pas être de se laisser dominer par un prétendu principe; mais que nous devons, au contraire, avoir le souci de créer — le mot a été dit — une sorte de Panthéon artistique, un résumé brillant de l'état de l'art contemporain.

C'est pour la décoration, pour l'embellissement de cette maison commune que nous devons faire largement appel à nos artistes les plus illustres.

C'est ainsi, Messieurs, que partout on a fait dans le passé. C'est par ces moyens qu'ont été formés ces monuments célèbres qui sont la gloire des cités et des nations.

Les représentants des peuples, les princes, les magistrats, les mandataires des collectivités n'ont pas fait de concours; ils sont allés aux grands artistes de leur époque, et ont pu ainsi créer des monuments admirables qui ont fait notre éducation et ont tant contribué à créer cet état supérieur de civilisation.

Enfin, Messieurs, les concours de ces derniers temps ne nous ont pas toujours donné des résultats aussi remarquables qu'on aurait pu le désirer; certes, il y a eu des exceptions brillantes, je tiens à le constater, mais l'ensemble prête encore trop à critique pour que le concours doive devenir notre règle absolue; et, si je n'étais retenu par la camaraderie et par la crainte de froisser des artistes estimables, je pourrais vous citer tels monuments, décorés à la suite de concours récents, qui ont, on peut le dire, produit quelque mécompte. (*Assentiment.*)

Messieurs, je crois que le Conseil doit renoncer aux concours pour les décorations artistiques; nous devons abandonner cette pratique, surtout en ce qui concerne l'ornementation de l'Hôtel de Ville.

Vous avez, d'ailleurs, un précédent : pour la sculpture, nos devanciers n'ont pas fait appel au concours.

Ne vous livrez pas à l'inconnu, faites la véritable sélection, celle du concours sur titres.

En résumé, je vous demande, sous réserve de la discussion à intervenir ultérieurement, d'adopter le projet de la Commission, qui donne satisfaction dans une large mesure à nos diverses tendances. Vous avez trop le souci de votre responsabilité pour vous rallier à une autre solution qui ouvre les portes au hasard et risque d'appauvrir l'éclat artistique d'une maison qui nous est chère et qui doit être l'orgueil des Parisiens. (*Très bien! Très bien!*)

M. HOVELACQUE. — Messieurs, M. le Rapporteur vous a donné lecture tout à l'heure de la proposition que j'ai faite il y a trois ans et qui a été reprise par M. Réty.

Je ne la relirai pas; elle se trouve, d'ailleurs, imprimée au cours du rapport. Permettez-moi de vous dire seulement en quelques mots ce que je demande avec le concours libre. A mon avis, le concours libre réunit les différents avantages du concours ordinaire et de la commande directe.

En général je ne fais pas d'éclectisme, mais, si vous voulez me prêter quelques minutes d'attention, j'espère convaincre à la fois les partisans de la commande directe et ceux du concours ordinaire et faire agréer aux uns et aux autres le principe du concours libre.

Je demande d'abord qu'il soit publié par les soins de la 5ᵉ Commission un état des surfaces

23

à décorer. Ces surfaces ne sont pas nombreuses, comme il est facile de s'en rendre compte en visitant les salles qu'il s'agit de décorer.

Je demande en second lieu que les artistes désireux de contribuer à la décoration picturale de l'Hôtel de Ville fassent leurs propositions, et, dans un délai que vous détermineriez, deux, trois ou quatre mois, par exemple, transmettent leurs esquisses pour être soumises à l'examen de la 5e Commission et du Conseil.

Je veux voir, en somme, ce que pensent les artistes; au lieu de leur dire : « Faites ceci ou cela », il vaut mieux, à mon avis, les inviter à émettre leurs idées personnelles.

Pour le choix des sujets, les artistes auront un guide dans les comptes rendus de nos séances qui ont été ou qui seront publiés et que tous peuvent lire. Ils savent que, en principe, nous voulons avoir des scènes de la vie publique, non seulement à Paris, mais de la vie publique moderne en général.

Il est évident que, dans certaines salles, on ne peut penser à placer une décoration empruntée à la peinture historique, mais rien n'empêche le paysage ou tout autre genre de cadrer avec les idées générales qui auront présidé au plan d'ensemble.

Il faut donc laisser aux artistes la proposition des sujets.

Si le sujet qu'un peintre aura choisi ne convient pas, il aura travaillé à ses risques et périls. Il n'est pas nécessaire que l'Hôtel de Ville soit décoré en deux ans. Lorsqu'il le faudra, la 5e Commission nous dira pourquoi telle ou telle conception ne peut être acceptée, et les artistes sauront trouver autre chose, soyez-en certains.

Leur imposer un cadre, leur donner comme une sorte de guide-âne, ne serait digne ni d'eux ni de nous. Je réclame pour eux la plus entière liberté; ils la méritent.

Lorsque la Commission sera saisie de toutes les propositions, elle nous les soumettra; elle y joindra les esquisses produites.

Je ne vois même pas pourquoi des primes ne seraient pas accordées aux auteurs des meilleures ébauches.

M. STRAUSS. — On verra ce que cela coûtera !

M. HATTAT, rapporteur. — C'est le concours sans jury.

M. HOVELACQUE. — Je vous demanderai d'être vous-mêmes le jury.

Je proteste contre ces jurys actuels, dont les artistes se plaignent, et qui sont toujours composés des mêmes personnes. (*Très bien!*)

M. Émile RICHARD. — Ce sont les artistes eux-mêmes qui les nomment.

M. HOVELACQUE. — Lorsqu'un propriétaire veut faire décorer un immeuble, il apprécie, juge et dispose; il est lui-même son propre jury.

M. HATTAT, rapporteur. — Eh bien! c'est ce que nous vous demandons de faire. C'est nous, propriétaires, qui déciderons.

M. HOVELACQUE. — Notre choix, dans les conditions dont vous parlez, ne présenterait pas de garantie suffisante. Même avec le concours tel que je le comprends, il faudra un contrôle ; car nous n'avons pas la science infuse. Ce contrôle, ce sera l'opinion publique.

Les esquisses et projets seront exposés pendant un ou deux mois ; tout le monde pourra les visiter. Nous noterons scrupuleusement les observations et les impressions, et nous en tiendrons le compte qu'il conviendra.

Cela entraînera un retard, c'est possible : ce retard ne m'effraie pas, la décoration de l'Hôtel de Ville en vaut la peine.

J'arrive aux objections que M. le Rapporteur me fait au nom de la Commission, mais pas au nom de l'unanimité de ses membres, je suis heureux de le constater.

M. HATTAT, rapporteur. — Les décisions d'une Commission sont rarement prises à l'unanimité.

M. HOVELACQUE. — Je ne le conteste pas.

Trois objections me sont opposées.

Voici la première, telle qu'elle est formulée au rapport :

« Le charme d'une ébauche rapide est-il une garantie du mérite de l'exécution définitive ? Nous ne le pensons pas. Tel jeune peintre, qui a de l'adresse et du goût, pourra jeter sur la toile une note agréable, attrayante même, et être pris de faiblesse, lorsqu'il se trouvera devant la muraille qu'il lui faudra couvrir de figures proportionnées à la grandeur du monument. »

Eh bien ! Messieurs, nous demanderons à ce jeune peintre qui a de l'adresse et du goût de nous soumettre un morceau exécuté.

M. HATTAT, rapporteur. — Mais alors, c'est revenir au concours.

M. HOVELACQUE. — Pas du tout. Une proposition nous est faite qui ne nous paraît pas suffisamment appuyée : nous demandons la production d'un morceau exécuté. Ce n'est pas le moins du monde organiser un concours. Et les artistes, j'en suis persuadé, se prêteront volontiers à cette mesure, car ils ambitionneront tous l'honneur de participer à la décoration de l'Hôtel de Ville.

M. HATTAT, rapporteur. — Ce concours, de quelque nom que vous l'appeliez, coûtera plus cher que la décoration elle-même.

M. HOVELACQUE. — L'argent de la Ville, en matière de beaux-arts, est souvent dépensé d'une manière déplorable. Nous achetons quelquefois de bonnes œuvres, mais trop souvent aussi de médiocres.

DIVERSES VOIX. — De mauvaises.

M. HOVELACQUE. — Si nous voulons avoir quelque chose de bon, nous devons le payer.

M. le Rapporteur ajoute :

« Remarquez que, dans nos précédents concours, nous avons exigé des artistes primés lors de la première épreuve un morceau de peinture grandeur d'exécution, de manière à juger et de sa capacité et de l'effet produit. Cette obligation, qui ne laisse pas que d'être très lourde, les lauréats peuvent la supporter grâce aux allocations qui leur sont accordées. »

Je le répète, je ne vois pas pourquoi on n'organiserait pas un système de primes, dédommageant les artistes du temps perdu par eux.

Voici la seconde objection :

« Ce système serait-il favorable à l'unité, à l'harmonie que doit présenter la décoration picturale de l'Hôtel de Ville ? Assurément non. »

Tel n'est pas mon avis. Les diverses salles, tout en étant d'un même style général, ne se ressemblent pas et admettront, les unes, une peinture claire, les autres une peinture foncée.

M. le Rapporteur ajoute :

« Chaque artiste, ayant la faculté de faire son choix dans l'état des surfaces, se décidera naturellement pour les emplacements placés dans les meilleures conditions au point de vue de la forme, de l'espace et de la lumière : les autres seront délaissées. Vous aurez ainsi, d'une part, abondance et même surabondance de projets, et, d'autre part, disette absolue. »

Il est certain qu'avec le concours libre, les meilleures surfaces seront demandées les premières, mais, lorsqu'elles seront concédées, soyez-en certains, les autres trouveront encore des artistes prêts à les décorer et heureux de faire des propositions.

Du reste, l'Hôtel de Ville ne sera pas décoré d'un coup, et ce qui n'aura pas été fait un jour le sera le lendemain.

M. le Rapporteur dit encore :

« Enfin, si la proposition de M. Hovelacque était adoptée, vous risqueriez d'engendrer des réunions étranges, des juxtapositions bizarres. La même salle pourrait être décorée par des peintres de tempéraments les plus opposés. Ce serait, permettez-moi de vous le dire, livrer notre Hôtel de Ville à l'inconnu ; ce serait abandonner les garanties que nous avons toujours prises, même pour les concours ordinaires. »

La réponse est fort simple. Quand nous aurons une œuvre sur une muraille, nous n'accepterons pas qu'on place sur la muraille opposée une peinture discordante.

M. HATTAT, rapporteur. — Il y aura à la fois discordance de sujet et de talent.

M. HOVELACQUE. — Non, parce que nous n'accepterons pas la seconde œuvre.

Enfin, en terminant, M. le Rapporteur dit :

« Telles sont les considérations qui ont guidé votre 5e Commission. Et c'est après avoir longuement examiné, longuement discuté la question que, restant sur le terrain des principes, nous venons vous soumettre le projet de délibération suivant. »

Quels sont ces principes ?

M. Hattat, rapporteur. — Ce sont ceux que les différents Conseils ont toujours fixés, à savoir qu'il n'y aurait pas de concours pour les travaux de peinture et de sculpture à exécuter dans l'Hôtel de Ville.

M. Hovelacque. — Quoi ! la commande directe est un principe?

Pour moi, ce système empêche la production possible de chefs-d'œuvre dus à des artistes peu connus.

J'ajoute que la commande directe, même à un artiste illustre, peut amener une déception. Cela s'est vu. Il ne faut pas que cela se revoie, ici au moins.

Avec le concours libre que je propose, je ne pense pas qu'il y ait à craindre de déboires.

Peut-être ne réalisera-t-on pas du premier coup la décoration entière de l'Hôtel de Ville ; mais les crédits dont nous disposons nous permettent-ils de faire tout à la fois ? (Très bien !)

J'espère donc, Messieurs, que le soi-disant principe invoqué par le rapporteur ne sera pas accepté par le Conseil.

Je vous demanderai alors de renvoyer à la 5e Commission l'examen de la discussion qui a lieu en ce moment, afin que la Commission nous présente un nouveau rapport, où il sera tenu compte, à la fois, de la commande directe lorsqu'elle semblera absolument indiquée, du concours ordinaire pour quelques emplacements et, en principe, du concours libre que j'ai proposé.

Pour terminer, je demanderai au Conseil de suspendre, dès maintenant, l'exécution des peintures décoratives d'ordre secondaire. Il est évident, en effet, que ces dernières doivent être conçues d'après les peintures principales qu'elles doivent accompagner. Il est donc impossible de déterminer celles-là avant d'avoir déterminé celles-ci.

M. Hattat, rapporteur. — On a suspendu l'exécution de ces peintures secondaires.

M. Stupuy. — Et l'on a bien fait.

M. Hovelacque. — Je prends acte de la réponse de M. le Rapporteur.

En descendant de la tribune, je prie le Conseil de renvoyer, quand la discussion sera close, toutes les propositions à la 5e Commission, qui devra, pour un nouveau rapport, s'inspirer des idées que vous aurez paru agréer.

M. Maurice Binder. — J'ai demandé tout à l'heure à M. le Rapporteur si, tout en maintenant le principe de la commande directe, la Commission n'y ferait pas quelque exception, en réservant certaines surfaces au concours libre.

Je renouvelle cette question et je veux vous présenter, à ce propos, quelques observations à mon sens indispensables.

Il y a pour moi un juste milieu entre le principe absolu de la commande directe et le principe absolu du concours : c'est un système intermédiaire qui donnerait à la fois satisfaction à la Commission et à M. Hovelacque, système qui donnerait le plus grand nombre de surfaces à la commande directe et qui accorderait aussi quelques-unes au concours.

M. le Rapporteur, pour combattre la mise au concours, n'a invoqué que deux arguments, dont je ne suis guère touché, je l'avoue.

Tout d'abord, il a dit qu'un grand nombre d'artistes s'étaient abstenus aux concours antérieurs.

C'est possible ; mais je ne crois pas que le Conseil puisse se mettre aux ordres de tel ou tel artiste qui n'aura pas jugé bon de se déranger et considéré comme un honneur de décorer l'Hôtel de Ville.

Je crois, en revanche, comme M. Hovelàcque, qu'il y a des peintres peu connus capables d'exécuter de vrais chefs-d'œuvre et qu'il y en a de très célèbres avec lesquels nous pouvons être exposés à de grands déboires.

J'arrive à une partie du rapport de M. Hattat qui m'a frappé par la contradiction qu'elle contient. Le rapporteur, répondant à des arguments de M. Hovelacque, dit :

« Le charme d'une ébauche rapide est-il une garantie du mérite de l'exécution définitive ? Nous ne le pensons pas. »

Ainsi, il estime qu'il est impossible de se prononcer sur une esquisse et, plus loin, M. le Rapporteur vient, à l'appui de sa thèse personnelle, soutenir un système absolument contraire.

Je cite :

« Pour assurer cette direction, la meilleure méthode est à nos yeux la commande directe aux artistes. Vous serez appelés à juger leurs esquisses ; vous pourrez les modifier, les changer à votre guise, jusqu'à ce qu'elles remplissent les conditions requises. »

M. HATTAT, rapporteur. — Quand il s'agit de commandes faites à des artistes de valeur, on est sûr qu'ils savent peindre et leurs esquisses suffisent. Il n'en est plus de même quand il s'agit de débutants. Il n'y a nullement contradiction.

M. Maurice BINDER. — Je vous trouve bien absolu, Monsieur Hattat, et je constate que M. le Rapporteur croit que l'esquisse suffit quand il s'agit d'un grand artiste, et qu'elle ne suffit plus quand il s'agit d'un jeune artiste. J'estime, quant à moi, que les résultats seront presque toujours analogues dans les deux cas.

M. Émile RICHARD. — Vous avez parfaitement raison.

M. Maurice BINDER. — Je me résume, Messieurs, en disant qu'il serait bon de convier tous les artistes qui voudront prêter leur concours à la décoration de l'Hôtel de Ville ; si certaines parties peuvent faire l'objet de commandes directes, soit ! mais il est, ce me semble, par contre, indispensable que certaines surfaces des grandes salles soient mises au concours, et je dépose à l'appui de ces courtes observations l'amendement suivant :

« Le Conseil

« Délibère :

« Que, tout en acceptant pour un certain nombre d'emplacements la commande pour la décoration de l'Hôtel de Ville faite directement aux artistes, une certaine partie des surfaces fera cependant l'objet d'un concours, de façon à permettre à tous les artistes de participer à cette décoration.

« La 8e Commission est invitée à dresser et à soumettre au Conseil la répartition des surfaces qui devront faire, soit l'objet de commandes directes, soit l'objet d'un concours.

« Signé : Maurice Binder. »

M. Vaillant. — Messieurs, j'ai peu d'observations à présenter relativement à la question actuellement en discussion ; la proposition que j'ai déposée suppose, en effet, que, au préalable, le Conseil aura adopté celle que vous a soumise M. Hovelacque ; elle n'est donc, en quelque sorte, qu'un article additionnel à la proposition de notre collègue.

M. Hovelacque vous a suffisamment démontré que le concours libre répond à tous les besoins de décoration de l'Hôtel de Ville. Mais il faut reconnaître que, si nous mettons cette décoration au concours, il ne s'ensuit pas que nous serons toujours nécessairement obligés d'accepter les résultats de ce concours. Le Conseil — je dis le Conseil puisque, dans l'hypothèse du concours, le jury sera supprimé et les choix seront faits définitivement par vous — le Conseil, dis-je, pourra fort bien décider que, dans tel ou tel cas, le concours n'ayant pu donner les résultats qu'il attendait, il attribue la décoration de telle surface à tel artiste qui, par d'autres indices, par des preuves certaines, a montré qu'il était qualifié entre tous pour exécuter cette décoration.

Le libre concours restera la règle, faisant apparaître de nouvelles formules de décoration et suscitant de nouveaux talents. Et c'est cette règle générale dont j'appuie l'adoption.

Si vous admettez cette manière de procéder, il n'y a plus de raison pour que vous vous prononciez en faveur de ce que M. Hattat appelle « le principe » des commandes directes. Ce principe, nous devons l'éliminer, car nous voulons voir disparaître la camaraderie et la faveur. Si la commande directe devenait la règle du Conseil pour l'exécution des œuvres d'art, nous devrions renoncer à réunir dans notre maison commune un ensemble d'œuvres artistiques représentant la manifestation de l'art contemporain dans ses plus fortes inspirations ; nous n'aurions guère, comme pour les achats proposés par la 5e Commission, que l'ensemble des œuvres des camarades et favoris de cette Commission ou de quelques conseillers.

Je pense donc que le Conseil ne peut pas ne pas adopter la proposition de M. Hovelacque.

Quant à ce qui concerne l'ordre des sujets, je pense que nous ne pouvons pas, sans nier le principe des libres concours et de la liberté de l'art, préciser les sujets, entrer dans des détails qui seraient gênants pour l'artiste, annihileraient son initiative et son génie, mais nous pouvons indiquer une direction, dire notamment que nous ne voulons pas que l'Hôtel de Ville soit livré à l'expression d'un art idéaliste ou, pis encore, survivant par la tradition à l'idée qui l'avait évoqué, qu'il soit couvert d'allégories, c'est-à-dire de sujets qui ne correspondent plus à l'idée contemporaine de l'art.

A une époque donnée, toute chose se manifeste d'une façon différente et est vue d'une façon différente par les contemporains. Nul ne niera que l'œil de l'homme de la génération présente voit une chose déterminée d'une façon autre que l'œil de l'homme de la génération suivante.

C'est l'expression artistique de cette réalité contemporaine qu'il importe que chaque génération fixe comme la véritable caractéristique de son génie. C'est donc dans le milieu parisien actuel que les artistes de ce temps qui l'ont le mieux vu et compris doivent chercher pour la décoration de l'Hôtel de Ville les faits contemporains qui représentent le mieux la vie du peuple parisien sous toutes les formes.

Et c'est cette expression artistique qui restera comme le témoignage vrai de l'art de notre génération ; c'est elle que nous devons rechercher dans la décoration picturale de notre Hôtel de Ville.

Pour arriver à ce but, il est évident qu'une indication en tant que direction générale doit être donnée aux artistes ; à ce point de vue donc, ma proposition est le complément nécessaire de celle de M. Hovelacque.

M. le Rapporteur dit que ce que je demande, c'est que les sujets imposés aux artistes soient la reproduction des faits historiques et de la période révolutionnaire. M. le Rapporteur se trompe. Je propose précisément de restreindre le nombre de ces sujets. Nous devons leur donner une place, mais dans la seule mesure où la reconstitution artistique des faits historiques est possible par une documentation suffisante.

La restauration artistique d'un fait ancien peut fort bien, faute de documents nécessaires, se présenter dans de mauvaises conditions ; et de nouvelles et ultérieures découvertes de documents relatifs au sujet traité peuvent fort bien faire de ces tableaux de véritables contresens, de nature à dérouter le spectateur et, par contrecoup, à diminuer inévitablement l'effet esthétique.

Ceci suffirait à montrer combien restreinte doit être la part à attribuer aux faits du passé sur tant de points, à laisser plutôt aux artistes d'un avenir qui serait mieux préparé à les rendre sous leur vrai jour historique et artistique.

Il y a là une sélection nécessaire.

Par conséquent, ce que l'on doit surtout s'attacher à reproduire, ce sont les témoignages de la vie contemporaine, interprétés par un art réaliste serrant la nature, la réalité, le plus possible et suivant la conception de notre temps.

Mais nous n'allons pas décorer immédiatement toutes les surfaces. Nous devons laisser aux générations futures le soin de compléter cette œuvre si nous ne trouvons pas d'œuvres suffisamment excellentes pour achever cette décoration dans un avenir plus ou moins prochain.

Je ne veux pas entrer dans plus de détails. On n'a rien dit jusqu'ici qui contredise ce que je propose. On a fait seulement, en se basant sur l'usage, quelques réserves. Ces réserves sont inutiles, car si l'allégorie a jusqu'ici décoré les plafonds des édifices, il n'est guère douteux que le concours et l'art nouveau ne nous en affranchissent et ne permettent de traiter des effets décoratifs égaux et de valeur supérieure à tous les points de vue.

Aussi, sans insister sur une démonstration inutile, il me suffira d'en indiquer les points principaux résumés dans la proposition dont voici le texte :

« Le Conseil,

« Considérant :

« Que la réalité est l'unique source de vérité, de poésie et d'art ;

« Que les temps du mysticisme et de l'allégorisme sont finis ;

« Qu'au degré de civilisation où nous sommes parvenus toute œuvre d'art doit être l'expression directe de la nature dégagée de tous voiles mystiques et allégoriques, défroque usée du passé ;

« Que la seule réalité que l'artiste puisse exprimer ainsi avec vérité est celle qu'il a vue, sentie et comprise, c'est-à-dire la réalité contemporaine ;

« Que, dans ces limites seules, chaque génération crée l'œuvre originale et lègue le témoignage de son génie aux générations suivantes ;

« Qu'au delà, tout en le marquant de son empreinte, elle ne se meut plus que dans le domaine, héréditairement accru, commun à l'art de tous les âges ;

« Que la décoration de l'Hôtel de Ville n'aura la valeur artistique et historique, l'originalité et le caractère désirables qu'à la condition d'être, avant tout, le tableau réel et vrai de la vie politique, économique et sociale du peuple actuel de Paris, dans le milieu où il s'agite et travaille ;

« Que, si une place doit être réservée à l'histoire de Paris, et spécialement de la période révolutionnaire, ce n'est qu'autant que des documents authentiques et suffisants en permettent la reconstitution artistique ;

« Que, de même, et adaptés au milieu architectural, l'ameublement et l'ornementation de tout ordre ne doivent pas être une réédition du passé, mais l'expression de l'art et du travail contemporains, de l'idée nouvelle ;

« Que, pas plus que la faveur, les récompenses obtenues par les redites d'un art vieilli ne doivent constituer de privilège, motiver une préférence,

« Délibère :

« Au libre concours, ouvert à tous, institué d'après la proposition Hovelacque-Rély, et sous le contrôle du Conseil, le choix des projets et œuvres de décoration, ornementation et ameublement de l'Hôtel de Ville, sera déterminé suivant les idées exprimées par les considérants de la présente délibération. »

M. Hervieux. — S'il est évident que, par le concours, on peut arriver à des résultats aussi bons que par la commande directe, le concours doit être préféré, ne fût-ce qu'au point de vue du Conseil municipal et de la sauvegarde de sa responsabilité morale.

M. Lerolle. — Il ne faut pas avoir peur de la responsabilité.

M. Hervieux. — Pour prétendre que le concours ne donnerait pas de résultats aussi bons que la commande directe, M. le Rapporteur fait valoir trois arguments.

Le premier se résume ainsi : Si vous admettez le concours, vous serez obligés de vous en rapporter à des esquisses réduites. Or, tel peintre qui peut faire une esquisse séduisante sera pris de défaillance au moment de l'exécution.

Eh bien, Messieurs, ce système est démenti par l'expérience des faits.

Il est arrivé que des commandes directes, faites à des artistes en renom, ont abouti à des œuvres plus que médiocres.

Quand on a voulu décorer la salle d'audience du Tribunal de commerce, on s'est adressé à un artiste de talent, M. Tony Robert-Fleury père ; et on est arrivé à un résultat tel que, sur quatre toiles, deux ont été enlevées, non pas uniquement à cause des sujets plus ou moins désagréables à l'heure actuelle...

M. Després. — Mais si !

M. Hervieux. — ...mais à cause aussi de la médiocrité artistique de ces œuvres, dont les sujets avaient été imposés.

24

Messieurs, la commande directe, vous le voyez, n'offre pas plus de garantie que le concours. Pour moi, je ne vois véritablement pas pourquoi l'esquisse d'un jeune artiste de talent ne nous donnerait pas, pour l'exécution, une sécurité aussi grande que l'esquisse présentée par un de nos maîtres contemporains.

Les artistes renommés ont souvent trop d'occupation et il est à craindre que, pour la réalisation de leur œuvre, ils n'emploient la main d'élèves, capables sans doute, mais qui ne possèdent pas toute la touche du maître.

Donc, ce premier argument ne vaut rien ; le second ne vaut pas mieux, je vais le prouver.

Il consiste à prétendre que toutes les esquisses s'appliqueront aux grandes surfaces, que les petites seront dédaignées et même complètement délaissées.

Or, nous ne sommes pas forcés de terminer la décoration de l'Hôtel de Ville pour une époque fixe. Quand ces grands panneaux seront peints, il faudra bien revenir aux petites surfaces. Vous voyez donc que cette objection ne tient pas.

Un dernier argument est présenté par M. le Rapporteur : c'est le plus grave. Si vous procédez au concours, dit M. le Rapporteur, et, si vous adoptez la proposition de M. Hovelacque — à laquelle, je le dis en passant, je me rallie, — c'est-à-dire si vous laissez les artistes maîtres de leur sujet, vous serez en présence d'une grande diversité de conceptions, diversité qui, à l'exécution, pourra ensuite s'accentuer davantage, suivant le tempérament des artistes et les différentes écoles auxquelles ils appartiendront.

C'est ce double argument que je vais m'attacher à réfuter.

La diversité des sujets? Elle n'est pas à craindre.

Il n'est pas douteux, en effet, que les artistes, en présentant leurs esquisses, n'oublieront pas les conditions d'espace et de lieu où leurs toiles devront figurer. S'il arrivait qu'ils ne s'inspirassent pas suffisamment de vos idées, vous seriez toujours libres de faire un choix et de ne pas mettre, dans la même salle, des œuvres disparates.

Supposons par exemple que vous êtes en présence de deux esquisses de valeur : l'une, vous offrant une pastorale dans le goût de Watteau, l'autre représentant la prise de la Bastille. Eh bien ! il est certain que vous ne choisirez pas ces deux œuvres, malgré leur valeur respective, pour les faire figurer dans la même salle. Vous aurez à choisir dans un si grand nombre d'esquisses de valeur que vous ne serez pas embarrassés pour n'accepter que des sujets s'harmonisant et ne hurlant pas de se voir assemblés.

Vous ne ferez que des choix rationnels, j'en suis convaincu, et c'est pourquoi je déclare qu'il n'y a pas à s'inquiéter de la liberté qui serait laissée aux artistes d'après la proposition de M. Hovelacque.

Quant à la diversité des gammes et des tons, diversité inévitable avec la diversité des écoles, j'estime qu'il n'y a pas lieu de s'en inquiéter outre mesure. Qu'importe, en effet, que deux tableaux produits par des systèmes différents figurent dans la même salle, si ce sont deux œuvres vraiment artistiques ?

M. Després. -- Pas d'impressionnisme, par exemple !

M. Hervieux. — En effet, les toiles des impressionnistes ne sont guère, à mon sens, que de simples ébauches.

Du reste, Messieurs, j'ai à citer à l'appui de ma thèse quelques exemples qui, sans doute, vous paraîtront probants.

Au point de vue de l'unité, je pourrais vous citer cet immense four du gouvernement du roi Louis-Philippe : le musée de Versailles. Au lieu de laisser aux artistes le choix de leurs sujets, au lieu d'acheter de bonnes toiles déjà connues, on a voulu avoir une galerie historique et on a commandé aux artistes alors en renom des tableaux de batailles qui n'étaient pas dans leurs goûts et qu'ils ont exécutés sans être soutenus par leur inspiration personnelle.

M. Després. — Très bien cela !

M. Hervieux. — Le résultat a été la réunion d'une immense collection de toiles médiocres et quelquefois de croûtes.

M. Després. — Oh ! Les tableaux d'Horace Vernet sont des croûtes ?

M. Hervieux. — Il y a certainement la prise de la smala d'Abd-el-Kader qui est une fort belle œuvre, mais justement je crois que ce tableau a été acheté et non exécuté sur commande.

M. Hattat, rapporteur. — Tout cela n'est pas de la décoration. Si vous voulez suivre cet ordre d'idées, bornez-vous à accrocher des toiles.

M. Hervieux. — Il s'agit toujours d'œuvres d'art. Si, je le répète, vous imposez des commandes, vous aurez peut-être pour les exécuter des maîtres, mais leurs tableaux n'auront pas de véritable caractère artistique.

M. le Préfet de la Seine me disait tout à l'heure que je n'étais pas très tendre pour M. Robert-Fleury. Telle n'a pas été mon intention, je n'ai pas voulu contester un talent justement reconnu ; je me suis borné à constater que, traitant un sujet imposé, M. Robert-Fleury n'avait pas obtenu, malgré son incontestable mérite, un résultat satisfaisant, et cela, parce qu'il n'était pas libre.

Pour décorer la salle des audiences du Tribunal de commerce, on a voulu avoir quatre toiles représentant les principales phases de la juridiction consulaire.

L'artiste était lié ; son œuvre s'en est ressentie.

Je me rallie donc à la proposition de M. Hovelacque.

Par contre, je ne saurais admettre celle de M. Vaillant. Notre honorable collègue estime que, la vérité étant la seule base de l'art, il faut, pour obtenir des œuvres artistiques, ne faire reproduire que des faits accomplis sous les yeux des peintres chargés de les représenter. Partant de ce principe, il déclare que la peinture, la peinture historique surtout, ne peut retracer que les événements contemporains, vus.

C'est là une erreur que je ne puis partager et qui est démentie par les faits.

Sur les quatre tableaux du Tribunal de commerce dont je viens de parler, il en est un qui a été un peu moins réussi que les autres ; c'est précisément celui représentant une scène dont l'auteur avait été témoin : l'inauguration du nouvel édifice consulaire par l'Empereur et l'Impératrice Eh bien ! historiquement il est inexact, artistiquement il est détestable.

J'assistais à la cérémonie, je puis donc vous signaler la façon dont elle a eu lieu. Ce n'est pas au bas de l'escalier, mais bien au premier étage que les souverains ont été reçus; l'Empereur n'était pas en tenue de général de division, il était en bourgeois; les membres de la Commission municipale n'étaient pas revêtus d'habits galonnés, ils portaient des costumes de ville.

M. CERNESSON. — Voilà comme on écrit l'histoire !

M. HERVIEUX. — Au point de vue artistique, même défectuosité : le bras de l'impératrice n'est qu'un moignon; c'est un membre rudimentaire.

Les membres de la Commission municipale rangés en ligne droite et serrée ressemblent à ces figures de cire qu'on rencontre dans les musées forains. En face se trouvent le président du Tribunal de commerce et les juges consulaires, dans une attitude attendrie et obséquieuse qui est véritablement humiliante pour eux.

Je vous en prie, ne vous engagez pas sur un semblable terrain, sur lequel, quels que fussent les artistes, vous subiriez des mécomptes.

M. Vaillant a eu raison de se rallier au concours; mais il faut le concours libre, qui n'aura pas de réels inconvénients, puisque, quand un sujet qui ne vous conviendra pas vous sera présenté, vous pourrez le refuser. De cette manière vous êtes certains de faire quelque chose d'artistique.

Au point de vue de l'art, rappelez-vous nos acquisitions aux Salons.

M. DESPRÉS. — Des croûtes !

M. HERVIEUX. — Trop souvent, nous avons le malheur d'accepter des propositions d'achat pour des œuvres inférieures. Pour ma part, j'ai encore sur le cœur l'acquisition de la statue de Circé, qui n'est qu'une mauvaise ébauche et qui était peut-être la plus défectueuse des œuvres du Salon acquises par vous.

Nous avons trop donné prise à la critique; ne nous exposons plus aux accusations de favoritisme.

Pour conclure, Messieurs, je vous demande d'adopter la proposition suivante :

« Le Conseil

« Délibère :

« Article premier. — La décoration picturale de l'Hôtel de Ville est mise au concours.

« Art. 2. — Un état des surfaces à peindre sera porté à la connaissance des artistes par les soins de la 5e Commission.

« Tout en engageant les artistes à ne pas oublier dans leurs conceptions la destination générale du monument et la destination spéciale de chacune des salles à décorer, ladite Commission devra laisser aux artistes toute liberté dans le choix des sujets.

« Art. 3. — Les artistes qui voudront concourir devront présenter, dans le délai qui leur sera imposé, des esquisses réduites à une échelle déterminée et indiquer par lettres les prix par eux demandés.

« Art. 4. — Le Conseil statuera ensuite sur le rapport de la 5e Commission.

« Signé : Hervieux. »

M. Émile RICHARD. — J'éprouve quelque embarras à prendre la parole après MM. Hovelacque et Hervieux, car ils ont formulé une partie des arguments que je voulais opposer au rapport de la 5e Commission. Comme eux, je suis partisan du concours et, avec M. Hovelacque, je veux le concours libre sans aucun programme, laissant toute latitude aux artistes pour le choix du sujet et de la partie du monument à décorer.

A cette manière de voir, on a fait deux objections.

La première et la plus sérieuse a été formulée par MM. Hattat et Strauss. Nos collègues croient que le concours, tel qu'il a été organisé jusqu'ici, pourrait donner des mécomptes, lorsqu'il s'agit d'une tâche aussi considérable que la décoration de l'Hôtel de Ville. Ils craignent que le jury se laisse entraîner par le charme d'une esquisse et qu'au moment de l'exécution l'artiste préféré ne se montre inférieur à sa tâche.

Je ne nie pas qu'il y ait des précédents qui puissent légitimer ces craintes; mais faut-il donc rester dans les anciens errements, et n'y a-t-il pas moyen de concilier cette méthode si démocratique du concours avec nos légitimes exigences?

Ne pouvons-nous trouver un procédé nouveau qui permette à tous les talents si divers de se produire et aux artistes de prouver qu'ils sont dignes de participer à cette grande œuvre de la décoration de l'Hôtel de Ville?

S'ensuit-il, parce que des concours ont eu lieu dans des conditions vicieuses, qu'on doive renoncer au concours? Je ne le crois pas; et ici, Messieurs, j'entre dans le vif du débat.

Que s'est-il passé dans les concours précédents? Un programme a été donné, programme ne comprenant pas le sujet à traiter, mais des indications générales telles que les surfaces à décorer, le plan des salles, etc. Les concurrents devaient produire, pour la première épreuve, une esquisse sur laquelle un jury serait appelé à statuer.

Quelle était la composition de ce jury?

On avait cru qu'il convenait de le composer de trois éléments, c'est-à-dire qu'une partie était nommée par le Conseil municipal, une autre par l'Administration, et une troisième par les concurrents eux-mêmes.

Dans ces conditions, qu'est-il arrivé? Je fais appel à tous ceux de nos collègues qui ont fait partie de ces jurys; ils ne me démentiront certainement pas.

On a cru, grâce à l'élection d'un certain nombre de membres par les concurrents, assurer l'indépendance du jury et augmenter sa compétence. Il n'en a rien été. Voici, en effet, ce qui se passe dans la pratique.

Lors de la première épreuve du concours, le jury reçoit une grande quantité d'esquisses. A côté des concurrents sérieux, les élèves des ateliers des membres de l'Institut envoient des esquisses. Cela constitue pour eux un exercice; ils n'ont aucune prétention de réussir; mais, et c'est là la raison principale de leurs envois, ils constituent ainsi la majorité du corps électoral appelé à nommer une partie des membres qui doivent composer le jury. (*Très bien!*)

Et alors, les artistes libres, indépendants, se voient écrasés par la coalition des chefs d'écoles.

M. LEVRAUD. — C'est toujours ainsi que cela se passe.

M. Émile RICHARD. — Tel est, Messieurs, le vice des concours.

M. HATTAT, rapporteur. — Je le reconnais avec vous; c'est exact.

M. Émile RICHARD. — Eh bien, Messieurs, y a-t-il là un motif suffisant pour renoncer au concours et pour recourir à la commande directe? Non, et je crois que nous trouverons toute garantie avec le système de concours proposé par M. Hovelacque et avec celui que j'aurai l'honneur de vous soumettre tout à l'heure.

M. HATTAT, rapporteur. — Il ne faut pas tenter un essai lorsqu'il s'agit de l'Hôtel de Ville.

M. Émile RICHARD. — Si M. Hattat ne m'avait pas interrompu, il saurait déjà que nous avons aussi cette préoccupation. On peut, à mon avis, trouver un mode de concours qui garantisse que l'Hôtel de Ville ne servira pas à faire un essai.

M. HATTAT, rapporteur. — C'est toute notre préoccupation!

M. Émile RICHARD. — Je tiens à réfuter une deuxième objection faite au concours par M. Strauss et par M. le Rapporteur. Nous écarterions, disent-ils, en y faisant appel, les grands artistes qui ont un nom et un bagage considérable d'œuvres antérieures et, quelquefois, d'œuvres de génie.

Je crois que, lorsque nous instituons un concours pour la décoration d'une mairie ou d'une école, certains de ces artistes trouvent, en effet, l'œuvre au-dessous de leur talent et refusent d'y participer. Mais j'affirme que les artistes dignes de ce nom tiendraient à honneur de prendre part à une épreuve qui leur permettrait d'attacher leur nom à ce grand édifice parisien, à la maison commune, à l'Hôtel de Ville. (*Très bien!*)

VOIX. — Vous vous trompez.

M. DESPRÉS. — Ils ne veulent pas se laisser discuter.

M. Émile RICHARD. — S'ils ne veulent pas se laisser discuter, nous ne voulons pas d'eux. C'est qu'ils sont devenus, en effet, indiscutables en transformant l'art en une chose mercantile; c'est qu'ils sont devenus les féconds fournisseurs de l'État, faisant exécuter leurs commandes par des élèves et décorant nos monuments d'œuvres indignes de la destination qui leur est assignée. (*Très bien! Très bien! — Protestations.*)

M. Maurice BINDER. — Vous allez trop loin.

M. Émile RICHARD. — J'en appelle à ceux qui sont au courant des commandes officielles.

M. LONGUET. — Vous avez parfaitement raison.

M. STRAUSS. — Vous ne pouvez porter une pareille accusation sur M. Puvis de Chavannes.

M. Émile RICHARD. — Je n'ai nommé personne. Je n'admets pas qu'on fasse intervenir ici un nom aussi respectable, aussi illustre que celui de M. Puvis de Chavannes. Mes paroles s'adressent à d'autres.

M. LONGUET. — A MM. Bouguereau et Cabanel, par exemple, pour les nommer. (*Rires.*)

M Émile RICHARD. — A ce point du débat, je crois utile de donner lecture du contre-projet dont M. Delhomme avait pris l'initiative et que j'ai signé avec plusieurs de mes collègues.

En voici le texte :

« 1° Il sera ouvert un concours entre tous les artistes français pour la décoration picturale de l'Hôtel de Ville.

« 2° Les concurrents resteront libres du choix des sujets de leurs compositions, mais elles devront se rapporter, pour la plus grande partie au moins, à l'histoire et aux manifestations contemporaines de la vie politique, commerciale, industrielle, littéraire, scientifique ou artistique de Paris.

« 3° La grande surface verticale de la salle des séances du Conseil municipal pourra être donnée comme type pour les grands panneaux à décorer. Pour les plafonds, on choisira le plafond de l'escalier d'honneur.

« Néanmoins, et afin de laisser toute liberté aux artistes, ils pourront choisir, pour leurs projets de décoration, tous les locaux de l'Hôtel de Ville désignés dans un état spécial annexé au programme du concours et dont les plans devront être distribués aux concurrents sur leurs demandes.

« 4° Les esquisses destinées à ce concours devront être exécutées au dixième.

« En outre, chacun des concurrents devra produire un fragment à grandeur d'exécution de son œuvre.

« 5° Les projets seront classés par ordre de mérite par un jury spécial désigné par le Conseil municipal. Aucun des parents des concurrents ne pourra en faire partie.

« Le nombre des œuvres à classer est indéterminé.

« Le jury décidera du nombre et de l'importance des primes à attribuer à chacune des œuvres qui seront retenues par lui.

« Ce choix ne créera d'ailleurs aucun droit quant au choix définitif des projets.

« 6° A cet effet, une somme de 100,000 francs, prélevée sur les fonds attribués à la décoration picturale de l'Hôtel de Ville, sera mise à la disposition du jury.

« Signé : Delhomme, Alphonse Humbert, Émile Richard, Lyon-Alemand, de Ménorval, Levraud, Arsène Lopin, Jacques. »

Je ne veux pas entrer dans la discussion de détail de ce contre-projet, mais je dois appeler l'attention du Conseil sur les différences — très relatives du reste — qui existent entre notre projet et celui de M. Hovelacque.

Le principe est le même, le fond est le même.

Nous sommes absolument d'accord avec M. Hovelacque sur la nécessité du concours libre et sur l'utilité de ne pas créer un droit absolu pour tous les concurrents d'obtenir telle ou telle partie de la décoration de l'Hôtel de Ville.

Nous voudrions permettre aux talents les plus divers de se produire et de choisir dans les différentes salles de l'Hôtel de Ville celle qui leur semblerait le plus s'harmoniser avec la nature de leur talent.

M. Després. — Ils choisiront tous la même salle.

M. Émile Richard. — Un concours ainsi organisé aura pour premier résultat de provoquer, je ne dirai pas l'éclosion, mais la manifestation des talents les plus divers.

Tout à l'heure M. le Rapporteur, interrompant M. Hervieux, qui citait le musée de Versailles, lui faisait observer qu'il s'agissait là de tableaux et non pas de décoration.

Il y a dans ces paroles un fond de vérité. Mais M. Hattat reconnaîtra à son tour qu'il y a des façons différentes de comprendre la décoration ; que la décoration, telle que l'ont comprise les grands artistes de la Renaissance, ne ressemble en rien à celle des artistes du XVIIe siècle ; qu'actuellement la manière de Cabanel n'est pas celle de Puvis de Chavannes.

M. Longuet. — Nous avons ici même une toile décorative de Cazin qui est très spéciale.

M. Émile Richard. — Mais il peut y avoir à côté de cette façon de concevoir la décoration un art décoratif nouveau, plus en harmonie avec l'esprit des sociétés modernes que l'art de ceux qu'on peut appeler les décorateurs officiels.

En face de cette décoration classique, où l'on retrouve toujours le même et sempiternel paysage, avec les mêmes nymphes groupées en des attitudes désolantes de banalité, il peut y avoir une décoration plus moderne et qui soit en rapport avec les idées de la génération actuelle, qui sont essentiellement démocratiques...

M. Després. — Le triomphe de l'habit noir !

M. Émile Richard. — Eh ! Monsieur Després, l'habit noir peut fort bien trouver sa place dans les œuvres artistiques. Ne pensez-vous pas qu'il serait possible, avec nos costumes actuels, de créer un art moderne s'appliquant à la manifestation de la science, de l'industrie contemporaines ?

D'ailleurs, Monsieur Després, si vous étiez conséquent avec vous-même, vous devriez, après les manifestations de l'art grec, ne pas admettre que la Renaissance ait osé faire des œuvres d'un tout autre caractère que les œuvres antiques.

La vérité, Messieurs, c'est qu'à toute époque correspond un art nouveau, et c'est à l'éclosion de cet art nouveau, témoignage de notre civilisation contemporaine, que doit concourir une assemblée comme le Conseil municipal de Paris.

Maintenant, pour répondre à une objection qui m'a été faite, je vous demande si vous croyez que tous les concurrents vont se précipiter sur la même salle à décorer? Évidemment non. Il est plutôt à supposer que beaucoup d'artistes, se rendant compte de la caractéristique de leur propre talent, seront heureux de trouver des surfaces différentes où leur œuvre puisse être le mieux en situation de ressortir dans tout son éclat.

M. Strauss avait été mû par la même idée que nous, lorsque il y a trois ans, il refusa d'accepter le projet de décoration présenté par M. Ballu. A cette époque, notre collègue avait excellemment formulé ce principe qu'il ne fallait pas faire de l'Hôtel de Ville un musée d'antiquités picturales, mais bien un musée moderne, un musée vivant, où, sans doute, l'histoire et l'allégorie auront une place, mais où, avant tout, seront reproduites les manifestations de la vie contemporaine.

Les observations de M. Strauss avaient déterminé le renvoi à la 5ᵉ Commission du projet de M. Ballu.

M. STRAUSS. — Je reste toujours placé au même point de vue.

M. Émile RICHARD. — J'en suis convaincu, mon cher collègue. Et, si je fais appel à ce précédent...

M. STRAUSS. — Permettez, il y a trois ans, il était question des commandes directes; la commande directe n'était pas posée contradictoirement avec le concours. Mais j'étais alors, je tiens à le dire, partisan de la commande directe.

M. Émile RICHARD. — Je n'en doute pas, mais je me demande si vous arriverez mieux au but que vous poursuivez en employant le système de la commande directe qu'en faisant appel au concours, tel que nous le concevons, et qui différera profondément du concours tel qu'il est actuellement organisé.

Le concours libre, ainsi que le formule M. Hovelacque, et dont j'ai essayé de préciser les conditions, offrirait-il ce danger de remplir l'Hôtel de Ville d'œuvres inférieures, comme le craint M. le Rapporteur?

A quoi nous engageons-nous par le concours libre? Évidemment jusqu'à la limite du crédit prévu. Mais prenons-nous d'avance l'engagement de créer un droit en faveur de ceux dont le talent aura été reconnu? Nullement. Nous voulons, par un système de primes, créer l'émulation du travail parmi cette masse de peintres qui donnent l'exemple de talents si réels.

M. HATTAT, rapporteur. — Ferez-vous appel au public pour juger ce concours, comme le demande M. Hovelacque?

M. HOVELACQUE. — Il s'agit de s'entendre. J'ai demandé que le Conseil municipal ne se prononçât qu'après que le public et la presse auront pu juger du mérite des œuvres exposées.

M. Émile RICHARD. — Je ne vois à ce mode de procéder aucun inconvénient. J'y vois, au contraire, des garanties pour nous, représentants du public qui paie, et qui sommes mieux placés, je ne dis pas au point de vue technique, mais au point de vue du goût, de l'appréciation des œuvres et de leur appropriation, que les membres de l'Institut. J'ai entendu un jour un de ces messieurs, et non des moins illustres, déclarer, au cours d'une séance de jury, que, pour apprécier une œuvre de peinture, il n'avait pas à se préoccuper de sa destination.

Peut-on cependant, sans quelque ridicule, nier que la destination d'une œuvre influe d'une façon directe sur sa valeur ?

Nous sommes d'accord avec M. le Rapporteur sur cette constatation, qu'une esquisse ne donne qu'un aperçu incomplet de la capacité picturale réelle de son auteur, et c'est précisément pour cela que nous demandons d'abord une esquisse, qui donnera une impression générale de l'œuvre, puis un morceau de cette œuvre, à grandeur d'exécution, qui nous donnera une base d'appréciation plus précise, plus sûre et nous permettra de prendre une décision définitive.

Ces deux conditions sont absolument nécessaires pour pouvoir juger l'artiste.

M. STRAUSS. — Dans votre projet, accordez-vous aux artistes, qui en ont pris l'habitude, la nomination d'une fraction quelconque du jury ?

M. Émile RICHARD. — Non ; j'ai donné mes raisons tout à l'heure et je ne veux pas y revenir. Cependant, je tiens à bien appuyer sur ce point spécial, que nous ne serons pas à proprement parler un jury chargé de décerner un prix de décoration picturale à des élèves ou à des maîtres, mais tout simplement les mandataires de la population parisienne pour décorer son Hôtel de Ville, et que nous agirons comme un particulier qui veut décorer sa maison.

M. STRAUSS. — Ne craignez-vous pas, en écartant la nomination partielle du jury par les concurrents, d'éloigner de vous un certain nombre d'artistes ?

M. Émile RICHARD. — Je ne le crains pas ; mais, en tout cas, si nous perdions quelques artistes, nous aurions l'énorme avantage d'écarter les coteries qui ont été si préjudiciables aux concours précédents.

Il est bien entendu que le jury classerait les œuvres présentées suivant leur diverses destinations et suivant leur mérite.

Il attribuerait à ces esquisses des primes, dont le minimum pourrait être fixé à l'avance, et il se réserverait le droit de retenir celles-là seulement qui seraient de nature à honorer le caractère artistique de l'Hôtel de Ville.

Je suis persuadé d'ailleurs que d'un tel concours sortiraient, en dehors des toiles à placer à l'Hôtel de Ville, d'autres œuvres de premier ordre.

Et je suis convaincu que le jury, bien que ses préférences dussent être pour les œuvres qui seraient des manifestations de la vie extérieure de Paris, ne rejetterait pas des œuvres d'un autre caractère, si leur valeur artistique permettait de les retenir pour les placer dans d'autres édifices municipaux que l'Hôtel de Ville.

En somme, Messieurs, nous n'avons fait que formuler en articles la proposition de M. Hovelacque, et notre projet n'est que le dispositif de l'exposé des motifs fait si magistralement par notre honorable collègue.

Mais nous avons tenu à donner quelques explications sur certains points spéciaux qui pourraient susciter des doutes dans l'esprit de certains de nos collègues ; nous avons voulu surtout qu'on ne crût pas que notre intention est d'instituer un concours semblable à ceux qui ont eu lieu antérieurement pour la décoration de nos édifices municipaux.

Bref, Messieurs, nous sommes convaincus que vous trouverez à la fois, dans le concours libre et les avantages du concours ordinaire. et les avantages de la commande directe qui a laissé, si fréquemment, la porte grande ouverte au favoritisme et à l'esprit de coterie. (*Très bien ! Très bien !*)

M. LONGUET. — Je suis d'accord avec M. Richard sur les principes généraux, mais j'estime que, dans l'état de la discussion, nous ne saurions utilement voter avant d'avoir examiné à loisir le contre-projet de M. Richard.

Je vous propose donc d'en voter l'impression et de renvoyer la suite de la discussion à la prochaine séance.

Il nous serait véritablement impossible, à cette heure, d'émettre un vote consciencieux.

M. STRAUSS. — Il y a encore six orateurs inscrits et la discussion n'est pas sur le point de finir. Vous avez donc le temps de prendre des renseignements complémentaires, sans qu'il soit besoin d'interrompre la discussion.

M. LONGUET. — Je ne nie pas qu'on ne puisse continuer la discussion, et le Conseil en décidera ; mais bien des paroles n'auraient pas été prononcées si nous avions eu tous les éléments d'appréciation entre les mains.

Je demande donc l'ajournement à la prochaine séance ; nous pourrons alors nous décider en pleine connaissance de cause, ce qui ne serait pas possible aujourd'hui.

M. LE PRÉSIDENT. — Je dois informer le Conseil qu'il y a encore six orateurs inscrits ; peut-être l'un d'eux produira-t-il sur le Conseil la même impression que M. Émile Richard. Dans ce cas, l'assemblée aura à apprécier si elle doit remettre la discussion dès maintenant.

M. BATTAT, rapporteur. — Dans tous les cas, la proposition de M. Émile Richard sera imprimée et distribuée.

M. LE PRÉSIDENT. — C'est entendu.

M. MARSOULAN. — Je demande également l'impression de la proposition suivante :

« Avant de savoir si le concours ou la commande directe aux artistes sera employé pour la décoration picturale de l'Hôtel de Ville, il sera institué une Commission composée de 21 membres pris parmi les membres du Conseil municipal, les artistes, architectes, dont la compétence est reconnue par l'opinion publique, et de membres de l'Administration en nombre égal.

« Cette Commission aura pour objet de décider quelle sera la nature de la décoration de chacune des salles de l'Hôtel de Ville, pour que cette décoration reste conforme à un plan d'ensemble déjà indiqué par l'architecture même du monument.

« Et ce n'est qu'à la suite des indications données par cette Commission que le mode d'exécution des peintures sera arrêté par le Conseil municipal.

« Signé : Marsoulan. »

M. Alfred Lamouroux. — J'ai l'honneur de déposer l'amendement suivant :

« Le Conseil

« Délibère :

« La salle des séances du Conseil sera décorée avec des tapisseries appartenant à la Ville.

« Signé : Alfred Lamouroux, Boué, Arsène Lopin, Leclerc, Davoust, Desmoulins, Cusset, Gaufrès, Ernest Hamel, Stupuy, Hovelacque, Reygeal, Lerolle, Alphonse Humbert, Collin. »

M. LE PRÉSIDENT. — Toutes ces propositions seront imprimées et distribuées.

L'ajournement à la prochaine séance de la suite de la discussion est prononcé.

Séance du mercredi 23 mars 1887.

DÉCORATION PICTURALE DE L'HOTEL DE VILLE. (Suite et fin de la discussion.)

L'ordre du jour appelle la suite de la discussion du rapport présenté par M. HATTAT, au nom de la 5e Commission, sur le projet de décoration picturale de l'Hôtel de Ville.

M. LE PRÉSIDENT. — La parole est à M. Després.

M. DESPRÉS. — Nous avons tous le devoir, Messieurs, du moment qu'il s'agit d'une question aussi importante que la décoration de l'Hôtel de Ville, d'intervenir soit par nos paroles, soit par nos votes.

Je ne suis ici ni peintre, ni décorateur, ni artiste : je suis membre du Conseil municipal (*Ah! Ah!*) et je sens quelle responsabilité plusieurs des propositions qui vous sont faites feront peser sur nous.

Plusieurs de nos collègues demandent qu'on institue un concours libre que vous seriez appelés à juger sur maquettes. Je vous demande, Messieurs, si vous serez bons juges dans un tel concours.

Nous avons vu souvent des souverains procéder à la décoration de palais, d'églises, de monuments publics; ils choisissaient l'artiste à leur guise, ils s'adressaient à celui qu'ils pensaient le plus capable de doter l'art d'un chef-d'œuvre qui dût résister aux critiques du temps.

C'est ainsi qu'ils ont fait décorer le palais Pitti, le Vatican, Saint-Pierre de Rome, Fontainebleau.

Jamais il ne leur fût venu à l'idée d'instituer un concours. Ils n'auraient eu ni Raphaël, ni Léonard de Vinci, ni Jules Romain, ni Michel-Ange!

Le concours se conçoit pour des œuvres scientifiques, pour des travaux publics; mais, en fait d'œuvres d'art, je demande quel est le critérium d'après lequel vous jugerez qu'une œuvre est plus digne que d'autres de décorer l'Hôtel de Ville.

J'estime que la proposition de nos collègues est hors de proportion avec nos mérites et avec nos fonctions, et que tous, quatre-vingts que nous sommes, nous ne pouvons être arbitres de l'art.

Si une telle proposition avec toutes ses conséquences était adoptée, les huit mascarons qui ornent notre salle des séances, et qui en rient déjà, en riraient encore longtemps.

Quand nous achetons une maison, nous la décorons comme nous l'entendons; du jour où nous la revendons, l'acquéreur, qui est d'un goût tout à fait différent, trouve mauvais tout ce que nous avons fait, et il recommence la décoration.

Il est impossible, vous le sentez, de nous mettre tous d'accord sur la meilleure décoration de l'Hôtel de Ville, et de faire de nous des juges compétents sur un concours, même comme l'entend M. Hovelacque.

M. Hovelacque. — Eh bien, c'est le Préfet qui choisira, alors? C'est l'Institut!

M. Desprès. — Non, Monsieur Hovelacque. Mais il faut élargir votre proposition.

M. Hovelacque. — Elle est très large.

M. Desprès. — Il faut l'élargir encore. Un concours sur maquettes est chose inutile et insuffisante; si vous voulez choisir en connaissance de cause, vous n'avez qu'une chose à faire : allez dans les monuments publics, dans les ateliers des quinze ou vingt peintres de Paris que leurs œuvres ont placés au sommet de l'art contemporain, rendez-vous compte de ce qu'ils ont exécuté; jugez-les sur leurs œuvres et sur la haute notoriété publique que leur a value leur grand talent, et votre choix sera le meilleur.

Si votre proposition, Monsieur Hovelacque, comporte une sorte de choix déguisé, je puis l'admettre, mais dans ces conditions seulement.

Tout au contraire, le concours sur maquettes n'aurait pour résultat certain que d'écarter les peintres illustres qui, arrivés à une situation artistique prépondérante, ont atteint un âge où l'on ne se laisse plus discuter.

Élargissez donc, je le répète, votre proposition, afin que nous puissions, en dehors des auteurs des maquettes qui nous seront soumises, choisir aussi ceux de nos artistes qui n'auraient pas pris part à votre concours libre.

D'ailleurs, pour l'ensemble de la décoration et des sujets à traiter, je crois que nos indications sont aussi chose insuffisante. Que ne prenez-vous un homme dont c'est le métier de faire de la décoration et que ne lui dites-vous de vous présenter un projet de décoration de l'Hôtel de Ville?

Cela vaudra mieux que le concours sur maquettes. Cela vaudra mieux que l'acceptation d'œuvres conçues sans plan d'ensemble, avec cette indication vague de représenter des scènes d'histoire contemporaine, sans doute des scènes en habit noir, ce qui est une hérésie en décoration ; le plan d'ensemble que vous obtiendriez de la façon que je signale serait conçu par un homme plus compétent en la matière que le Conseil municipal, car je ne pense pas que les votes des électeurs parisiens vous aient donné du jour au lendemain la compétence artistique.

Enfin, Messieurs, quelle que soit la décision que vous prendrez, j'estime que vous ne devez pas engager définitivement l'avenir. Contentez-vous, pour l'instant, de faire une partie seulement de la décoration de l'Hôtel de Ville; cette partie une fois faite, nous jugerons le résultat obtenu et nous apprendrons ainsi si la marche suivie par nous était la bonne ou si nous devons en changer.

Je propose donc, Messieurs, aux conclusions de la Commission, l'article additionnel suivant :

« Les dispositions de la présente délibération, relative au mode d'exécution de la décoration picturale de l'Hôtel de Ville, ne s'appliqueront qu'à la décoration de deux unités décoratives, la salle à manger et les trois salons de réception.

« Signé : Després. »

De la sorte, Messieurs, quelles que soient nos résolutions, nous aurons la certitude que, s'il y a une décoration ratée, comme le disent les peintres, la défectuosité ne portera que sur une partie de la décoration de l'Hôtel de Ville...

M. Georges BERRY. — Ce sera déjà trop.

M. DESPRÉS. — ...Et vous aurez ainsi l'expérience du passé qui vous empêchera de retomber dans les mêmes erreurs et vous permettra de faire mieux, c'est-à-dire bien.

M. CERNESSON. — Le Conseil comprend la grave responsabilité qu'il va prendre. Je n'en veux pour preuve que les nombreux orateurs qui se sont succédé à cette tribune et les nombreux amendements qui ont été déposés.

Nous sommes en face d'une situation qu'il faut éclaircir, et, à cette fin, il importe de rappeler quelques principes.

La décoration qu'on nous propose est une décoration picturale, c'est-à-dire murale, une peinture décorative.

Il y a une différence entre ce genre de peinture et un tableau qui exprime une unité, une action. Le peintre a toute liberté ; il n'a aucune autre idée à exprimer, et son œuvre constitue une action en un temps, en un lieu, dans des conditions qui rappellent presque la règle classique des trois unités. Mais, quand il s'agit d'un édifice, les conditions ne sont plus les mêmes. La décoration est subordonnée :

1° A l'unité du projet;

2° A l'ordonnance générale;

3° A la tonalité.

Celle-ci elle-même peut être de trois sortes :

Ou foncée, comme celle des « loges », ou claire, c'est-à-dire blanche, comme celle des trois salles sur le quai, ou dégradée, comme celle que feu Ballu avait rêvée pour l'escalier, dont les voussures seules devaient être décorées.

L'ordonnance constitue aussi une unité, ainsi que le prouvent les peintures de Michel-Ange à la chapelle Sixtine, dont les sujets sont empruntés à la tradition biblique. Il y a une tonalité générale et les sujets se confondent avec la tonalité de l'ensemble. Michel-Ange avait su ne pas faire des tableaux, c'est-à-dire des œuvres isolées ; il avait conçu une décoration appropriée qui n'aurait pu être transportée ailleurs.

Le choix des sujets doit être subordonné à l'unité décorative.

Dans les *Stanze*, vous savez ce qu'a fait Raphaël. Il avait à indiquer l'opposition de la philosophie antique et de la philosophie chrétienne, et il a peint d'un côté l'école d'Athènes et de l'autre la dispute du Saint-Sacrement.

C'est en s'inspirant du caractère général de l'Hôtel de Ville et de l'unité qui doit présider à la décoration du monument que M. Ballu avait conçu son avant-projet.

Permettez-moi, Messieurs, une digression relative à l'ancien Hôtel de Ville. Il n'y avait, à l'ancien Hôtel de Ville, d'ordonnance que pour la grande galerie du quai. Dans les autres salles, il n'y avait pas, à proprement parler, d'ordonnance générale ; il n'y avait que des tableaux, et c'est ainsi que la salle du Zodiaque, par exemple, avait comme plafond le *Triomphe d'Apollon* et comme décoration quatre admirables pendants : *les Quatre saisons*.

Cela ne constitue pas une unité, telle que l'a demandée M. Ballu.

Enfin, dans les autres salons, décorés en tonalités claires, il n'y avait que des tableaux : *l'Apothéose de Napoléon*, de Ingres, par exemple.

Donc, unité principale d'abord, et ensuite développement de l'idée par des tableaux intermédiaires, voilà ce qu'il faut obtenir.

C'est ainsi que M. Ballu avait proposé que l'escalier d'honneur fût consacré à la Paix en général ; et, quand il a demandé que les trois salons à la suite fussent consacrés à la glorification des arts, des lettres et des sciences, là il pouvait y avoir, comme l'a reconnu M. Strauss, des allégories.

Je ne discute pas, d'ailleurs, j'indique simplement l'idée unitaire de M. Ballu, et je dis qu'à cet égard il s'est inspiré de ce qui s'était fait à l'ancien Hôtel de Ville.

De même qu'il avait proposé que les trois salons fussent consacrés aux arts, aux lettres et aux sciences, il avait demandé que la galerie annexe fût consacrée aux premières découvertes, comme à l'ancien Hôtel de Ville, où cette partie de la décoration picturale était signée de M. Lehmann...

M. LEVRAUD. — J'espère bien que nous ne reverrons pas cette peinture.

M. CERNESSON. — Je ne discute pas, Monsieur Levraud, je le répète.

Il restait une autre salle que M. Ballu considérait comme devant recevoir une décoration spéciale : je fais allusion à la salle à manger, qui devait être dotée d'un plafond consacré au *triomphe de Pomone*, c'est-à-dire devant représenter des fleurs, des fruits, ce qui figure ordinairement sur nos tables.

C'était, en un mot, comme je l'entends dire spirituellement à l'un de mes collègues, le groupe de l'alimentation traduit sous une forme poétique, l'allégorie.

A cet ensemble de propositions, M. Ballu avait joint les noms des artistes qui devaient être chargés de l'exécution et qu'il considérait comme pouvant réaliser l'unité de conception...

M. Hovelacque. — Ses propositions ont eu un joli succès!

M. Cernesson. — Je le sais; aussi faut-il les remplacer et, pour cela, il est indispensable d'établir d'abord très nettement ce que désire la majorité de cette assemblée; il est indispensable, veux-je dire, d'esquisser l'idée générale qui présidera au sujet. En d'autres termes, Messieurs, il est impossible que vous laissiez à la libre discrétion des artistes la classification des sujets.

Je suis convaincu que M. Hovelacque lui-même est de mon avis.

M. Hovelacque. — Je n'ai pas dit qu'il fallût laisser le choix des sujets à la discrétion des artistes, en ce sens qu'ils fussent libres de les exécuter comme ils l'entendraient; j'ai demandé que ceux-ci fissent eux-mêmes leurs propositions. Si elles nous conviennent, nous les accepterons; dans le cas contraire, nous les repousserons.

M. Cernesson. — Il est indispensable que le Conseil détermine lui-même les sujets; permettez-moi d'appuyer mon argumentation d'un exemple qui se rapporte à une proposition développée par moi à la Commission administrative des beaux-arts, en présence de M. Ballu.

L'éminent architecte nous apportait des modèles de décoration: il nous montrait des photographies de la chapelle Sixtine, en insistant sur l'importance de l'unité de décoration au triple point de vue de l'ordonnance, du décor et des sujets.

J'eus alors une idée, bonne ou mauvaise, que je tiens à vous livrer parce qu'elle rencontrera ici d'énergiques adversaires.

Il y a à l'Hôtel de Ville une fenêtre historique, c'est celle où, en 1848, Lamartine sauva le drapeau tricolore par les immortelles paroles que vous connaissez tous. Eh bien! j'avais pensé qu'il serait bon de consacrer entièrement la salle à la gloire des couleurs nationales. Or, voyez le danger de laisser aux artistes le choix des sujets; supposez que l'un d'eux apporte ici cette proposition et voyez avec quelle énergie il serait combattu!

M. Hattat, rapporteur. — Pourquoi cela?

M. Cernesson. — Je n'ai pas à dire pourquoi; mais je suis bien certain que M. Vaillant ne me démentira pas.

M. Gaston Carle. — M. Vaillant n'est pas le Conseil.

M. Hattat, rapporteur. — En définitive vous êtes opposé au concours?

M. Cernesson. — Je vous le dirai dans un instant. En ce moment je défends la décoration de l'Hôtel de Ville et je dis que nous ne devons pas laisser errer les artistes, et que c'est au Conseil à déterminer les sujets.

En ce qui touche l'exécution, vous verrons tout à l'heure si nous devons la mettre au concours; mais, dans tous les cas, la classification des motifs devra être précisée par nous aujourd'hui.

J'estime que les artistes les plus renommés doivent être appelés à orner de leurs œuvres le palais municipal. Je n'ai à ce propos, de la part de M. le Rapporteur ni d'aucun des orateurs qui se sont succédé à cette tribune, rencontré aucune objection contre le concours libre imaginé par M. Hovelacque.

On a bien critiqué le concours tel qu'il existe aujourd'hui, mais cette question est jugée et personne n'en parle plus. On se bat donc contre des moulins à vent lorsqu'on oppose au concours libre les objections tirées du concours jusqu'alors usité.

M. HATTAT, rapporteur. — Le concours libre n'a pas encore été défini ; qu'on donne cette définition et nous répondrons.

M. CERNESSON. — Si je voulais combattre la proposition de M. Hovelacque, je ne trouverais aucun argument à l'appui de ma thèse ni dans le rapport ni dans les discours qui ont déjà été prononcés à cette tribune.

Mais je n'ai pas combattu le concours libre.

M. STRAUSS. — Pardon, en Commission, vous vous en êtes montré l'adversaire.

M. CERNESSON. — Je répète que je ne l'ai pas combattu et je constate que M. Hovelacque, de son côté, ne contredit pas la thèse que je soutiens.

Il n'est jamais d'ailleurs entré dans son idée de ne pas définir les sujets à traiter, et c'est, dans mon opinion du moins, au Conseil à définir ces sujets.

Quant à l'exécution, j'aurais, pour ma part, accepté, les yeux fermés, la désignation des artistes faite par M. Ballu. (*Oh ! Oh !*)

Si vous n'acceptez pas cette désignation, qui donc la fera ? Le Conseil ? Mais je ne comprendrais pas le rôle qu'il accepterait en se substituant ainsi à l'architecte.

J'admettrais la désignation faite par le Conseil s'il avait à se prononcer sur les noms proposés par M. Ballu. Mais tel n'est pas le cas ; M. le Rapporteur nous l'a déclaré au nom de la Commission : c'est le Conseil qui fera les choix.

Pour moi, je le répète, j'ai accepté les noms proposés par M. Ballu.

UNE VOIX. — Vous avez eu tort.

M. CERNESSON. — Au milieu de la cacophonie qui trop souvent se produit au sein d'une assemblée nombreuse, quel meilleur guide pouvez-vous donc trouver que l'architecte qui a la responsabilité du monument ?

On parle de la commande directe ; mais comment l'entend-on ?

M. STRAUSS. — Nous vous le dirons.

M. CERNESSON. — J'aurais compris la commande directe faite par un artiste comme l'architecte de l'Hôtel de Ville, mais je ne la comprends pas de la part du Conseil.

M. STRAUSS. — La résolution définitive appartiendra au Conseil.

26

M. Cernesson. — Dans ce cas, qui donc fera la commande ?

M. Strauss. — Nous vous le dirons.

M. Cernesson. — Je vous demande maintenant la permission d'examiner les différentes propositions qui nous sont soumises.

MM. Vauthier et Boll ne font aucune proposition en ce qui touche la commande directe.

M. Boll. — Nous l'acceptons.

M. Cernesson. — Nos collègues ne s'occupent que des sujets. Vous admettez, dites-vous, la commande directe ; mais vous la repoussez pour les propositions de M. Ballu. Or, je ne l'admets que pour ces propositions. (*Exclamations.*)

M. Levraud. — C'est inadmissible.

M. Cernesson. — C'est M. Ballu, architecte de l'édifice, qui avait la responsabilité de son œuvre. Si vous voulez modifier son projet, vous tomberez dans la confusion et la cacophonie.

M. Després. — Choisissez un décorateur pour avoir un plan.

M. Cernesson. — Le meilleur décorateur, c'est l'auteur de l'œuvre.

M. Levraud. — Si on acceptait la thèse de M. Cernesson il faudrait, pour être logiques, que nous remettions les perruques et les robes du Moyen-âge, car nos redingotes jurent avec l'architecture de l'Hôtel de Ville.

M. Cernesson. — Aujourd'hui, nos mœurs s'accommodent très bien des monuments de la Renaissance ; tout, nos meubles, nos bijoux...

M. Gaston Carle. — Puisque nous n'avons pas de style propre.

M. Cernesson. — ... Et nous serions heureux d'avoir aujourd'hui les artistes de cette époque. D'ailleurs, on a imposé à M. Ballu une ligne de conduite ; vous avez mauvaise grâce aujourd'hui à lui reprocher d'avoir voulu la suivre jusqu'au bout en préparant un projet de décoration en harmonie avec l'édifice.

Donc, si la commande directe veut dire l'adoption du projet de M. Ballu, je suis avec vous. Sinon, qui se substituera à lui ? Peut-être alors, la solution est-elle dans le système préconisé par M. Hovelacque. En effet, il amènera des propositions, parmi lesquelles on pourra choisir celles qui s'harmoniseront le mieux avec le style de l'Hôtel de Ville.

Je passe aux autres propositions.

Celle de M. Émile Richard et de ses co-signataires est trop limitative : elle n'a pas le caractère général de celle de M. Hovelacque, qui nous laisse une certaine liberté, en ce sens que des projets peuvent être récompensés sans être choisis.

M. Émile RICHARD. — Si vous voulez lire le dernier article de ma proposition, vous verrez qu'elle est identique à celle de M. Hovelacque.

M. CERNESSON. — Vous êtes encore saisis d'une proposition de M. Marsoulan. J'avouerai qu'elle me paraît devoir être prise avant les autres en considération. Les avis sont, en effet, si différents que cette proposition, qui laisse le champ libre aux autres projets, me semble pouvoir réunir ici une majorité.

Je m'y rallierais donc bien volontiers. Je ne vois à son adoption qu'un seul obstacle, c'est que peut-être elle entraînerait de nouveaux retards, dont je prendrais aisément la responsabilité pour ma part. Il ne s'agit pas d'une question de temps, mais d'une question d'art ; il ne s'agit pas de faire rapidement une chose mauvaise, mais de faire une œuvre bonne qui prendra le temps qu'elle prendra. Rien, en effet, dans notre palais municipal, ne doit jurer avec l'ordonnance de l'ensemble, avec la destination du monument.

C'est là ce que je veux ; c'est là ce que toute l'assemblée veut aussi.

Je crois donc que la meilleure solution serait l'adoption de la proposition de M. Marsoulan, quitte au Conseil, s'il le juge bon, à réduire le nombre des membres de la Commission dont elle demande la constitution.

Reste une proposition moins générale, celle de M. Alfred Lamouroux.

M. Alfred Lamouroux propose de décorer notre salle des séances avec des tapisseries de la Ville.

Cette salle est l'ancienne salle du Trône. M. Ballu en a respecté la décoration primitive : il n'a changé que le semis qui était, anciennement, au chef de France ancien, c'est-à-dire de fleurs de lys d'or sur azur.

M. Ballu convenait d'ailleurs que le semis actuel ne valait pas l'autre, et je sais qu'il avait l'intention de le changer.

Pour donner satisfaction à M. Alfred Lamouroux, on peut bien chercher des tapisseries, mais on ne serait pas sûr d'en rencontrer ayant les dimensions convenables.

M. COLLIN. — C'est à examiner.

M. DESPRÉS. — On en vend tous les jours à bon marché à l'Hôtel des ventes !

M. CERNESSON. — Je termine en déposant la proposition suivante :

« La 5ᵉ Commission est invitée à préparer une étude indiquant la classification des sujets à adopter pour la décoration de l'Hôtel de Ville, en tenant compte de l'unité décorative de chaque salle, de l'ordonnance et de la tonalité générale.

« Signé : Cernesson. »

Cette proposition, vous le voyez, Messieurs, porte sur la détermination des sujets, sans quoi il ne saurait y avoir ni concours, ni même commande directe.

Ma proposition étant adoptée, je me rallierais volontiers à celle de M. Marsoulan et à celle de M. Hovelacque, si le Conseil ne se prononçait pas pour la commande directe, telle que M. Ballu la comprenait.

M. Hattat, rapporteur. — Avant d'examiner les nombreux contre-projets qui nous ont été présentés à la dernière séance, permettez-moi de répondre d'abord deux mots à l'orateur qui m'a précédé à cette tribune.

M. Cernesson voudrait que la question fût ajournée, c'est-à-dire qu'elle fît l'objet de trois nouvelles années d'étude. C'est au fond ce qu'il voudrait.

Il vous a parlé des idées générales de M. Ballu; il a soutenu la commande directe, et cependant il accepterait le concours préconisé par M. Hovelacque.

M. Hovelacque. — Il ne faut pas d'équivoque; je combats le concours.

M. Strauss. — Je déclare que je n'ai jamais rien compris à ce que vous demandiez.

M. Hovelacque. — Je m'en rapporte à mes observations de la dernière séance.

M. Hattat, rapporteur. — M. Strauss a reproché à la 5e Commission d'avoir mis trois ans à faire son rapport.

Eh bien! oui, nous avons mis trois ans, et je déclare que je ne connais pas encore l'opinion de M. Cernesson. A-t-il plus édifié le Conseil que votre rapporteur? Je ne le crois pas.

Ceci dit, je vais examiner les divers arguments présentés par les orateurs qui m'ont précédé dans cette discussion.

M. Hovelacque a développé sa proposition. Mais il me permettra de vous donner lecture des conclusions de son discours; vous y verrez que M. Hovelacque ne paraît pas bien convaincu de l'excellence de ce qu'il propose. En effet, notre collègue conclut ainsi :

« Je vous demanderai alors de renvoyer à la 5e Commission l'examen de la discussion qui a lieu en ce moment, afin que la Commission nous présente un nouveau rapport, où il sera tenu compte, à la fois, de la commande directe lorsqu'elle semblera absolument indiquée, du concours ordinaire pour quelques emplacements, et en principe du concours libre que j'ai proposé. »

Donc, M. Hovelacque lui-même ne se montre pas décidé à livrer l'Hôtel de Ville au hasard du concours libre.

M. Hovelacque. — Deux mots. Pour toutes les grandes surfaces, je demande que les artistes soient tous indistinctement invités à nous faire des propositions et, parmi les projets qui nous seront ainsi présentés, nous choisirons les meilleurs. Seulement, il pourra se faire que, pour certaines surfaces moins importantes, aucune offre ne nous soit adressée. C'est alors que nous pourrons peut-être recourir aux commandes directes, ou même, si on veut, au concours ordinaire, mais dans ce cas seulement.

M. Hattat, rapporteur. — On nous a reproché d'avoir fait de la commande directe une question de principe. Ce n'est pas la Commission qui a considéré la commande directe comme un principe, c'est le Conseil lui-même.

En effet, lorsqu'il s'est agi de la décoration sculpturale de l'Hôtel de Ville, avez-vous eu recours au concours? Non, mais à la commande directe. Vous avez commandé pour deux millions de sculpture d'art.

Voix. — On a eu tort!

M. Hovelacque. — Les résultats, en effet, ont été beaux!

Un certain nombre des statues qui décorent l'extérieur de l'Hôtel de Ville sont sans doute bonnes, mais beaucoup malheureusement sont de valeur inférieure; il y a même des statues que vous aviez commandées et que vous n'avez pas acceptées...

M. Hattat, rapporteur. — Ce qui prouve la supériorité de la commande directe sur le concours.

Avec la commande directe, on peut refuser une œuvre mauvaise; un tel refus n'est pas possible quand l'artiste est choisi à la suite d'un concours.

Oui, pour l'Hôtel de Ville, on a retiré une trentaine de commandes.....

M. Després. — Les a-t-on payées?

M. Hattat, rapporteur. — On ne les a pas payées. Si les commandes retirées avaient été obtenues à la suite de concours, l'acceptation des œuvres eût été pour nous obligatoire.

J'arrive maintenant, Messieurs, à la proposition la plus importante, celle de M. Émile Richard.

Notre collègue a complété la proposition de M. Hovelacque.

Il explique comment se fera le concours libre.

C'est cette proposition de M. Émile Richard que je vais examiner devant vous.

Son art. 3 est ainsi conçu :

« La grande surface verticale de la salle des séances du Conseil municipal pourra être donnée comme type pour les grands panneaux à décorer. Pour les plafonds, on choisira le plafond de l'escalier d'honneur.

« Néanmoins, et afin de laisser toute liberté aux artistes, ils pourront choisir, pour leurs projets de décoration, tous les locaux de l'Hôtel de Ville désignés dans un état spécial annexé au programme du concours, et dont les plans devront être distribués aux concurrents sur leur demande. »

Notre collègue s'est-il rendu compte de la portée de cette disposition, de la difficulté de la peinture décorative, de la difficulté de faire des essais sur un plafond?

M. Émile Richard. — Si vous lisiez, en même temps que la totalité de l'article, ceux qui le précèdent et ceux qui le suivent, vous rectifieriez l'idée que vous me prêtez.

M. Hattat, rapporteur. — Il est évident que la décoration d'un édifice est une chose dépendante, qu'elle doit s'harmoniser avec l'architecture et qu'il faut tenir compte et du milieu et des effets de lumière.

Peut-on juger sur une simple esquisse et même sur un morceau?

L'art décoratif n'est pas seulement un talent, c'est une vraie science qui ne s'acquiert que par une longue pratique.

Un artiste jeune pourra fournir une excellente esquisse, qu'il ne pourra reproduire et grandir sur un mur.

C'est pourquoi la 5e Commission, après examen des propositions dont elle a été saisie, n'a pas cru devoir accepter le concours libre. (*Bruit.*)

Le concours, on ne l'a pas demandé pour la sculpture, et cependant il est plus facile de juger un concours de sculpture qu'un concours de peinture.

Le fait est tellement vrai que presque tous les artistes sont opposés au concours pour la décoration de l'Hôtel de Ville. Voilà un élément de l'opinion publique qui doit, ce me semble, peser d'un grand poids dans la balance.

M. Delhomme, dont je suis surpris de voir la signature au bas de la proposition de M. Émile Richard, a donc deux poids et deux mesures, lui qui, au sein de la 5e Commission, s'est toujours opposé au concours pour la sculpture, tout en l'admettant pour la peinture. J'aurais aimé qu'il développât devant la Commission les motifs qui ont pu faire varier son opinion d'artiste.

M. DELHOMME. — J'ai fait des réserves à la 5e Commission. Et d'ailleurs, notre projet diffère du concours tel qu'on le pratique aujourd'hui.

M. HATTAT, rapporteur. — Je n'insiste pas.

Permettez-moi, comme conclusion, de vous donner lecture d'un rapport fait en 1879, lors de la décoration, au concours, de cinq de nos mairies.

Voici ce que disait le rapporteur au sujet du concours :

« Le bénéfice du vote est, comme d'habitude, acquis à des artistes déjà signalés dans les expositions annuelles.

» On pourrait, en présence de ces résultats, discuter la théorie et le système du concours. Met-il en lumière des talents nouveaux? Inspire-t-il toute l'émulation désirable aux artistes classés? On peut en douter.

« Les difficultés du programme imposé, l'ennui de rentrer dans le rang, lorsqu'on occupe un grade élevé, écartent du combat, non certes tous les hommes de valeur, ce concours même nous en fournit la preuve, mais un grand nombre de ceux qui ne veulent pas remettre en question une supériorité reconnue. Le concours flatte tellement un certain goût d'égalité que nous poussons peut-être à l'excès, il répond si bien à ces idées, que la France contemporaine transporte bon gré mal gré, jusque dans le domaine de l'aristocratie des talents, qu'il devient difficile d'en montrer les écueils.

« Toutefois, disons-le franchement, le concours intéresse beaucoup plus le budget personnel du producteur que l'avenir et le progrès de la production elle-même.

« Dans une ville aussi belle et aussi grande que Paris, dans des édifices publics où la peinture murale devient immeuble par destination et acquiert de plein droit une immortalité relative, il serait désastreux que, sur l'attrait d'une esquisse, une décision d'un jury, qui n'est pas impeccable, envoyât des devoirs d'élève à la postérité.

« Nos arrière-neveux nous jugeront sur les ouvrages d'art que nous aurons marqués de l'estampille officielle.

« Ne pourrions-nous pas faire mieux ? Ou ne serait-il pas aussi juste et plus expédient de remplacer la banalité du concours par l'émulation choisie, suivant l'exemple que les grands siècles de l'art nous ont laissé?

« Lorsque le gonfalonier de Florence, Pier Soderini, mit au concours la décoration du Palazzio vecchio, il se garda bien d'appeler pêle-mêle les maîtres et les écoliers qui savaient tenir un pinceau : il limita la concurrence entre les deux meilleurs peintres qu'il avait sous la main, Michel-Ange et Léonard de Vinci.

« Michel-Ange n'avait alors que vingt-neuf ans, mais il était déjà Michel-Ange et Soderini le savait bien. Si nos hommes d'État s'inspiraient de cet esprit, qui est le bon, la marge de l'erreur serait réduite au minimum, et l'État, en échange de ses sacrifices, ne risquerait rien, sinon de payer cher une belle peinture décorative, ou un peu moins cher une esquisse de grande valeur à conserver dans les musées.

« N'oublions pas que l'art survit à tout comme il domine tout; à défaut de l'histoire, quelques débris de marbre ou de peinture témoignent encore pour nous des grandeurs disparues.

« Songeons à l'influence bienfaisante qu'il exerce sur tous les esprits; n'est-il pas encore le charme, et ne peut-on pas dire, l'attrait divin des cités qui ont su autrefois aider à la création de ses merveilles?

« Tâchons, nous aussi, d'obtenir s'il se peut que l'on vienne un jour à Paris rendre hommage à notre goût et admirer les œuvres de l'art français. »

Ces conclusions, Messieurs, étaient suggérées à un grand artiste, Paul Baudry, par les résultats du concours de 1879.

Je termine en faisant un dernier et chaleureux appel au Conseil et en le suppliant de ne pas livrer notre Hôtel de Ville aux hasards du concours, même du concours libre, tel qu'il a été présenté par M. Hovelacque et par M. Émile Richard. (*Assentiment sur plusieurs bancs.*)

M. Vauthier. — Messieurs, je suis bien aise que mon collègue Cernesson ait apporté à cette tribune l'ancien programme de M. Ballu, et qu'il m'ait ainsi fourni l'occasion de revendiquer la petite part de responsabilité qui me revient dans les circonstances qui ont contribué à jeter la défaveur sur ce programme. C'est vous dire que je n'ai pas l'intention d'en défendre les dispositions et que je m'applaudis du soulèvement de la majorité du Conseil et de l'opinion publique contre les propositions qui furent faites à cette époque à la Commission des beaux-arts.

La première fois que le programme de M. Ballu fut présenté à la Commission des beaux-arts, je me souviens que M. le Préfet de la Seine — qui n'est pas un révolutionnaire, en cette matière plus qu'en toute autre — s'écria à un certain moment : « Ceci est trop fort, par exemple ! » Il s'agissait de je ne sais quelle allégorie surannée, de quelque chose d'aussi rococo qu'on puisse imaginer. C'est alors que ce travail fut renvoyé à l'architecte pour être remanié avec le concours d'une Sous-commission. Il nous revint sans avoir changé de caractère et tout aussi mauvais qu'auparavant.

Mon collègue et ami Cernesson a défendu le programme de M. Ballu en s'inspirant de deux considérations principales.

Il a dit d'abord que l'architecte, ayant conçu le monument, devait également en concevoir la décoration picturale. Pour ma part, Messieurs, je ne saisis pas le moindre rapport entre ces deux idées ; et, maintenant que nous avons le monument de l'Hôtel de Ville, qui vaut ce qu'il vaut — en ce qui me concerne, je crois que c'est loin d'être un chef-d'œuvre...

UN MEMBRE. — Très bien !

M. VAUTHIER. — ... Maintenant que nous l'avons, dis-je, notre droit absolu est d'examiner comment il convient qu'il soit relevé par une décoration picturale.

Mon collègue Cernesson a déclaré, en second lieu, qu'il fallait, dans la conception, une unité parfaite, et cette unité résulte, à ses yeux, de cette circonstance qu'un seul homme a conçu le programme dont il s'agit.

C'est encore une considération qui me touche fort peu, et que je ne crois pas juste.

Il est possible qu'un programme sorti du cerveau d'un seul homme soit la cacophonie même, aussi bien qu'une assemblée peut arriver, après suffisante discussion, à déterminer un programme dont toutes les parties s'équilibrent et s'harmonisent.

Du reste, Messieurs, si on analyse les diverses propositions contenues dans ce programme, auquel on voudrait redonner une apparence de vie qu'il n'a jamais eue, on constate que, la dépense totale étant estimée à un peu plus de 1,500,000 francs, sur cette somme la part réservée à la peinture d'histoire n'atteignait pas 150,000 francs, tandis qu'il était consacré plus de 1,000,000 de francs à l'allégorie et aux peintures symboliques. C'est dire, Messieurs, qu'un tel programme était, au point de vue des idées modernes, une conception vieillie, usée, et que je me permets de qualifier d'absurde.

Ce n'est pas que je veuille proscrire absolument l'allégorie et les figures symboliques ; elles ont peut-être leur place dans quelques endroits spéciaux, dans tous les cas sur des surfaces restreintes ; mais, à notre époque, ce n'est pas dans cet ordre d'idées qu'il faut concevoir la décoration de ce monument, qui doit porter dans sa décoration la date qu'il ne porte malheureusement pas dans l'ensemble de sa construction architecturale.

La première chose à déterminer est donc, selon moi, le programme rationnel et d'ensemble de cette décoration.

Nous n'avons pas à discuter, en ce moment, de quelle façon ce programme sera exécuté ; ce n'est que plus tard que nous verrons s'il convient de recourir au concours ou à la commande directe.

J'avoue que j'incline vers ce dernier mode, et, du reste, aucun des auteurs d'amendements n'a échappé à la nécessité de reconnaître au Conseil une action directe sur les commandes.

Examinez les propositions de MM. Hovelacque et Émile Richard. Ils appellent concours libre le procédé qu'ils ont imaginé. Mais ils déclarent nettement que, dans aucun cas, il n'y aura d'engagement pris vis-à-vis d'aucun artiste. Cela est formellement exprimé et par mon collègue Hovelacque dans sa proposition, et par mon collègue Richard dans le remarquable exposé de la sienne qu'il a fait l'autre jour devant le Conseil.

Ils concluent donc l'un et l'autre, en réalité, à la commande directe.

Du reste, leurs propositions ne renferment aucun élément pratique pouvant servir de base à l'institution d'un concours proprement dit dans des conditions à pouvoir aboutir. Mais, je le répète, ce n'est pas le moment d'aborder cette question, et je passe.

Nous nous trouvons aujourd'hui en présence d'un travail ancien, laissé de côté, avec juste raison, selon moi. Ne nous en occupons pas davantage et faisons-en un autre.

Prenons l'ensemble des propositions déposées par les divers membres du Conseil, inspirons-nous de l'esprit nettement déterminé de cette assemblée et faisons ce que depuis trois ans la Commission des beaux-arts n'a pas fait : un programme d'ensemble des peintures décoratives de l'Hôtel de Ville.

Je suis disposé pour cela, comme procédé d'exécution, à me rallier à la proposition Marsoulan ou à toute autre de même sens. Voilà la marche que nous devons suivre.

Nous ne sommes pas en mesure, pour le moment, de discuter la question plus à fond.

Ayons d'abord un programme de la décoration des surfaces à peindre; ensuite, nous verrons comment nous arriverons à sa réalisation, soit par concours, soit par commande directe.

Peut-être, si l'on voulait éviter les retards qu'implique toujours l'action d'une commission nouvelle, trouverait-on dans les propositions de MM. Marsoulan et Émile Richard une indication qui aiderait le Conseil à déterminer le programme en question. Mais l'idée pourrait être jugée peu pratique, et je ne fais que la signaler en passant.

Puisque le cerveau d'un architecte est capable de concevoir la totalité de la décoration picturale du monument dont il a la direction, peut-être existe-t-il des peintres ayant l'esprit assez vaste pour accomplir un travail analogue.

Si cela était vrai, on pourrait prendre la question d'ensemble et ouvrir un concours non plus sur la décoration de telle ou telle partie isolée, mais sur le programme même de la décoration prise dans son ensemble.

Voilà un vaste problème, digne de séduire l'esprit d'artistes éminents qui, alors, acquerraient des droits à devenir, à l'image de l'architecte, les maîtres de l'œuvre.

Trouve-t-on le problème ainsi posé trop difficile à résoudre? On pourrait le scinder en recourant à une opération préliminaire, et décomposer les surfaces à décorer en groupes partiels, et j'ajoute que le monument se prête parfaitement à cette décomposition.

D'après leur destination, leur disposition, les salons de l'Hôtel de Ville peuvent, au point de vue de la décoration picturale, être partagés en groupes bien distincts.

L'un pourrait comprendre la salle des fêtes et ses annexes, l'autre les salons en façade sur le quai, le troisième la salle à manger.

Si on adoptait cette manière de voir, il y aurait à demander aux artistes un programme partiel pour chacun des groupes, programme qui pourrait alors être plus approfondi et détaillé.

C'est là une idée à examiner par la commission proposée par M. Marsoulan, et c'est, selon moi, le seul point à retenir des propositions de MM. Richard et Hovelacque, convenablement transformées.

M. REYGEAL. — J'estime qu'après tous les discours qui ont été prononcés, l'opinion du Conseil est faite. Je veux néanmoins, en quelques mots, appuyer les conclusions de la Commission.

On leur objecte que certains artistes qui ont un passé brillant n'en produisent pas moins à un moment donné des œuvres plus que médiocres.

Ce n'est pas mon avis: un grand peintre ne peut pas faire de la mauvaise peinture. Remarquez, du reste, que l'esquisse qui vous séduira dans le concours ne sera pas toujours

27

l'œuvre de celui qui l'exposera, et, si cet artiste obtient la commande, il ne fera peut-être qu'une mauvaise exécution.

Avec la commande directe, vous ne vous adresserez qu'à des artistes ayant un passé, et c'est vous qui ferez vous-mêmes votre choix, c'est vous qui fixerez le sujet à traiter.

Vous jugerez sur l'avant-projet qui vous sera soumis, et vous serez ainsi assurés d'avoir des œuvres parfaitement exécutées.

M. Paul Viguier. — Messieurs, je n'ai qu'une observation à présenter. Deux sujets distincts ont été traités dans les discours que vous avez entendus; en premier lieu, décider ce que veut le Conseil municipal et comment il manifestera sa volonté; d'autre part, la question d'exécution.

Pour ne pas mêler les objections des partisans et des ennemis du concours à la première question, il convient à mon avis de ne pas joindre ce qui a trait au choix et à l'exécution, car ce sont deux choses distinctes.

M. Levraud. — Messieurs, je veux surtout répondre à la théorie développée par M. Cernesson et que je repousse, pour ma part, absolument. M. Cernesson a exposé une théorie académique de l'adaptation des peintures au milieu auquel elles sont destinées. Cette théorie est juste lorsqu'il s'agit d'une œuvre connue et exécutée entièrement par un grand artiste, mais la chose est rare et depuis Michel-Ange n'a pas été constatée.

J'ajoute qu'en ce qui concerne l'Hôtel de Ville, cette théorie est inacceptable et dangereuse. Je regrette que nos prédécesseurs aient prescrit la réédification de l'Hôtel de Ville d'après les anciens plans. Ils ont commis une faute et ils ont complétement négligé ce que demande M. Cernesson : l'adaptation du monument à sa destination. Il est certain qu'un monument Renaissance ne répond pas aux besoins modernes. Mais ce qui est fait est fait, et il est inutile de se livrer à des récriminations oiseuses.

Pour appliquer avec logique la théorie de M. Cernesson, il faudrait que la décoration fût de même ordre que le monument; mais alors il n'y a pas à discuter, la question est résolue : il faut placer à l'Hôtel de Ville les allégories plus ou moins mystiques de l'époque de la Renaissance. On représentera, par exemple, les membres du Conseil municipal délibérant avec le Saint-Esprit placé au-dessus de leur tête pour les éclairer. (*Rires.*)

M. Georges Berry. — Cela serait souvent nécessaire.

M. Cernesson. — Ce serait un anachronisme.

M. Levraud. — Sur tous nos murs on ne verrait que des allégories religieuses, les seules en harmonie avec le style du monument, ou encore des sujets tirés de l'histoire de la même époque représentant les échevins, nos prédécesseurs, remettant à genoux les clefs de l'Hôtel de Ville au roi.

Est-ce là ce que vous voulez?

M. Cernesson. — Mais non! J'ai dit qu'il fallait déterminer les sujets.

M. Levraud. — Pour aller jusqu'au bout, il faudrait quitter nos redingotes et siéger en costumes mi-partie Renaissance, mi-partie Moyen-âge, et en perruques poudrées.

Cette théorie est donc éminemment rétrograde; je sais qu'elle est très chère à l'Institut et que la conception de M. Ballu devait être dans cet ordre d'idées. Voilà pourquoi, Monsieur Cernesson, je protestais en vous entendant tout à l'heure...

M. Cernesson. — Je ne parlais alors que du principe; je n'entrais pas dans le détail des sujets.

M. Levraud. — Et puis, l'ancien Hôtel de Ville manquait aussi un peu d'unité...

M. Cernesson. — Je l'ai dit comme vous.

M. Levraud. — D'ailleurs, l'erreur qui consiste à tout faire dans le style du passé est funeste. Il n'y a pas d'inconvénient à rompre avec cette tradition.

Il n'est pas rare, en effet, de voir un superbe tableau moderne décorant fort bien un appartement de style ancien ou réciproquement.

M. Cernesson. — Alors faisons un musée.

M. Levraud. — Il faut rompre avec la tradition qui semble nous avoir été imposée par l'exécution en style Renaissance du nouvel Hôtel de Ville.

Nous ne sommes pas de la Renaissance; nous ne sommes pas du Moyen-âge; nous sommes des modernes...

M. Gaston Carle. — Sans style!

M. Levraud. — C'est précisément la constante imitation du passé qui nous empêche d'en avoir un.

De soi-disant amateurs paient des sommes considérables pour des faïences ou des poteries d'imitation et dédaignent des choses modernes infiniment supérieures au point de vue de l'art et de la fabrication.

Ainsi nos artistes, croupissant dans le passé pour plaire au public, ne peuvent avoir d'inspiration, de style original...

M. Paul Viguier. — Ils n'osent pas être eux-mêmes.

M. Levraud. — N'était-ce donc pas le moment, lorsqu'il s'est agi de reconstruire l'Hôtel de Ville, de donner aux artistes l'occasion d'avoir une idée nouvelle en proposant un projet conforme à la vie moderne? Qui sait si nous n'aurions pas alors provoqué un chef-d'œuvre d'un style tout nouveau, si nous n'aurions pas fait naître un autre art? En tout cas, nous aurions fait faire aux architectes un effort d'imagination profitable à tous les points de vue.

Nous avons le malheur de nous confiner dans le passé et de toujours piétiner sur place. Avec de telles idées, on a des architectes, comme M. Ballu, qui ont beaucoup de talent, mais qui sont en somme avant tout des hommes d'érudition.

Aussi l'Hôtel de Ville est-il la reconstitution très ingénieuse d'une autre époque; mais l'art n'a rien à voir là-dedans et l'édifice me laisse absolument froid.

M. Gaston Carle. — Vous préférez l'Opéra!

M. LEVRAUD. — Dans ce monument municipal, malheureusement d'une autre époque, il faut, au moins en ce qui concerne la décoration, renoncer aux reconstitutions surannées et faire franchement de la peinture moderne.

Qu'on proscrive l'allégorie, pour moi je n'y verrais pas d'inconvénients, ou du moins qu'on la restreigne et qu'on nous donne une décoration s'inspirant de nos idées de chaque jour.

M. Cernesson demandait si les sujets seraient indiqués.

Il est clair que nous n'avons pas la prétention d'indiquer le sujet de chaque panneau ; ce serait lier les artistes.

M. CERNESSON. — Je demande seulement qu'on indique l'idée générale qui doit présider à la décoration de chaque salle.

M. LEVRAUD. — Tous les amendements ont suffisamment indiqué quels sujets de la vie moderne pourraient nous inspirer.

M. CERNESSON. — Et je reconnais que ces sujets peuvent prêter à la décoration.

M. LEVRAUD. — On peut reproduire des paysages parisiens.

M. Gaston CARLE. — Le Trocadéro, par exemple.

M. LEVRAUD. — Vous tombez mal en citant le Trocadéro, ce produit bizarre d'architectes distingués et nourris des idées académiques.

Il y a des paysages parisiens tout à fait charmants, qui ne seraient pas déplacés dans certaines salles de l'Hôtel de Ville.

Le travail qui s'élabore dans Paris, la misère même qui y est subie, prêteront à des tableaux.

Je crois que, même dans notre salle de séances, il y aurait sujet de traiter sur les panneaux les souffrances et les misères du peuple de Paris.

Vous auriez ainsi toujours sous les yeux un excellent exemple et un stimulant...

M. Maurice BINDER. — Nous n'avons pas besoin de ça !

M. LEVRAUD. — Vous en avez souvent besoin, Monsieur Binder, vous et vos amis. Le spectacle des plaies sociales...

M. STUPUY. — Nous avons à les guérir, non à les étaler.

M. LEVRAUD. — Ce spectacle, dis-je, n'est pas déplacé devant une assemblée démocratique.

Telles sont les observations générales que je désirais vous soumettre.

Je passe maintenant à la question d'exécution.

Je suis, Messieurs, un des signataires de l'amendement de M. Émile Richard. Je sais qu'il a été assez vivement attaqué. Je dois donc vous dire pourquoi je l'ai signé.

Pour l'exécution de la décoration picturale de l'Hôtel de Ville, il y a deux systèmes : la commande directe et le concours libre.

Plusieurs collègues ont semblé croire que le concours libre était jusqu'à présent pour eux une chose inexpliquée. Quoi de plus clair cependant? Le concours libre présente tous les avantages de la commande directe et du concours ordinaire, sans en offrir les inconvénients.

D'autre part, la commande directe serait pour le Conseil municipal une grave responsabilité. Certes, je ne doute pas que ses choix ne portent sur des hommes de talent, mais il me semble que, en demandant une consultation à tous les artistes, nous pouvons garder l'espoir de voir se produire des révélations, de voir exécuter des chefs-d'œuvre.

Cet aléa seul suffirait pour m'empêcher de voter en faveur de la commande directe.

Le concours libre présente, je le sais, un inconvénient; mais cet inconvénient est de peu d'importance, car il se résout en somme en une dépense. Oui, si ce concours libre est ouvert, il faudra donner certaines primes aux artistes, à titre de rémunération de l'effort fait. M. Émile Richard propose le vote d'une certaine somme dans ce but. Le sacrifice est de peu d'importance en comparaison de l'éventualité de révélations artistiques.

Pourquoi les partisans de la commande directe repousseraient-ils énergiquement le concours libre? Si leurs raisons sont bonnes, le concours libre ne donnera pas de résultat, et alors il nous restera la ressource de nous adresser directement aux artistes illustres.

Je crois donc que l'amendement de M. Émile Richard est acceptable, car il concilie les opinions des partisans de la commande directe et du concours, et j'espère que vous l'adopterez.

M. LE PRÉSIDENT. — Il y a encore, Messieurs, comme orateurs inscrits, les auteurs d'amendements.

UN GRAND NOMBRE DE VOIX. — La clôture!

La clôture de la discussion générale, mise aux voix, est prononcée.

M. MARSOULAN. — Je viens défendre mon amendement qui pose, en quelque sorte, une question préjudicielle. Il faut savoir d'abord ce que nous voulons faire. Il doit y avoir unité dans l'ensemble de la décoration picturale de l'Hôtel de Ville. Si, par le concours libre, vous laissez aux artistes la faculté de choisir les surfaces, il y aura une quantité de concurrents pour les panneaux immenses et, pour les trumeaux, personne.

D'un autre côté, faudra-t-il tout décorer en peinture?

N'y a-t-il pas des sortes de repoussoirs à créer? Ainsi, à côté de la salle des Fêtes, il y a des petits salons, des espaces réservés, repoussoirs des grands salons. Faut-il, grands salons et petits, tout décorer en peinture, et n'y aurait-il pas avantage à mettre dans tels ou tels des sculptures ou des tapisseries, qui feraient valoir les peintures d'à côté?

Les voussures des fenêtres de l'ancien Hôtel de Ville étaient recouvertes de peintures merveilleuses, représentant, si j'ai bonne mémoire, les douze mois de l'année. Vous ne trouverez personne pour se charger de leur exécution, par la voie du concours libre.

M. Émile RICHARD. — Nous nous sommes occupés de l'ensemble décoratif des salles, et non d'une partie.

M. MARSOULAN. — Alors il n'y aura ni unité ni harmonie dans la même salle.

Si, au lieu de peinture, il s'agissait de sculpture, ce serait la même chose.

Il faut donc un examen des plus sérieux pour ne pas livrer l'Hôtel de Ville aux hasards. Nous voulons un monument aussi parfait que possible. Et, pour ma part, je ne saurais assumer la responsabilité de voter les propositions de la Commission et celle de M. Émile Richard.

Dans un monument comme celui où nous sommes, qui doit être la quintessence du bon goût parisien, la représentation de l'art français, nous ne pouvons assumer la responsabilité d'une décision quelconque sur la décoration picturale de telle ou telle salle. Il faut laisser ce soin à une commission technique où le Conseil sera représenté.

Messieurs, il ne manque pas de gens en possession d'une popularité justement acquise : peintres, architectes, sculpteurs ou autres artistes parmi lesquels nous pouvons choisir pour former une sorte de cénacle qui nous dira : Telle salle devra être décorée par la peinture, telle autre devra recevoir des tapisseries ou d'autres motifs de décoration.

Il ne faut pas que le public, l'ouvrier parisien, qui a du goût, soit étonné lorsqu'il visitera les salles de l'Hôtel de Ville. Il faut qu'il puisse s'extasier devant l'ensemble de la décoration et non devant tel ou tel détail.

Quand cette commission technique, dont la compétence ne pourra être discutée, se sera prononcée, vous pourrez alors, si vous voulez, faire un concours ou procéder par voie de commandes directes, et c'est dans cet esprit qu'a été conçu l'amendement que j'ai déposé à la dernière séance. J'en ai modifié la rédaction de la manière suivante :

« Avant de savoir si le concours ou la commande directe aux artistes sera employé pour la décoration picturale de l'Hôtel de Ville, il sera institué une commission composée de vingt membres pris en nombre égal : 1° parmi les membres du Conseil municipal ; 2° les artistes, les architectes ou autres ; 3° les membres de l'Administration. Les membres de cette Commission seront désignés par le Conseil municipal.

« Cette Commission aura pour mandat de décider quelle sera la nature de la décoration de chacune des salles de l'Hôtel de Ville, pour que cette décoration reste conforme à un plan d'ensemble déjà indiqué par l'architecture même du monument.

« Et ce n'est qu'à la suite des indications données par cette Commission que le mode d'exécution des peintures sera arrêté par le Conseil municipal.

« Signé : Marsoulan. »

Quoi qu'on puisse penser des critiques faites contre l'œuvre de M. Ballu, ce qui est certain, c'est que le monument de l'Hôtel de Ville a été mis au concours et que l'architecte qui est sorti victorieux des épreuves de ce concours s'appelle M. Ballu. Il est également certain que cet architecte a eu une idée, une conception, et qu'il l'a traduite sous la forme du monument que nous avons sous les yeux.

Eh bien ! cette idée aujourd'hui réalisée, il faut s'en inspirer dans une certaine mesure, et c'est là, je le répète, l'objet de mon amendement.

M. Alphonse HUMBERT. — Messieurs, j'ai l'honneur de déposer au nom de M. Stupuy et au mien un amendement destiné à compléter la proposition de M. Marsoulan, dont nous acceptons le principe.

Je ne dissimulerai pas que j'ai été un partisan absolu du concours ; mais la discussion a modifié, dans une assez large mesure, mes idées à cet égard.

Il a été produit notamment deux arguments dont il est difficile de n'être pas vivement frappé.

Tout d'abord, il est certain que le concours demeurera un simple concours d'esquisses ; et il est non moins avéré que la supériorité d'esquisse est loin de correspondre toujours à la supériorité d'exécution...

SUR PLUSIEURS BANCS. — Très bien ! Très bien !

M. Alphonse HUMBERT. — Il me serait facile de donner un grand nombre d'exemples très probants à l'appui de cette affirmation.

Pour n'en citer qu'un, je dirai qu'un des artistes les plus considérables de cette époque me signalait il y a quelques jours le fait topique suivant : vous connaissez tous l'œuvre admirable de Rude, qui décore l'Arc-de-Triomphe : eh bien ! ce groupe a fait l'objet d'une maquette insignifiante sur laquelle ne s'indiquait aucune des qualités immenses de l'œuvre exécutée. Il est donc évident que, présentée dans un concours, cette esquisse n'eût pas été acceptée : l'art français eut été ainsi privé d'un de ses plus incontestables chefs-d'œuvre. (Très bien ! Très bien !)

Un autre argument, non moins décisif, a été produit ; il peut se résumer ainsi : si larges que soient les conditions du concours, aucun des artistes célèbres de ce temps ne consentira à en affronter les chances.

M. HATTAT, rapporteur. — J'ai consulté depuis deux ans des centaines d'artistes ; tous sans exception m'ont déclaré qu'ils ne prendraient pas part au concours.

M. HOVELACQUE. — Il ne s'agit pas de concours.

M. Alphonse HUMBERT — J'ajoute, mon cher collègue, que, chaque fois que je parle de concours, j'entends le concours sous quelque forme qu'il se présente et aussi libre qu'il soit. Eh bien ! ni Puvis de Chavannes, ni Ribot, ni Cormon n'y prendront part. Or, je ne puis admettre que l'Hôtel de Ville, où se résume la vie municipale de Paris, ne contienne pas une page signée Puvis de Chavannes, signée Ribot, signée Cormon.

M. STUPUY. — Parfaitement.

M. Alphonse HUMBERT. — Cependant, à côté des inconvénients, le concours présente certains avantages dont j'ai été frappé. Il y a toute une catégorie d'artistes jeunes ou qui, mal favorisés par les circonstances, n'ont pas encore pu donner la mesure de leur talent et sortir de l'obscurité. A ceux-là, il est de toute justice que nous donnions le moyen de se produire et peut-être de marquer définitivement leur place dans l'art contemporain.

Donc, aux gloires reconnues, constatées, acquises, des commandes directes. A la pléiade des jeunes, le concours pour certaines parties du monument qui leur seraient particulièrement réservées.

C'est dans cet ordre d'idées que, mon collègue Stupuy et moi, nous avons l'honneur de déposer la proposition suivante :

« Conserver le premier paragraphe de l'amendement Marsoulan, à partir de ces mots « Il sera constitué une commission », et remplacer le second paragraphe par celui-ci :

« Cette commission dressera un état des emplacements à décorer, lesquels seront, par ses soins, répartis en deux catégories :

« La première sera attribuée à la commande directe ; la seconde sera réservée au concours libre dans des conditions conformes à la proposition de M. Hovelacque.

« Les résolutions de ladite commission ne seront exécutées qu'après approbation du Conseil.

« Signé : Alphonse Humbert, Stupuy. »

Je crois que le Conseil a suffisamment compris ma pensée et que je n'ai pas à la développer autrement.

M. Marsoulan. — Nous pouvons fondre nos deux amendements en un seul.

M. Alphonse Humbert. — En définitive je fais deux parts : l'une pour les artistes indiscutés et dont le talent est consacré ; l'autre pour ceux qui n'ont pu encore attteindre à la gloire.

M. Maurice Binder. — Je fais remarquer au Conseil que c'est exactement mon amendement.

M. Strauss. — M. Alphonse Humbert, avant de développer sa proposition, est rentré dans la discussion générale avec un bonheur d'expressions qui a certainement frappé le Conseil.

Je ne veux pas le suivre, puisque la discussion générale est terminée, et il n'entre pas dans mes intentions de la rouvrir d'une manière détournée.

Ce que je veux, c'est combattre la proposition de M. Marsoulan, car, en réalité, cette proposition n'est qu'une demande d'ajournement.

M. Marsoulan. — En aucune façon, et je proteste contre l'intention que vous me prêtez.

M. Strauss. — Si M. Marsoulan veut former un cénacle, il a à sa disposition l'Institut ou l'Académie. Mais il compose la Commission qu'il nous propose d'artistes, d'architectes, de membres de l'Administration. Qui donc les désignera ? Vous connaissez, Messieurs, les inconvénients qui résultent de la camaraderie, de la coterie pourrais-je dire, qui règne trop souvent dans ces sortes de commissions. Ces institutions ont toujours été combattues dans cette assemblée. D'ailleurs, quelle que soit la décision prise, le dernier mot doit rester au Conseil.

L'opinion, je le crois, est faite sur toutes les propositions et ce n'est pas en reculant notre décision, comme on nous le propose, que nous ferons faire un pas à la solution de la question.

Je vous demande donc instamment de repousser la proposition de M. Marsoulan ; que son auteur le veuille ou non, elle se traduit en réalité par un ajournement.

Nous sommes, en ce qui nous concerne, en mesure de nous prononcer.

Quant à une prompte exécution de notre décision, c'est à nous de prendre les mesures nécessaires.

Comme conclusion, je dépose, Messieurs, la proposition suivante qui, cela est bien entendu, ne viendra utilement en discussion qu'autant que l'article premier des conclusions de la Commission serait adopté.

Elle a pour but de réglementer le fonctionnement de la commande directe.

La voici :

« Une Commission de trente membres, formée de la manière suivante, sera chargée de préparer un programme d'ensemble de la décoration de l'Hôtel de Ville pour être soumis au Conseil municipal par les soins de sa 5ᵉ Commission.

» Cette commission comprendra six membres de la Commission administrative des beaux-arts, douze membres du Conseil élus au scrutin de liste et douze personnes désignées par le Conseil en raison de leur compétence.

« La Commission devra se prononcer sur la répartition des surfaces, le choix des sujets, les noms des artistes, le prix alloué pour l'exécution de chacune des commandes. Elle fera largement appel à l'initiative des artistes et elle soumettra directement le résultat de son étude à M. le Président du Conseil municipal, qui en saisira directement la 5ᵉ Commission.

« Signé : Strauss. »

M. Desprès. — Ajoutez les architectes de l'Hôtel de Ville.

M. Strauss. — Bien entendu, la Commission prendra l'avis des architectes. Il est évident que si le désaccord avec M. le directeur des Travaux ne porte que sur ce point, cela n'a aucune importance. D'ailleurs, M. le Préfet de la Seine et M. le directeur des Travaux feront partie de la Commission et, si M. le Préfet croit devoir y introduire un architecte nominalement désigné, je ne m'y oppose pas, bien que M. le directeur des Travaux soit en réalité l'architecte en chef de l'Hôtel de Ville.

Ici j'appelle toute l'attention de mes collègues Richard et Hovelacque. Ma proposition, qui n'est applicable qu'avec la commande directe, a subi l'impression produite sur nos esprits par les observations de MM. Hovelacque et Richard.

Cette Commission d'études préalables devra faire appel aux artistes. Elle devra s'inspirer des propositions qui lui seront présentées. Il est bien certain qu'elle ne devra pas exiger que M. Puvis de Chavannes, par exemple, lui apporte un projet ; mais qu'un artiste jeune vienne lui soumettre une idée originale : elle examinera si l'auteur de l'esquisse est en état d'exécuter son projet. Dans l'affirmative, elle inscrira son nom dans ses propositions définitives.

M. Paul Viguier. — Nous pourrons aussi acquérir l'idée.

M. Strauss. — Parfaitement.

Le Conseil municipal sera largement représenté dans cette Commission ; la 5ᵉ Commission viendra nous soumettre le résultat de ses études et le Conseil adhérera certainement aux propositions qui lui seront faites. Ainsi satisfaction sera donnée à MM. Hovelacque et Émile Richard, puisque les artistes apporteront leurs projets à la Commission.

Je demande donc au Conseil de ne pas accepter la proposition de M. Marsoulan, qui laisse tout en l'état, de passer au vote sur l'art. 1ᵉʳ du projet de la 5ᵉ Commission et d'organiser le fonctionnement de la commande directe avec toutes les garanties nécessaires. Il appartiendra ensuite au Conseil de statuer en dernier ressort.

Grâce à ce système, nous serons entourés de toutes les compétences, nous ferons une œuvre bonne ; nous n'aurons écarté aucune des gloires artistiques que nous voulons voir contribuer à la décoration de la maison commune, et aucun de ceux qui doivent participer à cette œuvre ne sera éliminé. (*Très bien !*)

Je vous prie, Messieurs, de passer au vote de l'art. 1er du projet de la Commission et d'adopter ensuite mon amendement.

De tous côtés. — Aux voix ! Aux voix !

M. Stupuy. — Je crois que l'opinion du Conseil est faite. Il me parait pourtant intéressant, avant le vote, d'entendre l'Administration. Je prie M. le directeur des Travaux de nous donner personnellement son avis.

M. le directeur des Travaux. — Messieurs, l'Administration jusqu'ici est restée en dehors de toute proposition relative à la décoration picturale de l'Hôtel de Ville. Elle a pensé que c'était là principalement une question d'art et, comme, dès le début, cette question avait été portée devant votre Commission des beaux-arts, nous avons cru devoir nous abstenir.

Cependant, au point où en est arrivé le débat, il faut préciser.

Le Conseil a sans doute été frappé des considérations qui lui ont été présentées sur la nécessité de savoir ce qu'on veut faire à l'Hôtel de Ville. Il ne s'agit pas ici de la décoration d'une salle quelconque, mais de la décoration d'un monument dont chaque partie a une destination spéciale, dans lequel la décoration picturale ne peut être que le complément d'un ensemble déjà existant.

Toute la sculpture, sculpture d'art, sculpture décorative, est faite. Il ne reste, en somme, qu'un petit nombre d'emplacements pour la peinture.

C'est ainsi que vous ne pourriez évidemment pas avoir ici même, dans votre salle des séances, avec toutes ces boiseries, toutes ces portes, tous ces accidents, vous ne pourriez pas, dis-je, avoir des peintures murales.

Donc, avant de faire un appel aux artistes, avant de les engager dans des études qui n'aboutiraient pas, il est nécessaire d'établir un programme.

Ce programme avait été dressé par un architecte dont c'était le rôle et qui, avec son talent, pouvait le faire mieux que tout autre, par M. Ballu.

M. Ballu est mort. Personne n'a, après lui, l'autorité nécessaire pour recommencer et imposer ce programme.

Les deux architectes actuels de l'Hôtel de Ville sont certainement des hommes de grand mérite ; mais ils n'ont pas encore la situation prépondérante qui leur permettrait de faire prévaloir leurs idées.

Il faut, par suite, puisque nous ne pouvons trouver un homme, remplacer M. Ballu par une Commission présentant les mêmes garanties et dont les éléments ont été d'ailleurs indiqués à peu près par tout le monde. La proposition de M. Strauss n'exclut, en effet, ni celle de M. Marsoulan, ni celle de M. Humbert. Il serait possible de fondre ensemble toutes ces propositions et d'arriver ainsi à la formation d'une Commission qui nous présentera une œuvre complète et non une œuvre composée d'éléments hétérogènes, d'un bariolage d'idées que nous ne pourrions admettre dans un aussi splendide monument. (*Très bien !*)

Dans cette Commission, vous appellerez toutes les compétences possibles, sans esprit d'école, car il est évident pour moi que la décoration de notre beau monument municipal doit être éclectique, et être réalisée par tous les artistes d'une valeur incontestable. (*Assentiment.*)

Ce serait, à mon sens, une faute énorme de ne pas réunir dans l'Hôtel de Ville les signatures de tous les grands maîtres.

De cette Commission devront faire partie des gens absolument désintéressés qui, en parfaite connaissance de cause, poseront des programmes, nommeront les artistes à appeler et indiqueront les salles où leur talent pourra donner le meilleur résultat.

Une fois ce travail fait, je ne vois aucun inconvénient à ce que, pour le reste, on s'adresse au concours.

Mais dans le concours, Messieurs, la grosse difficulté c'est le jury. Nous avons vu trop souvent que les jurys obéissaient à des questions de camaraderie ou d'école; il faudra trouver le moyen de composer un jury qui n'offre pas ces inconvénients; c'est une question à examiner, peut-être n'est-elle pas insoluble. Tel est l'avis de l'Administration. (*Assentiment.*)

M. Émile RICHARD. — J'ai le regret de ne pas être d'accord avec M. le directeur des Travaux en ce qui concerne les amendements présentés.

Quelle idée, en somme, se dégage de toutes les discussions qui ont eu lieu?

C'est cette idée très naturelle et très louable que la décoration picturale de l'Hôtel de Ville doit répondre au caractère architectural du monument.

Mais croyez-vous que vous pourrez parvenir au but que vous poursuivez en admettant le procédé préconisé par M. Marsoulan, et auquel se rallie M. le directeur des Travaux?

Tout d'abord, il me semble qu'il y a un vague absolu sur la constitution de cette fameuse Commission.....

M. MARSOULAN. — Il n'y a rien de vague!

M. Émile RICHARD. — Vous trouvez?

Mais qui voulez-vous introduire dans cette Commission? Tous les hommes compétents, tous les artistes d'un talent incontestable et d'une renommée consacrée?

Eh! mais, Messieurs, il me semble qu'il existe déjà un corps qui, pour une partie de l'opinion publique, a précisément compétence et renommée; c'est l'Académie des beaux-arts.

Est-ce l'Académie des beaux-arts que vous voulez charger du soin de dire comment devra être décoré l'Hôtel de Ville et à quels artistes cette décoration sera confiée?

M. MARSOULAN. — Vous savez bien que non!

M. LEVRAUD. — Et pourtant vous en arrivez là.

M. Alphonse HUMBERT. — C'est vous qui désignerez les membres de cette grande Commission, vous, Conseil municipal.

M. Émile RICHARD. — J'ajoutais tout à l'heure qu'il était désirable qu'un travail préalable fût fait, qui eût dû être exécuté par la 5e Commission et que nos collègues veulent maintenant faire faire par la nouvelle Commission; il faut, en effet, grouper les salles ayant besoin d'une décoration commune, indiquer celles à décorer, dire quelles surfaces doivent être choisies.

Si la 5ᵉ Commission avait fait ce travail, nous n'en serions pas aujourd'hui où nous en sommes, c'est-à-dire presque décidés pour la plupart à tout renvoyer à la 5ᵉ Commission.

Dans ces conditions, Messieurs, croyez-vous que la création d'une grande Commission nous avancera beaucoup dans notre travail? Elle fera ce qu'a fait la 5ᵉ Commission. En effet, elle se livrera à des dissertations sur les mérites respectifs de la commande directe et du concours libre, — ou bien elle voudra faire acte d'autorité et le Conseil municipal se trouvera ainsi dépouillé de son droit de choisir...

M. Marsoulan. — Mais non! Jamais!

M. Hovelacque. — Le Conseil abdiquera.

M. Émile Richard. — Ce serait, en effet, de la part du Conseil une abdication, — et c'est à cette abdication que M. Marsoulan nous convie.

M. Marsoulan. — Non!

M. Émile Richard. — M. Marsoulan se trouve à peu près d'accord avec M. le directeur des Travaux. Je le prie de me laisser dire pourquoi je repousse sa proposition.

On nous demande de statuer sur un programme qui sera établi par cette Commission. Mais combien de temps durera cette procédure? Votre proposition, Monsieur Marsoulan, n'est qu'un ajournement déguisé. Or, la discussion est assez avancée, et l'opinion de chacun de nous doit être faite.

Je ne dis pas qu'aujourd'hui même nous puissions décider de quelle façon aboutira cette question de la décoration picturale de l'Hôtel de Ville.

Mais deux questions ont été posées sur lesquelles il faut se prononcer, — et d'abord une question de méthode.

Nous sommes en présence de deux propositions fermes qui ne s'excluent pas, préconisant, l'une le concours libre, l'autre la commande directe. Il faut que le Conseil prononce entre les deux. Or, le concours libre ne préjuge rien. C'est un appel fait aux peintres pour présenter des avant-projets; cette présentation ne leur créera aucun droit et, même dans ce système, il serait possible de réserver certaines salles pour les artistes distingués dont M. Alphonse Humbert se préoccupait tout à l'heure. Vous repousserez donc, Messieurs, la proposition de M. Marsoulan.

M. Alphonse Humbert. — J'ai l'honneur de déposer la proposition suivante, à laquelle se rallient les auteurs de plusieurs amendements et qui admet le principe du concours et celui de la commande directe :

« Une Commission de trente-deux membres, formée de la manière suivante, sera chargée de préparer un programme d'ensemble de la décoration de l'Hôtel de Ville pour être soumis au Conseil municipal par les soins de sa 5ᵉ Commission.

« Cette Commission comprendra les deux architectes de l'Hôtel de Ville, six membres de la Commission administrative des beaux-arts, douze membres du Conseil élus au scrutin de liste et onze personnes désignées par le Conseil en raison de leur compétence.

« Cette Commission dressera un état des emplacements à décorer, lesquels seront, par ses soins, répartis en deux catégories.

« La première sera attribuée à la commande directe, la seconde sera réservée au concours libre dans des conditions conformes à la proposition de M. Hovelacque.

« Les résolutions de ladite Commission ne seront exécutoires qu'après approbation du Conseil.

« Signé : Alphonse Humbert, Strauss, Stupuy, Marsoulan, Maurice Binder, Vauthier, Frère. »

M. Depasse. — Si cette proposition était adoptée, quel serait le rôle de la 5e Commission?

M. Alphonse Humbert. — Elle conservera son rôle actuel, celui que lui départissent ses attributions.

M. Depasse. — Alors les projets iront de la Commission technique à la 5e Commission, de celle-ci au Conseil. Voilà une filière bien longue.

M. Alphonse Humbert. — Vous vous méprenez; cette proposition va aller directement à la Commission mixte dont nous demandons la création. Notre pensée, je le répète, est de former une grande Commission qui réunira toutes les compétences, attendu qu'à côté de la direction générale, il y a une direction spéciale qu'il appartient aux artistes d'imprimer. *(Très bien! Très bien!)*

Plusieurs membres. — La priorité pour la proposition Alphonse Humbert!

M. Depasse. — Si j'ai bien compris la proposition déposée par M. Alphonse Humbert, on demande de former une grande Commission mixte où entreront toutes les compétences.

Cette Commission mixte étudiera l'œuvre d'ensemble et présentera des conclusions qui seront transmises à la 5e Commission : celle-ci les examinera et vous apportera un rapport.

Eh bien! je crois que cette filière est extrêmement et inutilement compliquée...

M. Alphonse Humbert. — Mais le rôle de la 5e Commission ne sera pas considérable, puisque, comme vous le reconnaissez vous-même, elle n'a pas la compétence qu'aura la grande Commission.

M. Depasse. — Je vous prie de ne pas m'interrompre et de m'éclairer sur ce point : ne dites-vous pas dans votre proposition que la 5e Commission sera chargée d'apporter au Conseil les conclusions de la Commission générale?

Si oui, la 5e Commission aura donc un rapport à faire...

M. Alphonse Humbert. — Vous compliquerez les choses si vous voulez. Qu'importe!

M. Depasse. — Pardon, c'est vous, auteur de la proposition, qui compliquez les choses. Si vous estimez qu'il est utile de former cette Commission mixte, il faut qu'il n'y ait pas d'inter-médiaire entre le Conseil et cette Commission...

M. Alphonse Humbert. — Il est étrange qu'alors que nous nous occupons uniquement de cette grande œuvre de la décoration de l'Hôtel de Ville, vous persistiez à soulever une question bien secondaire d'amour-propre. (*Bruit.*)

M. Depasse. — Vous répondez avec animation à une observation très simple.

Si vous voulez que votre nouvelle Commission étudie la question et fasse un rapport, je demande que son œuvre ne soit pas renvoyée à la 5ᵉ Commission.

M. Alphonse Humbert. — Cela nous importe peu. Nous ne tiendrons compte que des conclusions de la Commission dont nous demandons la nomination. Tout le reste est procédure, c'est-à-dire accessoire.

M. Hattat, rapporteur. — Ce que M. Alphonse Humbert demande n'est rien autre chose que ce qui se passe actuellement. Nous avons une Commission administrative des beaux-arts, elle examine les questions de sa compétence et nous envoie ses propositions, que nous vous transmettons la plupart du temps sans changement. Tout dernièrement encore, pour la décoration de la Sorbonne, nous vous avons soumis les projets qu'elle nous avait envoyés, parce qu'ils étaient élaborés par des hommes de talent ayant fait leurs preuves et que les artistes indiqués étaient également d'une valeur incontestable. Aujourd'hui, vous n'avez peut-être plus autant de confiance en elle pour une question aussi grave que celle qui nous occupe — je n'examine pas si vous avez tort ou raison — et vous voulez une grande Commission technique spéciale. Je ne m'y oppose pas. Cela nous permettra enfin d'obtenir une étude complète et approfondie par des hommes dont on ne discutera pas la compétence.

M. Strauss. — M. Depasse critique la procédure que crée la proposition que nous venons de déposer; c'est moi qui suis le coupable et je tiens à lui répondre en quelques mots. Ce n'est pas, comme notre honorable collègue le pense, pour compliquer les choses que nous avons imaginé la Commission technique.

Je m'étonne que M. Depasse, qui a jusqu'ici accepté d'être secondé dans ses travaux par une Commission administrative, se refuse aujourd'hui à recevoir l'aide d'une Commission technique d'origine élective.

Je n'ai aucun sentiment de défiance vis-à-vis de la Commission administrative des beaux-arts, puisque six membres de cette Commission feront partie de la nouvelle Commission; mais la Commission administrative, grâce à sa composition, serait à la fois juge et partie dans la question; or, comme M. Levraud, nous voulons avoir en mains tous les éléments du dossier.

Quant à dire que la nouvelle Commission sera dans la dépendance de l'Administration, ce reproche n'est pas fondé.

En effet, l'Administration désignera huit membres et le Conseil, outre ses membres qui en feront partie, choisira douze personnes. Vous le voyez, Messieurs, nous ferons ainsi œuvre sage et pratique et, grâce aux concessions mutuelles que nous nous sommes faites, nous réaliserons l'embellissement de la maison commune. (*Très bien!*)

M. le Président. — Je reçois la proposition suivante :

« La 5ᵉ Commission est invitée à proposer au Conseil un projet de délibération organisant le concours libre pour la décoration picturale de l'Hôtel de Ville.

« Signé : Hovelacque, Réty, Lefebvre-Roncier, Vaillant, Émile Richard, Lyon-Alemand, Paul Viguier. »

M. VAILLANT. — Je demande la priorité en faveur de cette proposition.

M. LYON-ALEMAND. — Je demande au Conseil, dans une question aussi grave, de ne pas craindre les responsabilités et de ne pas abdiquer. C'est au Conseil municipal seul qu'il appartient de statuer relativement à la décoration picturale de l'Hôtel de Ville, et je ne comprendrais pas qu'il demandât qu'on le fît à sa place.

Lorsqu'un propriétaire veut faire faire des peintures d'art, il ne charge pas les artistes de décider qui les exécutera. Eh bien! le propriétaire de l'Hôtel de Ville, c'est la ville de Paris représentée par son Conseil municipal. C'est donc à lui qu'il appartient de décider.

Dans ces conditions, je demande que la 3e Commission nous apporte d'urgence un rapport. N'allons pas chercher les uns et les autres pour émettre une opinion. Émettons-la nous mêmes.

M. LE PRÉSIDENT. — Je mets aux voix la priorité pour la proposition de MM. Alphonse Humbert, Marsoulan, Strauss, Maurice Binder, Stupuy, etc.

Il y a une demande de scrutin.

Le scrutin auquel il est procédé donne les résultats suivants :

                Nombre de votants............................ 59
                Majorité absolue............................ 30
                Pour.. 33
                Contre...................................... 26

Le Conseil a accordé la priorité.

Ont voté pour :

MM. Georges Berry, Maurice Binder, Boll, Gaston Carle, Cernesson, Chautemps, Cochin, Combes, Delabrousse, Depasse, Deschamps, Despatys, Després, Dufaure, Frère, Gamard, Gaufrès, Ernest Hamel, Hattat, Hervieux, Alphonse Humbert, Alfred Lamouroux, Lerolle, Marsoulan, Marius Martin, Muzet, Riant, Rouzé, Sauton, Simoneau, Strauss, Stupuy, Vauthier.

Ont voté contre :

MM. Boué, de Bouteiller, Cattiaux, Collin, Curé, Darlot, Delhomme, Faillet, Guichard, Hovelacque, Jacques, Jeaud, Joffrin, Lefebvre-Roncier, Levraud, Lyon-Alemand, de Ménorval, Navarre, Patenne, Piperaud, Réty, Émile Richard, Robinet, Vaillant, Paul Viguier, Voisin.

Excusés :

MM. Braleret, Chabert.

En délégation :

MM. Chassaing, Cusset, Davoust, Leclerc, Arsène Lopin, Mayer, Edgar Monteil, Rousselle.

N'ont pas pris part au vote :

MM. Armengaud, Bartholoni, Deligny, Desmoulins, Léon Donnat, Jobbé-Duval, Narcisse Leven, Longuet, Mesureur, Reygeal, Villard.

M. LE PRÉSIDENT. — Je mets en conséquence aux voix la proposition de M. Alphonse Humbert.

Il y a une demande de scrutin.

Le scrutin auquel il est procédé donne les résultats suivants :

Nombre de votants............................	60
Majorité absolue............................	31
Pour.......................................	34
Contre.....................................	26

Le Conseil a adopté la proposition (1887, C. 45 et C. 82).

Ont voté pour :

MM. Georges Berry, Maurice Binder, Boll, Gaston Carle, Cernesson, Chautemps, Cochin, Combes, Delabrousse, Depasse, Despatys, Després, Dufaure, Frère, Gamard, Gaufrès, Ernest Hamel, Hattat, Alphonse Humbert, Jacques, Jeaud, Alfred Lamouroux, Lerolle, Longuet, Marsoulan, Marius Martin, Muzet, Riant, Rouzé, Sauton, Simoneau, Strauss, Stupuy, Vauthier.

Ont voté contre :

MM. de Bouteiller, Cattiaux, Collin, Curé, Darlot, Delhomme, Deschamps, Desmoulins, Léon Donnat, Faillet, Guichard, Hovelacque, Joffrin, Lefebvre-Roncier, Levraud, Lyon-Alemand, de Ménorval, Navarre, Patenne, Piperaud, Réty, Émile Richard, Robinet, Vaillant, Paul Viguier, Voisin.

Excusés :

MM. Braleret, Chabert.

En délégation :

MM. Chassaing, Cusset, Davoust, Leclerc, Arsène Lopin, Mayer, Edgar Monteil, Rousselle.

N'ont pas pris part au vote :

MM. Armengaud, Bartholoni, Boué, Deligny, Hervieux, Jobbé-Duval, Narcisse Leven, Mesureur, Reygeal, Villard.

M. HOVELACQUE. — Il est bien entendu que les autres questions ne sont pas enterrées.

M. Strauss. — Messieurs, je demande la mise à l'ordre du jour de notre prochaine séance de la nomination des 12 membres du Conseil municipal et de celle des 12 personnes qui seront désignées pour faire partie de cette Commission en raison de leur compétence spéciale.

M. Hovelacque. — Il doit être entendu que ce que nous venons de voter, ce sont les préliminaires, et qu'il nous reste encore à nous prononcer sur les deux principes en présence : le concours libre et la commande directe.

M. Strauss. — On a fait une transaction sur ce sujet.

M. Maurice Binder. — Cette question sera tranchée sur le rapport de la Commission.

M. Hovelacque. — Il est bien entendu que cette question est réservée, et j'en prends acte.

M. Levraud. — Ainsi, voilà une Commission administrative composée d'artistes qui vont trancher la question de savoir si des commandes directes leur seront faites!

M. Strauss. — Pardon, mon cher collègue. La question de principe est tranchée par la transaction intervenue, qui admet le concours libre et la commande directe tout à la fois.

Il s'est fait entre les partisans de ces deux opinions une transaction, qui a eu pour résultat la délibération que vous venez de prendre. (*Très bien !*)

Et ainsi la question de principe n'est plus soumise ni à la Commission, ni au vote du Conseil : elle est tranchée.

M. Levraud. — C'est seulement contre cette opinion que je m'élève.

M. Strauss. — Les partisans de la commande directe, dont j'étais, ont fait à MM. Richard et Hovelacque une concession dont ceux-ci ne paraissent pas sentir l'importance.

Reprenant la proposition primitivement déposée par M. Maurice Binder, nous avons admis pour la décoration de l'Hôtel de Ville ces deux principes : la commande directe et le concours libre.

Donc, ce qui sera soumis au Conseil municipal, ce sera la question d'exécution, de mise en application du principe voté. Mais la Commission ne peut échapper à l'obligation de préparer la mise au concours de certaines surfaces et de proposer l'attribution de certaines autres à la commande directe; le Conseil lui a tracé son devoir.

Quand elle aura étudié la question technique, elle indiquera quelles surfaces lui paraissent devoir être décorées par le mode du concours ou par le système de la commande directe.

Le Conseil recevra, par le canal légitime et nécessaire de sa 3e Commission, des propositions d'application des deux systèmes en présence : le concours libre et la commande directe. Ce jour-là, le Conseil et M. Levraud feront ce qu'ils voudront et, si vous croyez devoir repousser d'ensemble le travail de cette commission administrative, vous le pourrez faire, mais au moins vous aurez en mains les éléments d'appréciation qui vous manquent aujourd'hui.

Et je suis, en vérité, étonné d'entendre dire que, en proposant la délibération que vous venez d'émettre, nous avons en fait retardé l'exécution du programme de décoration picturale de l'Hôtel de Ville. Dans leurs propositions, MM. Hovelacque et Émile Richard, d'ailleurs, ne vous demandaient pas autre chose que de voter sur le principe du concours libre; si donc ces propositions avaient été adoptées, il n'en aurait pas moins fallu vous en remettre à une commission du soin de statuer sur le programme. Ce n'est donc pas une politique d'ajournement que nous avons introduite ici; en réalité, par le vote que vous venez d'émettre, les partisans des propositions de MM. Hovelacque et Émile Richard ont une demi-victoire; ils devraient être satisfaits et j'espère qu'ils ne se refuseront pas, une fois la première irritation tombée, à mener à bien de concert avec nous l'œuvre de la décoration de l'Hôtel de Ville. (*Très bien !*)

M. LE PRÉSIDENT. — Je fais observer que le dernier paragraphe de la proposition que le Conseil vient de voter porte que les propositions de la commission à créer reviendront devant le Conseil.

M. JACQUES. — Parfaitement. Le Conseil reste toujours maître de son vote.

M. LEVRAUD. — On voit bien que vous ne connaissez pas les commissions administratives !

M. HOVELACQUE. — Nous sommes battus, nous qui avons préconisé le concours libre, mais nous essaierons de prendre notre revanche lors du vote définitif sur la commande directe ou le concours libre.

La Commission administrative fera des propositions. C'est là que nous nous compterons.

Mais il y a un point sur lequel il n'a pas été statué, et qui devra être mis aux voix : c'est la proposition de M. Lamouroux et de plusieurs de nos collègues, tendant à ce que la salle des séances du Conseil soit décorée avec des tapisseries appartenant à la Ville.

Il est désirable que cette proposition soit discutée à une prochaine séaance. (*Très bien ! Très bien !*)

M. Paul VIGUIER. — La Commission administrative tiendra compte de tous les desiderata.

M. Gaston CARLE. — Ce ne sera pas une commission administrative, puisque douze membres de cette assemblée en feront partie.

M. HATTAT, président de la 5ᵉ Commission. — J'accepte le renvoi de la proposition de M. Alfred Lamouroux à la 5ᵉ Commission.

M. HOVELACQUE. — Avec rapport spécial à bref délai.

M. HATTAT. — C'est entendu.

ANNEXE N° **26**.

Commission de décoration de l'Hôtel de Ville (1889-1903) (1).

1889

MM. Deperthes, Formigé, architectes ; Cernesson, Hattat, Collin, Léon Donnat, Hovelacque, Sauton, Delhomme, Paul Strauss, Émile Richard, Alphonse Humbert, Charles Longuet, Levraud, conseillers municipaux ; Poubelle, préfet de la Seine ; Alphand, directeur des Travaux ; Bailly, Vaudremer, architectes : Liouville, membre de la Commission des beaux-arts ; Vauthier ; Bracquemont, graveur ; Dalou, Guillaume, statuaires ; Thulié ; Chapu, statuaire ; Véron : Henry Maret, député ; Clément ; d'Échérac, critique d'art ; Henry Rochefort ; Lavastre, peintre décora- teur ; Yves Guyot, député.

1891

MM. Poubelle, préfet de la Seine, président d'honneur ; Alphand, directeur des Travaux ; Bailly, architecte ; Bracquemond, graveur ; Chapu, statuaire ; Denys Cochin, Collin, conseillers municipaux ; Dalou, statuaire ; Delhomme, conseiller municipal ; Deperthes, architecte de l'Hôtel de Ville ; d'Échérac, critique d'art ; Formigé, architecte de l'Hôtel de Ville ; Guillaume, statuaire ; Guyot (Yves), ministre des Travaux publics ; Hattat, conseiller municipal ; Hovelacque, Humbert (Alphonse), députés ; Laurent (Charles), conseiller municipal ; Lavastre, peintre ; Levraud, conseiller municipal ; Liouville, membre de la Commission des beaux-arts ; Lisch, inspecteur général des Monuments historiques ; Longuet (Charles), conseiller municipal ; Mantz, critique d'art ; Maret (Henry), député ; Renaud, inspecteur en chef des Beaux-arts ; N..., conseiller municipal ; Rodin, statuaire ; Sauton, Strauss (Paul), Stupuy, conseillers municipaux ; Vaudremer, architecte ; R. Brown, chef de bureau des Beaux-arts.

Jury du concours pour la décoration de l'Hôtel de Ville.

Les mêmes membres que ci-dessus, plus :

MM. Besnard, Bonnat, Delaunay, Fantin-Latour, Lhermitte, Merson, Puvis de Chavannes, Roll, artistes peintres.

---

(1) Ce tableau a été dressé par M. Veyrat, chef du bureau des Beaux-arts.

1892

Dans la Commission, M. Alphand est remplacé par M. Huet.

MM. Bailly, Chapu, Lavastre sont remplacés par MM. Frémiet et Chaplain, statuaires ; Jambon, peintre.

M. Vaillant, conseiller municipal, est nommé membre.

Dans le Jury, M. Delaunay, peintre, ne figure plus (décédé).

1893

Dans la Commission, MM. Collin, Charles Longuet, Stupuy, conseillers municipaux, sont remplacés par MM. Pierre Baudin, Hervieu, Quentin-Bauchart, conseillers municipaux.

Dans le Jury, M. J.-P. Laurens, peintre, est nommé.

1894

Dans la Commission, ne figurent plus : MM. Denys Cochin, Alphonse Humbert, Charles Laurent, Vaillant, conseillers municipaux.

1895

Ne figurent plus dans la Commission : MM. Delhomme, conseiller municipal, et Mantz, critique d'prt.

1896

Dans la Commission, ne figurent plus MM. Renaud, inspecteur en chef des Beaux-arts, et Hovelacque.

Sont nommés : MM. Bouvard, directeur des services d'Architecture ; Berthelot, Bompard, Clairin, Lampué, conseillers municipaux ; Alphonse Humbert, député ; Ralph Brown. — MM. Veyrat, chef du bureau des Beaux-arts, et Eugène Bourgeois, rédacteur principal, secrétaires.

1897

Pas de changement.

1898

Dans la Commission, sont nommés MM. Defrance, directeur administratif des Travaux, et Roger Marx, critique d'art.

Ne figurent plus : MM. Huet, directeur des Travaux ; Hervieu et Paul Strauss, conseillers municipaux.

1899

Dans la Commission, MM. Pierre Baudin, Berthelot, Bompard et Levraud, conseillers municipaux, et Deperthes, architecte de l'Hôtel de Ville, ne figurent plus.

Sont nommés : MM. Archain, Chassaigne Goyon, Despatys, Deville, John Labusquière, Rebeillard, conseillers municipaux.

Dans le Jury de concours, ne figure plus M. Puvis de Chavannes (décédé).

1901

Sont nommés membres de la Commission : MM. César Caire, Daussel, Henri Galli, Pugliesi-Conti, conseillers municipaux.

N'y figurent plus : MM. Clairin, Hattat, Lampué, conseillers municipaux.

1902

Même composition.

N'y figure plus : M. John Labusquière.

1903

MM. de Selves, président d'honneur, préfet de la Seine; Archain, conseiller municipal ; Bouvard, directeur d'Architecture; Bracquemond, graveur; Brown, inspecteur des Beaux-arts; César Caire, conseiller municipal ; Chaplain, graveur en médailles: Chassaigne Goyon, Daussel, conseillers municipaux; d'Échérac. critique d'art; de Pontich, directeur des Travaux; Despatys, Deville, Paul Escudier, conseillers municipaux: Formigé, architecte de l'Hôtel de Ville; Frémiet, statuaire; Henri Galli, conseiller municipal; Guillaume, statuaire; Guyot (Yves), Alphonse Humbert, anciens députés; Jambon, peintre décorateur; Just Lisch, inspecteur général des Monuments historiques; Henry Maret, député; Roger Marx, critique d'art; Pugliesi-Conti, Quentin-Bauchart, conseillers municipaux; Rodin, statuaire; Sauton, conseiller municipal ; Vaudremer, membre de l'Institut. — MM. Veyrat et Bourgeois, membres adjoints, avec voix consultative.

ANNEXE N° **27.**

**Extrait du « Bulletin municipal officiel »
du lundi 17 novembre 1902.**

COMMISSION DU VIEUX PARIS.

*Organisation, par la Ville, d'expositions photographiques de sites choisis, soit à Paris,
soit dans le département de la Seine.*

M. André Hallays rappelle que, dans sa dernière séance, la Commission a adopté le principe de la création d'expositions annuelles de photographies de sites choisis soit à Paris, soit dans le département de la Seine. Le projet fut renvoyé à la 3ᵉ Sous-commission pour examen et élaboration d'un programme. C'est ce programme qu'au nom de la 3ᵉ Sous-commission, il vient soumettre aujourd'hui à l'approbation définitive de la Commission plénière :

« La Commission du Vieux Paris,

« Au nom de la 3ᵉ Sous-commission,

« Émet le vœu ci-après :

« 1° L'Administration municipale organise, sur les bases suivantes, une exposition annuelle de photographies dans un des locaux municipaux.

« 2° L'exposition ouvre le 15 octobre et ferme le 15 novembre.

« 3° Chaque année, la Ville fixe et publie le programme des sujets choisis, soit à Paris, soit dans le département de la Seine, et sur lesquels les amateurs de photographie sont invités à travailler pour l'exposition de l'année suivante. Chaque sujet comporte une série de photographies dont le nombre n'est point limité.

« 4° Le 15 juillet, les photographes devront déposer à l'Hôtel de Ville deux épreuves de chacune de leurs photographies : 1° une épreuve d'exposition qui sera rendue à l'auteur et pour laquelle il n'est exigé aucun procédé de tirage particulier; 2° une épreuve obtenue par un procédé inaltérable, charbon, platine, tirage aux encres grasses ou agrandissement sur gélatino-bromure.

« 5° Obtenues directement ou par agrandissement, ces deux épreuves ne seront admises que si elles ont, au *minimum*, la dimension de 13 × 18.

« 6° A l'une et l'autre épreuves doivent être ajoutées les mentions suivantes : 1° le nom et l'adresse de l'auteur du cliché ; 2° l'indication précise du lieu et de la date de la photographie.

« 7° L'épreuve obtenue par un procédé inaltérable sera, après l'exposition, classée dans les cartons d'estampes du musée Carnavalet, avec la mention du nom de l'auteur du cliché. Cette épreuve doit être remise en feuille et fixée aux quatre angles, sans colle, sur une carte. Les mentions indiquées plus haut seront inscrites sur la carte.

« 8° L'Administration se réserve le droit d'écarter de l'exposition toute photographie qui ne répondrait pas d'une façon rigoureuse, soit aux conditions du présent règlement, soit au programme particulier de chaque exposition.

« 9° A la suite de chaque exposition, des médailles seront remises aux photographes dont les séries de photographies auront semblé à l'Administration présenter un véritable intérêt documentaire.

« 10° Tout photographe a le droit d'exécuter une ou plusieurs des séries indiquées par le programme de chaque exposition.

« 11° L'auteur reste maître de la propriété du cliché.

« 12° Une Commission est nommée par le Préfet de la Seine pour organiser, d'accord avec l'Administration, les expositions dont il s'agit et désigner ceux des exposants à qui pourront être remises des médailles de la Ville. Cette Commission pourrait être composée de la façon suivante :

« Une délégation de cinq membres désignés par la 3e Sous-commission ;

» Le vice-président de la Commission du Vieux Paris ;

« Le président du Photo-Club ;

« Le président de la Chambre syndicale de la photographie ;

« Le chef du service des Beaux-arts ;

« Le conservateur du musée Carnavalet.

« *Programme de l'exposition de 1903.*

« 1° Les *berges* de la Seine dans l'intérieur des fortifications de Paris. — Aspect des berges, des ponts et de la ville. — Les différents ports de Paris. — Massifs d'arbres. — Bateaux, péniches, lavoirs, bains, écluses. — La vie des berges. — Les petits métiers, etc.... Toutes les photographies doivent être prises des berges de la Seine ou en bateau et non des quais ou des ponts.

« 2° Les marchés aux fleurs de Paris. — La série doit comprendre tous les marchés aux fleurs de Paris.

« 3° Architecture, sculpture et décoration antérieures au xviie siècle à Paris. — (Les photographes devront omettre les églises, les musées et les palais nationaux.)

Le projet présenté par M. André Hallays est adopté.

M. le Président dit qu'en tant que préfet de la Seine il accepte bien volontiers le projet qui vient d'être approuvé; il ajoute qu'il priera le service des Beaux-arts de préparer un mémoire dans ce sens au Conseil municipal.

M. Edgar Mareuse estime qu'il faudra activer l'exécution de ce programme afin de permettre aux amateurs d'être prêts en temps utile.

M. Wiggishoff pense qu'il serait peut-être bon d'indiquer dans le programme que l'opérateur devra mentionner exactement l'orientation du monument photographié.

M. André Hallays répond qu'il est entendu que l'on exigera l'indication précise du point d'où le cliché a été pris.

L'incident est clos.

www.ingramcontent.com/pod-product-compliance
Lightning Source LLC
Chambersburg PA
CBHW061453030726
47503CB00005B/1686